RMS ALCÁNTARA

Estimado Ramón
Espero que lo
disfrutes mucho.
Abrazo fuerte,

2 julio 18

Andrés Tacsir

RMS ALCÁNTARA

EL OJO DE LA CULTURA

A ACL, quien me llevó a este viaje

Una señora judía de mediana edad está esperando el autobús en la parada. Junto a ella espera también un joven. Durante unos segundos lo mira estudiándolo. Después de ese escrutinio se le acerca y le habla. Disculpe que lo moleste, joven. ¿Ud. es judío? El joven se sorprende por la pregunta pero muy amablemente le contesta que no. Ah, disculpe, le dice ella. La señora vuelve a su lugar en la parada. Unos segundos después la señora se acerca nuevamente al joven y le vuelve a hablar. Disculpe joven, le dice educadamente. Ya sé que me acaba de contestar pero me querría quedar segura. ¿Está seguro que Ud. no es judío? El joven, amablemente, le responde. Ya le dije, señora, que no soy judío. Ah, disculpe, le vuelve a decir la señora y vuelve a su lugar. La señora lo sigue mirando por un par de minutos más. Finalmente, se dirige nuevamente con decisión al joven y le vuelve a hablar. Disculpe que vuelva a insistir, joven. ¿Está Ud. realmente seguro que no es judío? El joven, cansado de la señora, le responde enfáticamente. Sí, señora: soy judío. Ahh, dice ella. ¡Qué raro, no parece judío!

Chiste contado por mi padre, Salvador Tauber, en forma casi obligada en cada una de las reuniones familiares

San Juan Capital

Desperté de golpe, asustado. En el sueño habían aparecido escenas del asesinato del General Facundo Quiroga, el caudillo y líder indiscutido de esa zona del país. Era lógico: había visto pinturas de ese instante clave de la Argentina durante el viaje. Conocía bien la historia del asesinato. La había leído varias veces en clases de historia, de política, de literatura. Incluso, había aprendido de memoria parte del poema de Borges. Las ruedas del carro estaban dañadas, las puertas golpeadas, la pintura saltada, el techo desarmado. Tal cual estaba en el museo. En uno de los asientos del carro en que el general había sido asesinado aparecía el cuerpo de Miguelito, el chico que era considerado un santo. No estaba en su ataúd sino que yacía sobre el cuero negro del asiento. De repente, el sueño cambiaba de foco. Del carro pasaba a concentrarse en Miguelito: se sucedían fotos del niño tomadas desde diferentes ángulos y distancias. Cada una de las imágenes que pasaban se acercaba más y más a la cara de Miguelito. Rafaeli había aparecido en el sueño antes de todo aquello. No recuerdo cómo el carro sucedió al pintor. Estaba de pie en algo que parecía un comedor en una casa amplia que tenía todo el aspecto de estar en un pueblo de provincia. No entraba mucha luz, las ventanas estaban entornadas. Pero incluso así, yo sabía que había una gran montaña detrás, como el Cañón del Triásico. Estaba elegante como en la noche en *La Peña del Patio* cuando me había hablado de mi tío. ¡Cómo ese hijo de puta siempre nos puso sobre pistas falsas!, dijo antes de desaparecer en el sueño, dando paso, entonces sí, al carro de Quiroga.

Sin encender la luz me levanté de la cama. Estaba a 11.300 kilómetros del Cementerio de La Banda Florida, el lejano pueblo de Argentina donde por años había estado el cuerpo de Miguelito. Estaba sobresaltado y sentí mi transpiración. En la oscuridad agarré la misma ropa del día anterior: el jean azul, el pullover y las botas de cuero oscuro. Entré al baño. Usé solo el agua fría. Me lavé varias veces la cara, la nuca y el cuello. Cuando estuve bien despejado me cepillé los dientes. Del último cajón de mi cómoda saqué el sobre de papel madera que había armado durante el viaje. Estaba encima de la carpeta que contenía las cartas de Teresa (tanto las que escribió durante el periodo en que intentamos la reconciliación como las eróticas de tiempos mejores) y debajo de la última versión de *El encuentro casual*, proyecto ya definitivamente abandonado, sobre el encuentro de Jaime con Bolaño, Cercas y el estudioso de Murillo Inchaústegui. Salí hacia *Pizzica* con mi computadora como cada viernes en que podía hacer *home-office*. Solo que ese día sabía que no trabajaría.

De Miguelito o Miguel Ángel Gaitán me había hablado por primera vez Mariano, el segundo de los guías que habíamos tenido durante el viaje. Él era quien me había dado, aquella mañana de camino a Laguna Brava, la foto que de alguna forma u otra había aparecido en el sueño. Y había sido también él quien ayer a la noche me había mandado la noticia de la muerte de Elsa Reszinsky.

Hacía mucho frío en la calle cuando salí de casa. Al cerrar la puerta de casa, la imagen de Miguelito estaba todavía en mi cabeza. Faltaba un rato todavía para que saliera el sol. No va a cambiar nada si sale ese solcito de mierda, pensé. Caminé los doscientos metros sobre Munster Road hasta el Tesco y doblé en Fulham Road. Era temprano pero como habitualmente, se veía bastante movimiento. El cielo estaba gris. Tanto el rojo de los ladrillos como el blanco de las paredes lucían opacos. Un par de bicicletas pasaron camino al centro. Los ciclistas se recortaban del descolorido paisaje urbano gracias a sus ropas amarillas y anaranjadas. Iban a gran velocidad, pertrechados como si fueran a una guerra de última generación. Pensé que la gente estaba ansiosa por llegar a la *city* a ganar dinero para comprarse una casa en Provenza o Toscana y desaparecer de aquí para siempre. Me repetí esto último, cambiando el orden de las palabras: para desaparecer para siempre de aquí. Esta variación me gustaba más. Era más sutil y por lo tanto más creíble.

Volví y advertí que la noticia enviada por Mariano venía con un error: faltaba la *z* en Reszinsky. Vi cómo salía una madre con su hijo del Tesco de la esquina. El chico llevaba una banana en la mano. El indio de unos cincuenta años vestido solo con una camisa blanca y con su *dastar* celeste abría la papelería que también funcionaba como oficina de correo. Entendí, entonces, que así era como pasaba. Exactamente así. Primero se cambiaba una letra. Tal vez por error. Después se invertía el orden de las sílabas. De repente una de las partes se suprimía. Lo que iba quedando se adaptaba al nuevo lugar. En poco tiempo era otro nombre. Pero no se terminaba ahí: también cambiaba lo otro, lo importante. Cambiaba la historia. La historia propiamente dicha. Seguramente, gracias a una confusión al principio. Un cambio de fechas o de lugar, algo que podía parecer un detalle, se modificaba. Algunas preguntas se respondían esquiva e imprecisamente y entonces no se las hacía más. Nuevos hechos aparecían. En unos años había dudas de lo que realmente había ocurrido. En un par de generaciones, ya no se sabría mucho. Después de cincuenta años, sería un misterio.

Buenas, buenas, me saludó Gianluca. Durante algunos años, ni bien me había dejado Teresa, *Pizzica* se había convertido casi en la cocina de mi casa. Allí llevaba a cada una de las chicas que iba conociendo. Sin glamour pero efectivo. Gianluca se encargaba de darme siempre una sincera evaluación. La chilena no me gusta y no para de hablar. Seguro que la francesa es muy especial, la ves y parece tener poderes de adivinación. Qué hermosa la negrita, debe ser un león en la cama. No valía la pena discutir: eran sus opiniones. A veces tenía razón, otras no. En muchos casos nunca llegué a saberlo. La especialidad del lugar es la rústica, la típica pizza de Puglia. Es una bomba de manteca pero es exquisita. Durante un par de años comí dos porciones por cena, tres veces por semana, lo que da cerca de 600 rústicas. Solo hacía un tiempo, más precisamente con la llegada más firme de Camille a mi vida, había empezado a ordenarme con mis salidas nocturnas y, por lo tanto, con mis cenas.

La mesa que más me gusta y suelo usar, al lado de la ventana, estaba libre y allí me ubiqué. Mientras mi Lenovo ThinkPad se encendía fui poniendo sobre la mesa cada uno de los papeles que contenía el sobre. ¿Le pido a Valeria que te prepare un poco de tomate o hoy puedes entrar en razón?, me preguntó Gianluca al acercarse a la mesa. La pregunta era irónica y más de cortesía que para saber efectivamente la respuesta. Vale, la novia de uno de los hermanos de Gianluca, era la única de los que trabajaba en *Pizzica* que no era de Lecce y pasaba buena parte del tiempo en la minúscula cocina del restaurante. Gianluca vio los papeles que yo acababa de extender sobre la mesa. Nos habíamos llegado a conocer bien en estos años. Al terminar mis cenas me servía una copita de algún licor, tomaba el control remoto de la tele, que estaba apoyada en una estructura metálica colgada a la pared por encima de los estantes recargados de paquetes de pasta y frascos de salsa, y buscaba un canal que le pareciera apropiado. Generalmente terminaba en la RAI e indefectiblemente lo hacía si había fútbol. O un programa sobre fútbol, aunque estuvieran varios señores sentados conversando muy seriamente. Nuestra relación había empezado con el pie derecho cuando en una de las primeras veces que yo fui por ahí, vimos una nota sobre el retorno a la Serie A de Lecce después de un escándalo que creo lo había relegado de categoría. Me confesó con orgullo que había ido al colegio con el hijo de Pedro Pablo Pasculli. Nos gustaba hablar y describirnos mutuamente, aunque después de las primeras dos o tres charlas ya lo supiéramos de memoria, lo que era vivir en esta ciudad. Él lo tenía claro: no pensaba volver a Italia. Londres sería su casa definitiva. Prudentemente evitaba preguntarme sobre mis planes. Seguramente desde el principio fui sincero y le dije que no sabía. Eso le había bastado.

Sí, querido, le contesté y él entonces le pegó un grito a Vale. Una *collazione espagnola* para Ariel. Se volvió a mirarme y me puso una mano en el hombro. ¿Nunca dejarás esa costumbre? ¿Cuándo te vas a comer, por fin, un *cornetto*? Me pidió permiso y se sentó en la mesa junto a mí. Hace mucho que no viene por aquí tu padre adoptivo, Ariel. ¿Benny?, pregunté. ¿Está bien?, preguntó él a modo de respuesta. Sí, sí: está con mucho trabajo. Así es la vida de los médicos, le respondí. Vi, entonces, cómo miraba las fotos. Las demás cosas que estaban sobre la mesa no le parecieron atractivas. Me pidió permiso para agarrar las fotografías.

Siempre en cosas raras, querido Ariel. Nuestro 007 de Argentina disfrazado de periodista, dijo. Las fotos, con excepción de aquella de la pintura, las había imprimido el día siguiente de haber vuelto del viaje en el Snappy Snaps de North End Road. Gianluca las tomó y las miró de más cerca. Vio la de la boda, la del anuncio de *Sasterías El Elegante Inglés*, las de los paisajes y la del cuadro. Las fotos de paisajes, tanto urbanos como naturales, eran en total diez. Hizo una pila con ellas y las fue pasando una por una. Barcelona, Berlín todavía con el muro, Londres, dijo reconociendo los paisajes urbanos. Estas son fáciles, agregó. ¿Estaba borracho este tipo? ¡Pero, de qué ángulos más raros están tomadas! Hizo una pausa. Esta no sé, reconoció. La Habana, dije. ¡Claro: Cuba! ¿Cómo podía faltar Cuba en una de tus historias? Jerusalén. México, dijo. Yo siempre había, por cierto sin tener ninguna razón, imaginado un destino heroico en México. Un destino que era compatible con un personaje que me había inventado de chico e imaginado por años. Una historia de adolescente que me había ido construyendo, probablemente, por la necesidad de tener un héroe a mano.

Mmmm y desierto. Muchos desiertos, dijo Gianluca como si estuviera dando un examen sobre las tres últimas fotos. Las apoyó y agarró el cuaderno de bocetos de Rafaeli que me había dado la tía Silvia en mi último día en Buenos Aires. Tenía escrito como título en la portada *Café con el mensajero-1976*. Lo hojeó. Miró con más atención. Yo lo miraba a él con atención. En el viaje me había dado cuenta que había que mirar con cuidado, que lo más inesperado podía aparecer en cualquier momento, en cualquier lugar. Las casualidades sí existían. No sé si aparecen cuando uno presta atención o cuando las busca. O simplemente aparecen. Pero había visto que sí existían. ¿Por qué está doblada ésta?, me preguntó señalando la foto del cuadro. ¿Tiene un cuadro dentro del cuadro, no? Qué cuadro más extraño. Yo me quedé en silencio. No sabía cómo explicarle la historia de esa foto ni de la noche con Rafaeli. No insistió. No le interesó saberlo, como si hubiera olvidado sus preguntas de hacía menos de dos segundos ¿Es el mismo pintor, no? preguntó señalando la foto del cuadro con el cuaderno en la mano. En la gigantesca y gorda mano de Gianluca el cuaderno parecía un juguete. Se parece a Frida Khalo, dijo. Un poco, sí, dije. Es una mezcla de muralismo mexicano, indigenismo, realismo soviético...no sé muy bien, continué. Eso era lo poco que había podido leer sobre ese grupo de artistas, la inspiración por esos años de Rafaeli. Cada uno de los bocetos en el cuaderno parecía ser retratos de personas no reales, inexistentes. Si estaban retratando a alguien en particular era imposible saberlo. Me mandaron del trabajo, le expliqué, a hacer una investigación. Valeria saludó y dejó en la mesa mi café, las tostadas, el tomate y el aceite. ¿Investigación?… ¡Yo quiero un trabajo así! dijo mordiéndose el labio inferior juntando las dos manos como si rezara y mirara al cielo. ¿Qué tienes que investigar? ¿No me digas que hubo un crimen? No sé muy bien pero no creo, le contesté sonriendo. ¿Fue un asesinato?, me preguntó. No, no creo, le dije. No creo que acá nadie haya asesinado a nadie, le dije mostrándole la foto de la boda. ¿Te parece que acá alguien tiene cara de asesino?, pregunté sin esperar respuesta. Yo, seguí, tengo que hacer algo más básico. Tengo que empezar sabiendo quiénes fueron todos estos, qué hicieron, con quién y por qué.

Lo básico. Una investigación normal, digamos. Nada que le vaya a cambiar la vida a nadie, dije para tratar de cerrar el tema y poder empezar a desayunar. Tomé un sorbo del café.

¿A vos qué te parece que pasó con toda esta gente?, pregunté. Antes de contestar, Gianluca hizo un silencio como si estuviera pensando efectivamente lo que hubiera podido ocurrir. Pensé qué podría imaginar un tipo como él con una simple fotografía. Me parece que si alguien hizo algo malo fue este, dijo señalando a León Wraumansky. Era la última que había sacado del sobre, la que yo había tomado en casa de Laura. Y se parece a ti...será por eso que es el malo de la película. Seguro que fue él, dijo sin dudar en un tono más fuerte, con más seguridad. Se lo veía contento, como un chico. Me miró y se rió. Y seguro que éste, éste de pelo bien negro, fue el cómplice, puso el dedo sobre Rodolfo Reszinsky. Sobre ese primero que señalaste, le dije, yo sospecho una cosa: estuvo en luchas armadas en América Latina. Durante los 70. ¿Tiene toda la pinta, no?, le pregunté a Gianluca. Me lo imagino recorriendo el continente luchando, dije. De Chile a México, aclaré.

Recordé, entonces, las primeras noticias que me había deslizado la tía Silvia. Siempre había sabido que era una mujer romántica, llena de fantasías. Fue desde temprano evidente que nunca iría a alcanzar ninguno de sus sueños. La mitad de las historias que contaba eran exageraciones y la otra mitad mentira. Lo miré a Gianluca y me quedé mirando su cara redonda, su barba de dos días, sus ojos claros. Acaso la vejez, me pregunté, hace que uno sea más proclive a contar la verdad.

Yo había pensado exactamente todo lo contrario hasta el encuentro que había tenido con la tía Silvia unos días atrás. Cuanto menos tiempo uno piensa que tiene para aclarar las cosas, suponía, menos desea uno que nada que no se tuviera que saber se sepa. Cualquier cosa que aparezca es, potencialmente, una amenaza. Puede ser que sea pequeña, transparente, insípida, incluso inofensiva. Pero es, al fin, una amenaza.

Me sentí sumergido en mis reflexiones. Escuchaba las voces que venían de otras mesas y los ruidos pero seguía con mis ideas. Y como tal, la amenaza se puede activar en cualquier momento, seguí pensando. Tanto por error como por mala intención, aquello que estaba en el fondo, en el decorado de una vida, en la escenografía puede pasar, solo con un chasquido de dedos, a estar en el centro de la escena. Entonces, todos los ojos se centran en eso, en aquello, que va tomando una forma indescriptible, imposible de hacer entender a nadie de dónde viene y cómo, en realidad, se originó. Pero está, efectivamente, allí.

Vi la taza de café, el plato con el pan con tomate. Percibía la presencia de Gianluca. Pero incluso así seguía en mis pensamientos. No importa, seguí pensando, que uno se pregunte cómo ocurrió, cierre los ojos, se escape, se oculte, desaparezca: está allí. Y no se irá. Esta impotencia de controlar a esa bestia que crece sin conocer límites o pactos de respeto es agobiante. Deja sin aire a su víctima. Sin estar uno en este mundo, con uno ya muerto, los límites que marca su expansión son, incluso, más débiles, más fáciles de traspasar, casi inexistentes. Si había alguna esperanza de controlar esta expansión descontrolada en vida, después es, llanamente, imposible. El silencio es una apuesta. Si se gana, ocurre lo que había pasado hasta hace unas semanas: una parte del universo no existía. Si se la pierde, ocurre lo contrario. Si se la pierde, un tipo como yo se pregunta sobre la vida de León Wraumansky hasta saber todo lo que se pueda saber. ¿Por qué la tía Silvia ahora decide no callar más lo que toda su vida calló? ¿Había la tía Silvia hecho su venganza, esa venganza que auguraba Rafaeli?

¿Con el Che?, preguntó Gianluca devolviéndome a la realidad. No entendí y me repitió. Al Che, aclaré, lo mataron unos años antes pero digamos que sí: como parte del Che. ¡Qué imaginación que tienes, querido! Ya veo que te contagió la francesita con sus poderes mentales. Posó una mano sobre mi hombro, pidió disculpas y se fue a atender a otra mesa. El café está, como siempre, buenísimo. El tomate con el café genera una combinación que me resulta exquisita. Es una de las costumbres que me quedaron de la relación con Teresa.

Miro la cara señalada por Gianluca. No dice mucho o, para ser más preciso, no dice todo lo que podría decir. Es la de León Wraumansky una cara más entre todas las de ese grupo. Hay entre esas caras, algunas que son de absolutos desconocidos. Otras de personas que están irreconocibles. A algunas de las caras, a pesar de los años, se las reconoce. Es una buena foto, claramente sacada por un profesional, aunque es evidente que se improvisó. Tal vez algunos, seguramente los del centro, pidieron esa foto y mientras el fotógrafo se fue acomodando otras personas se sumaron.

Entre ellos, León Wraumansky. Sonríe. Tiene una sonrisa amplia, seductora. Una cabellera rubia, elegante. Cierro los ojos y respiro hondo. Empiezo a entender algunas de las cosas que escuché. El aire acá está seco por la calefacción. Al abrir la puerta, mejora un poco. El sol sigue sin salir. Veo por la ventana que una madre pasa con dos hijos. Uno camina tomándola de la mano, el otro va en *scutter*. Éste adelanta a su madre y a su hermano. ¿Qué sabrá esta mujer de su marido? ¿O de su padre o tío? Con seguridad el chico tiene bien aprendido detenerse al llegar a la esquina. Vuelvo a mirar la foto. ¿Qué sabemos de León Wraumansky? Pongo mi dedo índice sobre el papel con brillo mate. Dos generaciones en silencio: ya es una tradición familiar. Pese a quien le pese. Y se acerca a la frontera en que se transforma en un misterio que nunca más es posible reconstruir.

Hasta hace unos pocos días, es decir hasta el viaje, tenía solamente anécdotas, detalles, escenas, conjeturas, silencios. Ahora creo que tengo ganas de contar la historia. Tengo ganas de hacer un esfuerzo por darle sentido a todos estos papeles que tengo frente a mí. Temo, sin embargo, que me esté apresurando: tal vez, deba dejar esta pulsión que siento. Probablemente sea más prudente dejar reposar esta información hasta que pueda salir a la superficie de mejor manera. Pienso en hablar con Jaime para contarle lo que está pasando. Él me podría orientar sobre qué hacer con todo esto. Pero temo que no logre explicarle en forma coherente todo lo que ha ocurrido y me convenza de que todo esto, es decir mi vida, se convierta en un simple relato de viaje como esos que él escribe. Uno que transcurre en San Juan y La Rioja.

León Wraumansky me sonríe desde esa foto tomada a principio de los años 70s. Sonreirá para siempre. Quedará guardada esa cara como millones más que quedan inmortalizadas en las fotografías. Todo era normal entonces. ¿O acaso ya había algunos signos que anticiparían el futuro? ¿Sabría alguien algo? ¿Mis padres? ¿Mi madre? ¿O mi abuelo, el padre de mi madre, el que llamamos *zeide?* Hermosa sonrisa la de León Wraumansky. Buena presencia. Elegante. Corbata roja, camisa blanca, traje azul. Termino el café. Me doy cuenta que digo contar esta historia pero no sé a quién le interesará conocerla. Todos los protagonistas están muertos o casi muertos. Todos los que han dicho una cosa u otras. Cada uno que de los que han contado una parcialidad, intencionada o involuntariamente, ha desaparecido. Soy, imagino, el único al que le puede interesar algo esto que estoy haciendo. Pero tampoco sé si me interesa por el pasado o por el futuro. Y cuando digo futuro, tengo que ser claro: mi futuro. Miro alrededor mío y pienso, por ejemplo, qué será *Pizzica* en mi futuro. Me pregunto si figurará aunque sea una vez en mi historia, aquella que alguna vez se cuente.

El periódico apesta: el Brexit avanza, los atentados en los puentes se convierten en una obsesión, el sistema político británico tambalea, el mundo está en manos de locos hostiles. No se sabe si las noticias son falsas o verdaderas. Gianluca va con una bandeja con varias tazas vacías hacia el mostrador. Me mira. Sabe que quiero mi segundo café. Me hace un gesto y afirmo con la cabeza. Saco la libreta roja del sobre. Quiero empezar a trabajar con las notas. Con cuidado para no dañarlo más de lo que está, tomo también el plano de San Juan Capital. Tengo muchas dudas. Sé que empiezo abriendo la libreta roja, viendo el calendario, desplegando el plano pero no sé qué más podrá aparecer. Este segundo café que me sirve Gianluca es noventa años más tarde de cuando, sé ahora, todo empezó. Hacia el año 26 tengo que ir para entender algo. Recuerdo ahora esa llamada con Jaime. Empieza por San Juan, me había dicho. Qué lejano en el tiempo está todo eso ahora. Esas recomendaciones, esas sugerencias que incluso le podían ser útiles a él. Y ahora estoy acá: preso de esto. Sin poder escapar. Sé que la búsqueda se convertirá en una obsesión. Aunque sepa, o mejor dicho intuya, que no hay respuesta. O no hay, al menos, una respuesta única que pueda contestar todo. Hay que asumirlo: a veces, no hay respuesta. Y si la hay, tal vez mejor que no la haya.

**

San Juan, ciudad de San Juan. San Juan Capital. El, hasta ese momento en mi vida, intrascendente aeropuerto de San Juan. Primer día de las vacaciones en el interior de Argentina. Lo primero que vi al entrar al salón de llegadas del aeropuerto fue el nombre mal escrito. Estaba en la versión castellana con una prolija caligrafía negra sobre una hoja A4 blanca. No tenía el apellido de ella ni mi nombre pero incluso así no cabía duda que el hombre que sostenía el cartel nos esperaba a nosotros. Decía solo *Camila*. Faltaba una ele y una *e* había sido reemplazada por una *a*. Otros cuatro guías estaban de pie sosteniendo carteles con diversos nombres: posiblemente una pareja inglesa o americana, casi seguro un hombre holandés, tal vez dos mujeres japonesas. Avanzamos hacia nuestro contacto cargando en la mano nuestras mochilas Quechua.

Buenos días, señora Camila, señor Ariel. Soy Nicolás, su guía. Hola, dijimos al unísono nosotros dos. Espero que hayan tenido un buen vuelo, dijo mientras estiraba la mano izquierda para tomar la mochila de Camille y estrecharnos la derecha a cada uno de nosotros. El vuelo había sido corto pero intenso. Se había movido mucho sobre todo al final, cuando descendía dejando a un lado la precordillera. Al aterrizar, el avión se había zarandeado bastante. Me había asustado y comprobé que la bolsita de papel estuviera en el asiento. Incluso la saqué de su lugar para verificar que se pudiese usar y que el fondo no se fuese a despegar en caso de ser utilizada. Viviendo en Londres fui desarrollando una clara incomodidad al volar. Los aviones pequeños que se utilizan en Europa para distancias cortas me provocaban la inseguridad que no sentía en las grandes máquinas que usaba para atravesar el Atlántico en mis visitas a Argentina.

Esos vuelos a Buenos Aires en los primeros años de mi vida en Europa fueron frecuentes. Pero con el tiempo, se fueron volviendo más y más espaciados, hasta convertirse en eventos bien esporádicos. Al inicio, volver a mi ciudad era una invitación a contar con lujo de detalles la nueva vida que empezaba a tener. Era, entonces, posible imaginar, proyectar, ilusionarse. Los amigos y la familia escuchaban con interés y curiosidad esa nueva vida que sin un boceto predeterminado iba dibujando. A medida que las novedades iban desapareciendo y la vida se hacía más rutinaria, contestar preguntas me fue resultando más molesto. No podía dejar de tener la sensación de que era evaluado. Cada vez, sentía, era examinado con más severidad, con menos espacio para el error, para la duda. Y que en esas pruebas que me tomaban, el nivel de aprobado lo ponían muy alto. Ya en una última etapa se me hacía muy difícil, si no imposible, explicar algunos de los caminos que había tomado. Me di cuenta, entonces, que no quería explicar nada. Nada más. Volver para explicar me ahogaba. Las visitas a casa, entonces, ya no me resultaron más atractivas. Corté por lo sano y pensé que la distancia sanaría la ansiedad y la rabia: de un día para otro dejé de visitar Buenos Aires.

Nunca supe con certeza porqué me sentía incómodo en esos aviones pequeños. Es cierto que muchas veces el cielo londinense es una manta gris que atemoriza atravesar. Escuché decir, incluso, que los constantes cambios de presión al volar alternadamente sobre mar y tierra generan muchas turbulencias. O es posible que simplemente pensara, al ver la densidad del tráfico aéreo sobre la ciudad, que el riesgo de accidentes es alto. Lo cierto es que la incomodidad la asociaba al tamaño del avión y el que habíamos usado en el tramo Buenos Aires- San Juan era uno de los que en mi cabeza los catalogaba como peligroso. No descarto que todo esto estuviera, de alguna manera, vinculada al leve problema de equilibrio que arrastraba desde hacía unos años. Aunque éste no tenía consecuencias en mi vida cotidiana, en algunas oportunidades y sin previo aviso, aparecía sintiendo una especie de corriente eléctrica circulando por las piernas trayéndome una súbita debilidad generalizada. Esto se combinaba con la sensación de que mis cachetes se inflaban como globos. Sentía cómo el aire se iba haciendo más pesado y la cabeza se me iba inclinando hacia la zona del rostro en la que sentía que tenía más aire. Aunque bastante incómodos, muy raramente estos eventos terminaban en un mareo importante y casi nunca en un desvanecimiento.

¿Siempre son así los aterrizajes acá?, le había preguntado a la pareja sentada junto a mí. Eran sanjuaninos. Los dos movieron la cabeza afirmando. Y… ¿qué querés? dijo el hombre. Mirá lo que es eso, señaló las montañas. Hay que tenerle respeto, acotó ella. ¿Viste en *YouTube* el aterrizaje fallido en este aeropuerto por el viento?, me preguntó el hombre. Negué con la cabeza. No lo asustes al pobre chico, se apresuró a decir ella. Miralo si podes, continuó él. Cuando se viene el Zonda se pone pesado. Pesado de verdad. La miré a ella que movió la cabeza afirmando lo que su marido decía. ¿Por qué te parece que hay tantos milagros por acá? me preguntó la mujer. ¿Sabrás de todos los santos que tenemos por acá y en La Rioja? La Iglesia no los reconoce pero eso a la gente no le importa. Ya lo vas a ver, dijo ella. Después tenés que elegir cuál es el que más te gusta. Si la Difunta Correa o

San Expedito o el de Miguelito Gaitán. Qué casualidad, dije entre asustado e incrédulo, justo nosotros vamos después a La Rioja.

El avión se movía lentamente por la pista de aterrizaje. Dos pequeños aviones esperaban cerca del edificio terminal. Un helicóptero estaba en un círculo amarillo con una H en negro. Calculé que no habría mucho tráfico aéreo en este aeropuerto. Tal vez cuatro o cinco aviones por día aterrizando y otro tanto despegando. Pero no te preocupes, volvió el hombre al tema que le interesaba. El Zonda no solo te mueve los aviones. Te vuelve loco. Te vuelve loco de verdad. La gente empieza a decir cualquier cosa. Sentís que todos están delirando. Todo se llena de tierra. Hay un ruido insoportable. Sentís que la cabeza te estalla, me explicaba mientras el avión carreteaba hacia el edificio principal deshaciendo el camino hecho al aterrizar. Las montañas marcaban una línea paralela a la pista. Pregunté si se esperaba el Zonda esos días. Todavía estamos en fecha, aunque sean unas últimas ráfagas. Tal vez más al norte, más para La Rioja. Hizo un silencio.

El avión se aproximaba ya a la terminal. Al estar casi detenido se escucharon los primeros cinturones de seguridad desabrocharse. Y después de uno, dos o tres, todos los pasajeros hicieron lo mismo. El avión se detuvo. La gente empezó a ponerse de pie. Nosotros también nos paramos. No te asustes, dijo ella. No es para tanto. Mi marido exagera. Dejalo en paz al chico, pobre, le dijo al hombre. Viene de vacaciones y lo asustamos con estas cosas. Se va a pensar que acá estamos todos locos. Y lo estamos. ¿O no?, le preguntó el hombre a la mujer. Mirá, dijo él mientras abría el compartimento sobre su cabeza, voy a hacer de cuenta que no tenemos delante a mi esposa. La miró y se acercó a mí como si me fuera a decir un secreto. Cada día hay cerca de veinte temblores, dijo. Lo miré aterrado. Son leves, no te preocupés. Son justamente esto pequeños movimientos los que hacen que no haya un gran temblor. Es la forma en que la Tierra saca los gases que se le van acumulando entre las placas.

Miré como ponía las manos, una encima de la otra a un par de centímetros de distancia y las comenzaba a mover. Llevaba las mangas de la camisa arremangada. Era una camisa a cuadros blancos y azules y la parte doblada de la manga que dejaba a la vista era azul, sin duda un detalle de una prenda de calidad. Imaginé que estaba representando las placas tectónicas aunque, para ser sincero, no estaba muy seguro. No supe cómo seguir la conversación. Entendí que hablaba de los mecanismos que el planeta, como todo aquello que vive, tiene para sacarse de adentro cosas que no sirven. El hombre bajó un bolso marrón oscuro del compartimento. Era de un elegante cuero. Mi miró a la cara y me sonrió. Tenía una hermosa sonrisa. Era un hombre atractivo. El rostro era grande, con facciones bien marcadas. Esas caras difíciles de olvidar. ¿No me digan que a Uds. los contrató la secretaria de turismo de Cuyo para promocionar la zona?, pregunté en broma. Quedate tranquilo, me dijo. Estoy seguro que lo vas a pasar muy bien acá. La Tierra acá todo el tiempo te da sorpresas. Pero la mayoría de las sorpresas aquí son buenas. Y si no, como diría mi esposa, encomendate a alguno de los santos que encontrás y vas a estar bien. Se rió con una corta y elegante carcajada.

Lo único que me tranquilizó de aquella conversación fue que Camille no la escuchó. Nos habían ubicado a tres filas de distancia y no nos importó cambiar de lugar al subirnos al avión. Ya compartiríamos bastante tiempo en los días siguientes. Bajé antes del avión y la esperé al lado de la escalerilla. Al subirnos al micro que nos conducía a la terminal me preguntó qué me habían dicho. Me hablaron de las locuras de la zona, le dije ya en el micro, asegurándome que no nos escucharan. Pero no les creo nada. Me dijeron todas las cosas que pueden pasar por acá. Ella me miró con atención. Del viento, por ejemplo, dije. Del viento Zonda. Ella seguía en silencio. Y como vi que se interesaba seguí. Ahhh: y también de los terremotos…Ya vas a ver qué importantes son incluso para la política argentina los terremotos de San Juan. Me miró con desconcierto. ¿Sabés que Perón y Evita se conocieron en un festival para recaudar fondos después del terremoto que destrozó la ciudad?, le pregunté. Creo que fue en el 43 o en el 44. Cuántas cosas que aprenderemos, dijo Camille. Me parece que este viaje estará lleno de cosas. No te va a alcanzar, cariñito, la libretita para tomar las notas para Jaime. La libreta a la que se refería Camille es esta que tengo frente a mí: una Moleskine que había comprado en Heathrow mientras esperábamos nuestro avión a París, nuestra escala para Buenos Aires. Es de tamaño mediano. Había elegido la de tapas rojas. En el aeropuerto Charles De Gaulle le había quitado el celofán que la envolvía. Sin embargo, hasta ese momento no había escrito una sola palabra. Solo me había limitado a jugar con la tirita negra que hace de señalador.

Estuvo muy bien el vuelo, Nicolás. Corto, tranquilo, respondí. Gracias por preguntar. Quise evitar mostrarme como un quejoso turista extranjero que reclama por todos los detalles negativos. O peor aún: un argentino que emigra y al volver de visita critica todo. Vimos entonces salir delante de nosotros y en forma bastante ordenada al equipo de fútbol que había volado en el mismo avión. Eran unos chicos y todos vestían su camiseta blanca y su pantalón azul con el escudo de la AFA, la Asociación del Fútbol Argentino. Se dirigieron hacia un autobús que los esperaba en el estacionamiento. Se juega el Campeonato Sudamericano Juvenil aquí, nos dijo Nicolás mientras salíamos hacia el calor que nos aguardaba fuera del edificio. El primer partido es contra Colombia pero creo que recién la semana próxima. Llegamos a la camioneta 4x4 gris y Nicolás abrió el baúl. Esta no es una provincia muy futbolera, siguió. Pero la gente hace mucho deporte acá. Ya van a ver las rutas llenas de ciclistas, tanto de velocidad como de montaña. Acá se corre una de las etapas del *Tour de France* además de la famosa *Vuelta a San Juan*. Y además, me imagino que sabrán que San Juan es la capital nacional del hockey sobre patín.

Algo me suena, dije, pero debo reconocer que no lo tengo muy presente. Nunca supe patinar muy bien y creo que no he seguido mucho el deporte, aclaré. Tuve un *skate* de chico pero reconozco que me daba miedo y no lo usé nunca mucho, dije con una falsa sonrisa que buscaba ocultar la vergüenza que me daba contar eso. Recordé entonces esa patineta. La había comprado mi padre en un viaje que había hecho por negocios a Estados Unidos. Mi madre me hizo la vida imposible: no quería que la usara y siempre intentaba impedir que fuera a patinar. Esa patineta…, decía cada vez que yo la agarraba… a veces no sé dónde tiene la cabeza tu padre. Recuerdo que al recibirla no pude evitar mostrarme decepcionado porque no era una de las marcas famosas y pensé que los chicos se reirían de mí. Yo también quería una *Powell Peralta, Santa Cruz, Vision* o *Hosoi* pero mi padre me había regalado una cuya marca no conocía, *Rueding Sud*. Los otros la probaron y no les pareció tan berreta. Tenía un dibujo que siempre me había intrigado mucho: un hombre con aspecto fantasmal con un sombrero tanguero miraba de costado y de fondo se veía un obelisco. Debajo del dibujo decía *Fantasma B*.

Lamentablemente desde que Nora Vega se convirtió en la campeona indiscutida, explicó Nicolás, la gente se olvida que San Juan es la Meca del país del patinaje. Vimos cómo los chicos del equipo ordenadamente iban acomodando sus bolsos en el guarda equipajes y subían al bus. Traté de ver si identificaba a alguien conocido pero me di cuenta que era imposible que los conociera. Los chicos debían tener 14, 15 o 16 años y yo hacía casi una década que no veía fútbol argentino. Solo veía cuando la selección jugaba el mundial. Ni siquiera, me di cuenta, distinguiría si alguien del cuerpo técnico era famoso. Muchas cosas han quedado muy atrás, pensé. Me imagino, Ariel, que la conocés a Nora Vega, me preguntó Nicolás. Yo la conozco, dijo Camille sin dejar que yo contestase. Supuse que Nicolás no esperaba esa respuesta. La miramos con atención. Mi tío, empezó a decir, fue en algún momento el médico del equipo francés de patinaje. Sé que suena un poco raro pero es así. Él vive en Montpellier, en el sur de Francia y allí es como Ud. dice que es San Juan. Él vino a Mar del Plata en una oportunidad para un campeonato. Es un poco raro: solo conoce Mar del Plata. Bueno, yo solo conozco Buenos Aires y ahora conoceré San Juan y La Rioja. Al volver de ese viaje, este tío, siguió Camille, nos contó todo sobre el campeonato y sobre Nora Vega. Todos sus triunfos y todo sobre su fama. Sí, la conozco. ¿Vieron? Algo sé de Argentina. Yo solo agregué que también la conocía, aunque sin tener una relación tan familiar como la que tenía Camille.

Nuestro coche avanzó por la ruta hacia la ciudad capital. Íbamos los tres en silencio. Solo dijimos que preferíamos ir con las ventanas bajas. El calor aumentaba pero necesitábamos algo de aire fresco. El camino no tenía nada especial pero el color de la tierra era atrayente. Aunque aparecían manchas verdes en el paisaje, se adivinaba que la paleta dominante era el ocre. No noté viento. Estábamos a salvo del Zonda. Sonreí tranquilizándome. Había sido gracioso el diálogo con el matrimonio. El aeropuerto se encuentra a quince kilómetros de la ciudad de San Juan. Tomamos la Ruta 20 que en un principio pasa por pequeñas fincas. Luego, cuando se transforma en el Acceso Este empiezan a verse las primeras casas. Al tomar la Avenida de Circunvalación entramos a la ciudad propiamente dicha. Menos de cinco minutos después habíamos llegado a nuestro destino, el Hotel Provincial. Nicolás intentó ayudarnos con nuestras cosas.

Nos vemos mañana, no se preocupe, nos arreglamos solos, dije tomando nuestro equipaje. Camille se dirigió a la recepción. Díganos a qué hora nos pasará a buscar, le dije a Nicolás. Estamos muy cansados. Creo que vamos a comer algo e irnos a acostar temprano. Descansen, contestó. Va a ser un día largo mañana. A las ocho en punto los paso a buscar por acá. Cualquier cosa, me avisan. Tomen, acá tiene mi número, me dijo mientras me extendía un papel con una caligrafía distinta al del cartel de recepción. El 264 es el código de San Juan, me aclaró.

Nuestra habitación era en el cuarto piso. Hacía, probablemente, más de veinte años que no estaba en un hotel como ese. El ascensor tardó cerca de diez minutos en llegar a pesar de que el edificio tenía solo cinco plantas. Apretamos varias veces el botón para llamarlo ya que pensábamos que no funcionaría bien. Los carteles señalaban salas con grandilocuentes nombres: Salón Mercedario, Salón Ischigualasto, Salón Pampa del Leoncito. Me parecía un chiste que salones cerrados, con viejos cortinados que habían pasado de moda hacía por lo menos dos décadas llevaran nombres de semejantes fenómenos naturales. Percibimos un fuerte aroma cuando el ascensor abrió las puertas en nuestro piso. No era sucio, sino olor a viejo, a encierro. Caminamos hasta nuestra habitación. Teníamos dos llaves magnéticas: una funcionaba, la otra no. La probamos de adentro y de afuera pero no estaba activada. Dejamos las mochilas. La tapa del inodoro estaba cubierta por esas fajas que aseguraban que éste no había sido utilizado desde la última limpieza. Los jabones eran minúsculos y estaban en unos paquetitos de celofán difíciles de abrir. Dos sobres de *shampoo* Sedal completaban el *kit* de bienvenida en el baño.

Al momento de hacer la reserva con la agencia de viajes no le presté atención a la calidad de los hoteles en que nos alojaríamos. Mi prioridad al hablar con la agencia había sido asegurarme que se incluyeran todas las excursiones que quería hacer. No fue fácil y requirió un par de idas y vueltas por email con los empleados de *Horizontes Nuevos*. En el primero de los itinerarios que habíamos recibido no figuraban, al menos, un par de lugares que eran esenciales, entre ellos Laguna Brava. Con prudencia les pregunté si podrían agregarlos. Después de todo eran los que Jaime nos había recomendado con más énfasis. No sabía de cuán fácil acceso serían y si *Horizontes Nuevos* trabajaría esos destinos que parecían, si no exóticos, al menos no los más pedidos por clientes estándares. Las reservas y el pago los hice por internet y nunca hablé con nadie de la agencia hasta el viernes, un par de días antes del viaje a San Juan, cuando fui a la oficina en la calle Suipacha en el centro de Buenos Aires a retirar las cosas. Allí me dieron un sobre de plástico blanco con líneas horizontales azules paralelas que supuse representaban a los horizontes. El nombre de la agencia estaba impreso en rojo encima de las líneas.

No había sido necesario pasar a retirar los *vouchers* por *Horizontes Nuevos* ya que ellos podían enviarme todas las reservas por email. Sin embargo, ya que tenía unos días en Buenos Aires sin muchas cosas que hacer, decidí pasear por la ciudad. Esa parte del centro de la ciudad era parte del paseo. El plan era estar en Buenos Aires el viernes, sábado y la mañana del domingo antes de empezar el viaje por el interior y quedarnos medio día al volver de La Rioja, antes de embarcar para Londres vía París.

Habíamos llegado a Buenos Aires el viernes por la mañana. Esa misma tarde fui a la escribanía. Llegué caminando. El clima era perfecto: poco más de 25 grados con poca humedad. A la ciudad se la veía próspera, mucho mejor que cuando yo me había ido en plena crisis económica y política que coincidió con el nuevo siglo. En la calle, sin embargo, se veían muchas familias sin hogar. En la puerta del elegante edificio estilo francés en el que se encontraba la escribanía había una mujer con cinco chicos viviendo en un colchón. Pensé al ver eso que muchas cosas ya no volverían a ser como habían sido en mi infancia. Subí al cuarto piso y al entrar a la oficina, el propio escribano ni bien me saludó me dijo que todos los papeles ya estaban en orden y preparados. Gracias a un poder amplio que le había otorgado, mi hermana Laura se había encargado de hacer todos los trámites necesarios para la sucesión y lo único que se necesitaba era que yo firmase algunos documentos.

Aunque no me molestaba para nada, la habitación del Hotel Provincial era mucho más simple de lo que esperaba. La cama y las dos mesas de luz hacían juego. Contra una de las paredes había un pequeño escritorio. Sobre este solo había un block con pocas páginas con el logo del hotel y un televisor de catorce pulgadas. Una mini-heladera que contenía dos Coca-Cola y un agua se encontraba debajo del escritorio. Una silla de respaldo cubierto con una tela verde completaba los objetos de la habitación. Abrimos la ventana que daba al interior del edificio. El aire que entraba era agradable. En la planta baja había una pileta de tamaño considerable. Un hombre y una mujer se bañaban. Tres hombres jóvenes trabajaban en el solario de la pileta armando unas mesas. Los bañistas no parecían alterarse por el movimiento de los hombres. Desde nuestra ventana se percibía que la planta del hotel tenía forma de *L*. Nosotros nos encontrábamos en la sección más corta y podíamos ver los parasoles de cemento que protegían a cada una de las ventanas de la sección más larga de la *L*. La construcción era horrible. No estaban pintados ni tenían una forma especial. No sabía si ese color crudo aumentaba la fealdad o, por el contrario, la reducía. Más allá del solario con la pileta, se veía una esquina formada por dos avenidas. La calle estaba desierta. No nos llegaba ningún ruido más que ocasionales sonidos o voces que subían desde la zona de la pileta. En el fondo se veían unas montañas, la precordillera.

Camille se tiró a dormir unos minutos. Yo también estaba cansado pero decidí no recostarme. Se había quitado el pantalón. Tenía puesta una bombacha azul con rayas blancas al estilo marinero y una camiseta blanca. Creo que tenía la misma bombacha la noche que había venido a dormir a casa por primera vez. ¿Qué bien hizo Jean-Paul Gaultier en devolvernos así con tanta potencia este estilo marinero, no?, me había preguntado mientras la desvestía. ¡*Voilà*: como si estuviéramos en la Bretaña!, me dijo al quedarse solo con esa prenda de ropa interior. Esa noche le había hablado por primera vez de la conversación que había tenido con Jaime sobre su curioso encuentro con esos escritores que tanto me gustaban. Qué amigo más misterioso que tienes, cariñito, me dijo ya muchos meses después. La conversación sobre Jaime se repitió varias veces en sucesivas oportunidades. ¡Las cosas que dice y que te hace pensar!, me dijo. ¿De verdad piensas que él estuvo alrededor de esa mesa y que le robaron sus ideas dos gigantes como Bolaño y Cercas?, me preguntó recordando aquella conversación que le había contado esa primera vez. Esa era probablemente la séptima vez que me lo preguntaba. Le gustaba creer que Jaime no solo hubiera estado allí sino que sus ideas hubieran logrado influir tanto a personas tan inteligentes. A escritores con tanto oficio.

A pesar de todas las dudas que tengo sobre tu amigo, el plan que te recomienda suena muy bueno, recuerdo que me dijo Camille la primera noche que le hablé del viaje. Quiero ir con vos a Argentina, me dijo. Quiero hacer ese viaje con vos, afirmó reforzando esta última parte de la oración casi sin dejarme espacio para una réplica. Además te aseguro, me dijo, que en ese viaje ya hablaré español como los argentinos y no como los españoles. Pensé en decirle que el idioma se llamaba castellano y no español pero me quedé callado. Ya verás que diré *che, vos sos boludo* y no *tú eres gilipollas*. Ambas expresiones las había dicho con un tono bien francés. Sonrió. Ya estoy practicando para ese viaje, agregó. Yo también sonreí. Me quedé en silencio y dudé, recuerdo, qué responderle. Habíamos viajado solo una vez juntos, solo por una semana por el sur de Italia. Había estado muy bien. Pero, esta vez, sabía, sería distinto. Ella percibió mis dudas. Tal vez hice algún gesto distinto a los que habitualmente hacía que delató mi incomodidad. No me digas, me dijo entonces ácidamente, que en Argentina tienes una vida paralela. Acabas de volver, tal vez has conocido a alguien. O te has rencontrado con alguien allí, dijo como poniendo un manto de duda sobre mi última visita y haciendo que la decisión de ir con ella fuera incluso más difícil de tomar. Me molestaba cómo, a veces, no podía controlar su ansiedad. Fui al entierro de mi madre, Camille. ¿Te acordás?, le pregunté. Ojalá tuviera una vida paralela, le dije. Ella sirvió vino en las dos copas.

Quería, pensaba en ese momento, hacer el viaje solo. Intenté explicarle que, entre otras cosas, debería terminar trámites que significarían aburridas horas de espera en oscuras y asfixiantes oficinas de escribanos. Sabía, sobre todo, que tarde o temprano todo tendría una carga emocional y prefería atravesarlo en soledad. Quería, además, recorrer solo esos lugares de Buenos Aires a los que solía ir con mi madre. Nada especial: el supermercado, la puerta de la escuela, el café de la esquina. Pensaba que sería mejor si los días que estuviera de paso en Buenos Aires los pasase sin ella. Me quedaría en la casa de mi infancia para empezar a hacer una clasificación de las cosas para que mi hermana después se encargara de la venta. Allí había muerto mi madre y pensé que estar allí con Camille sería incómodo. El viaje, pensaba además, sería una oportunidad que me permitiría ver desde otra perspectiva muchas cosas, incluida mi decisión de vivir afuera. Y eso lo quería hacer sintiéndome a mis anchas. Debía empezar a pensar seriamente dónde quería pasar lo que me quedaba de la vida, seguramente los años en que construiría una familia y establecería un hogar y la muerte de mi madre me había acercado al momento de tomar una decisión.

Pero no logré decirle nada de eso. Como sabes, yo puedo ver el futuro, me dijo entonces. ¿Eso es, al menos, lo que dice tu amigo de *Pizzica*, no?, preguntó sin esperar respuesta. Bueno, dijo mientras cerraba los ojos y acariciaba una inexistente lámpara de vidente, déjame ver. Hizo un silencio y empezó a decir *um, um* como si se estuviera conectando con algo. Ya lo vi, dijo. *Um, um.* Vi que haremos juntos ese viaje. Abrió los ojos y sonrió. Le dije que eso no me resultaba suficiente como evidencia de su premonición. ¿Qué más viste? Repitió la escena. Esta vez no hizo *um, um* sino *mmm, mmm.* En ese viaje veo un barco, dijo. ¿Un barco?, le pregunté riendo, sobrándola. ¡Pero si San Juan y la Rioja están en el desierto junto a los Andes, Camille! Tal vez estuvieron en el mar de San Juan y La Rioja pero hace dos millones de años, le dije. ¿Te podés imaginar un barco en los Andes?, le pregunté. Tal vez tu lámpara está sintonizando otro canal. *Mmm, mmm,* siguió diciendo. Veo un barco: no, veo dos barcos pero uno se hunde. No: no, se hunde. Algo le pasa. Desaparece, dijo. Mmm, mmm. ¿Quieres saber algo más?, me preguntó. Muy bien, está claro que los de *Pizzica* están bien equivocados, le dije. Un barco en Cuyo…, recuerdo que dije a propósito sin terminar la oración. Es lo que veo, cariñito; si tú no tienes los poderes, lo siento. Tengo más cosas que contarte sobre lo que veo pero parece que no te interesan. Acuérdate del barco; ya vas a ver, recuerdo que dijo, todavía acentuando como española, para cerrar el tema.

Gianluca puso un poco de música. Laura Pausini cantaba *La Solitudine*. Tomé la lista del Desna cuando se me acercó Gianluca para preguntarme si necesitaba algo. El Desna, el barco tan presente en esas reuniones familiares. El barco donde todo había empezado. ¡Putos podes adivinatorios!, me dije en voz baja. Le pedí un Crodino. El lugar seguía con unas mesas ocupadas pero estaba tranquilo. Se estaba acercando el horario del almuerzo. Yo todavía no había recibido ningún mail importante del trabajo y por lo tanto podía seguir con mi historia. ¿De verdad te parece que la francesita tiene poderes adivinatorios?, le pregunté. Es lo que dice Vale. Y si ella lo dice, deber ser así. En eso nunca se equivoca. La luz que entraba era, a pesar de estar nublado, más fuerte que cuando había llegado. Pasó Fred el cartero que distribuía cartas en mi calle. Iba como siempre con su carrito rojo de cuatro ruedas y con el EIIR en letras amarillas debajo de la corona. Te veo preocupado con esto, Ariel, dijo sonriendo. Pero no te preocupes con su capacidad de leer el futuro. ¿Qué vio?, me preguntó. Te aclaro una cosa: ver el casamiento en la lámpara no entra en la categoría de adivinar el futuro, dijo. Eso es, simplemente, una mujer rompiéndole los cojones a un tipo. Se rió. Me vi forzado a contestarle. No, nada, no vio nada, dije. O eso quiero creer, pensé en ese momento.

Seguí escribiendo sobre esa tarde que pasamos en el Hotel Provincial. Camille se movía suavemente en la cama. Su cabeza sobre la funda blanca de la almohada transmitía tranquilidad. La cinta del pelo estaba sobre su mesita de luz, junto a sus anteojos. Una leve brisa entraba por la ventana y le movía algún que otro cabello. Tenía dos o tres canas. Así recostada en la cama me dio una leve sensación de vulnerabilidad. Quise huir de esa fragilidad. Una fragilidad que sentí contagiosa. Saqué entonces de mi mochila negra la libreta. La apoyé sobre el escritorio. Estaba tentado a empezar a escribir algo pero no sabía qué. No sabía cómo comenzar. Ni siquiera llegué a abrir la libreta y agarré el plano de la ciudad. Le eché un vistazo. Me di cuenta que estábamos muy cerca de la casa natal de Sarmiento y de la oficina de Turismo. Pensé que sería interesante visitar esa casa. El nombre de Laprida resaltaba en un par de lugares del plano y recordé que el hombre que había declarado la independencia en 1816 era, efectivamente, ese diputado sanjuanino. Vino a mi cabeza entonces una imagen de la escuela primaria. Vi a la maestra Zulema de segundo grado, vi un acto sobre la declaración de la Independencia, vi a los chicos sobre el escenario representando el Congreso de Tucumán con Laprida a la cabeza. Vi también una imagen de mi madre junto a la *bobe*, mi abuela materna, acompañándome a la escuela luciendo el delantal blanco perfectamente planchado. Madre e hija: aliadas y compañeras inseparables en nuestra crianza. Tomé mi teléfono y me puse a ver algunas de las fotos que había tomado los últimos días. Impulsivamente tomé la libreta y, sin entender por qué, la di vuelta y la abrí. Estaba listo para empezar a escribir por la última página. Encontré en el bolsillo de mi mochila una lapicera azul con el nombre de la empresa en que trabajo. Hice zoom en una de las fotos y apoyé el teléfono. Empecé a escribir.

La volví a mirar a Camille y sin saber por qué supuse que estaba soñando con Nora Vega quien en competencia patinaba en una pista cubierta perseguida por un pelotón de mujeres que visten las camisetas representativas de sus países. La escena es colorida gracias a las prendas que reproducen las banderas de los diversos países. Distingo cerca de quince camisetas distintas. El estadio es moderno, amplio, luminoso. La luz parece entrar de unos gigantescos ventanales o de parte del techo ya que tiene planchas de algún material traslúcido. Entre el público, en algunas de las primeras filas de las tribunas, está su tío con los demás miembros de la delegación francesa. Miran a la muchacha que va en el pelotón que sigue a Vega. Está bastante retrasada. El tío cuyo aspecto no conozco pero imagino, mira con atención a la francesa que lleva el número 76 en su espalda. Él se concentra en el movimiento de piernas y sabe que todavía no está del todo recuperada. La lesión anterior fue larga y llegaron a pensar que la carrera habría llegado a su fin. Esta, posiblemente, es la última de las pruebas que rinda. La competidora francesa usa su energía al máximo. ¿Sospechó en algún momento Camille que esa mujer, la que lleva el dorsal 76 podría ser la amante de su tío? Hace un esfuerzo extra, inhumano, para no quedar relegada. Aquí es donde se juega y se define su futuro, su destino. Y es cuando hace un movimiento fallido. Se ve en su cara un gesto de dolor. La lesión ha vuelto. El tío contempla la escena con preocupación y resignación. Nora Vega saca más ventaja al pelotón.

Escribí por unos minutos a medida que pasaba las fotografías del teléfono. Camille abrió los ojos y miró a mi lado de la cama. No me vio. Pensé entonces que tal vez no hubiera sido una mala idea que finalmente fuera conmigo al viaje. Después de todo, ella había sido una gran compañera desde que había muerto mi madre. Cariñito: ¿qué hacés?, preguntó al verme sentado en el escritorio. ¿Por qué estás tan lejos? La noté transpirada, ansiosa. Le pregunté qué le pasaba. Temí que la altura o el calor la hubieran afectado. Me dijo que había tenido un sueño muy raro. Debe ser por el calor, me dijo. Le pregunté de qué se trataba. No importa, me dijo. Era raro. No sé muy bien dónde transcurría. Hace unos días que vengo soñando cosas poco claras pero éste era distinto. ¿Cómo decirlo? Estaba más estructurado. Mejor contado. Viste cómo son los sueños: no se entienden nada. Pero este sí: algo se entendía. Ya te lo contaré, me dijo. Necesito tiempo para procesarlo. Mejor dicho: para combinarlo con mis poderes adivinatorios. Se sonrió. Entraba luz por la ventana. Era una linda luz, de esa que se ve cuando el sol empieza a caer. Se levantó de la cama y se quitó la camiseta. Notó que estaba sentado escribiendo. ¿Empezaste con la libretita? Negué con la cabeza. ¿Qué querés que escriba?, le pregunté. No se me ocurre nada. Solo estuvimos en esta habitación. Y la verdad no creo que sea lo más interesante desde una perspectiva geológica u orográfica o paisajística. Rió y me dijo que era muy gracioso. Me lo dijo en francés: *très drôle*. Me gusta el sonido de esa palabra. Pero como me incomodó que me hubiera descubierto con la libreta le dije que no, que no era *drôle*. Y antes de que llegase a levantarse de la cama cerré la libreta y le pasé la tira de goma por delante para dejarla cerrada. Le pregunté si iríamos a salir. El sol estaba empezando a caer y le dije que no sería una mala idea salir a dar un paseo.

Mirá, le dije sentado en la silla mirando al escritorio y dando vuelta la libreta. *Chán*, *chán*: voy a empezarla. Abrí, entonces, la libreta y escribí dos palabras en el centro de la primera página. Las subrayé. La cerré y la abrí nuevamente. Contemplé mi caligrafía. Siempre era una sorpresa: cambiaba todo el tiempo. Me levanté y desde el pie de la cama la mostré y le leí las dos palabras. *Laguna Brava*. Se rió. Se tentó y no podía parar. Guau. *Très bien*, dijo entre risas. Y lo repitió. ¡Qué escritor que sos ¡Qué talento que tenés! *Mon Marcel Proust*. ¿No me digas que esto es también parte de tus poderes de adivinación?, le pregunté. Qué tonta que sos. Dale, apurémonos que quiero que pruebes las empanadas sanjuaninas, le dije mientras dejaba la libretita sobre el escritorio para acercarme a ella en la cama mientras pensaba que efectivamente ya estaba hablando como argentina.

**

Soy considerablemente desordenado. No tengo muchas cosas fijas que hacer más allá del trabajo que no me demanda mucho, salvo en algunas puntuales ocasiones. No tengo hijos. Tengo algo de tiempo. Leo y armo grupos de lecturas. Uno de ellos es en la embajada argentina. Estamos terminando un proyecto en el que compilé cuentos sobre la inmigración de argentinos. Estoy en el proceso final de edición para darle forma a un volumen. Creo que se llamará *Hay Equipo. Relatos de inmigrantes argentinos en la Londres post-Brexit*. El mismo Jaime, quien ha conocido a buena parte de los miembros del grupo, se entusiasmó con el proyecto y me ha enviado un texto que servirá como prólogo a los relatos individuales. La sección cultural de la embajada ya se ha comprometido a la publicación del volumen. Debo trabajar en eso pero también quiero acomodar un poco la casa. Hay mil cajas dando vuelta y pilas infinitas de libros frente a la biblioteca. No puedo dejar a Camille con todo el trabajo, aunque sean sus cosas.

No quiero dejar, tampoco, de avanzar en las notas del viaje. Recuerdo ese primer día. Esas horas del final de la tarde caminamos sin un claro rumbo, haciendo tiempo para cenar y meternos en la cama temprano. Tengo conmigo el plano de San Juan. Es el que me dieron esa tarde en la recepción del hotel cuando pedimos recomendaciones para la caminata. El mapa está arrugado y quebrado en las partes de los pliegues. Me gusta ver esas zonas artificiales en que queda separada la ciudad gracias a esos dobleces. Lo extiendo para poder ver la representación de toda la ciudad tal cual hice esas dos primeras tardes, cuando estaba allí. Recuerdo ponerlo y sacarlos de ese amplio bolsillo en la pierna derecha de la bermuda gris claro de Uniqlo que usé cada uno de los siete días del viaje. Ahora lo apoyo sobre la mesa que Gianluca limpió hace unos minutos. Trato de recordar el recorrido de esa tarde. Repaso con el dedo, aunque probablemente me equivoque, las calles que fuimos siguiendo.

El índice se pone en el hotel. Se mueve por José Ignacio de la Roza Este y atraviesa la Plaza 25 de Mayo. Pasamos frente a la Catedral San Juan Bautista. Era una construcción moderna. En sus escalinatas correteaban y se sacaban fotos una docena de chicos que habían hecho la primera comunión esa tarde. Caminamos por una de las avenidas principales y al llegar a la calle Sarmiento giramos a la derecha para ir justamente a la casa que había sido de Domingo Faustino Sarmiento. Lo único que queda de la construcción original es la pared del fondo, que linda con la casa vecina. Un terremoto la destrozó casi totalmente. No la pudimos ver por dentro ya que llegamos cuando ya había terminado el horario de visita. En la puerta un muñeco de un Sarmiento ya mayor sentado en un banco con un cuaderno abierto enseña a leer. Viste unos pantalones negros, una camisa gris que lleva arremangada y un chaleco oscuro. Está serio: tiene la cara del Sarmiento educador que siempre cumplió con su deber. Pienso que el Sarmiento que enseñaba a leer era varias décadas más joven. A esa edad hacía tiempo que había escrito el libro sobre Facundo Quiroga y viajado por Europa para escribir *Viajes*. Seguramente a esa edad ya era presidente. ¿Por qué hicieron eso? ¿Por qué eligieron para el muñeco al Sarmiento mayor?, me pregunté. Hay dos palabras escritas en su cuaderno: Vaca y Burro. La V y B son grandes, ocupan casi dos tercios de cada una de las páginas. Las letras están junto a un dibujo, casi una caricatura, de las cabezas de sendos animales. Sarmiento señala con los dedos mayor e índice la palabra Vaca. Por fin aprenderé algo, cariñito, dijo al sentarse junto al muñeco de Sarmiento. Se puso en pose de prestarle atención. Se quedó unos segundos así, esperando que le sacase una foto. Ni con mis poderes adivinatorios puedo hablar bien este idioma, dijo.

Tengo más de mil fotos de esos siete días, es decir cerca de ciento cincuenta en promedio por día. Aquellas que muestran paisajes fueron inconfundiblemente tomadas en los mismos lugares de las que encontré en *La de Pavón*. Han pasado varias décadas y están tomadas de forma diferente, pero incluso así es indudable que son los mismos escenarios. Hago una pausa. Voy a terminar en los próximos minutos con esta primera parte. Pero no me quiero apresurar. Debo ser selectivo y muy cuidadoso para ir al punto y solo volver a lo importante, a aquello que es útil. Pero no es fácil. Vuelvo, como si fuera una trampa de la que no puedo escapar, al mapa y pongo el dedo sobre la casa de Sarmiento para seguir nuestro recorrido. La oficina de turismo frente al hogar del llamado *gran maestro* estaba también cerrada y decidimos avanzar por nuestra cuenta sin más recomendaciones. Caminamos hacia el oeste, hasta el Parque de Mayo. Vimos familias sentadas en los bancos tomando mate y chicos jugando a la pelota. Varias camisetas de la selección argentina y algunas del Barcelona FC. Llegamos al paseo de los artesanos. Puestos de panchos y papas fritas. Variedad de productos a la venta: frutos secos, aceitunas, dulces de fruta, aceites, adornos de madera y cactus. Nos tentamos con un alfajor del dulce más típico de la zona, cayote. Pegamos la vuelta. Visitamos, al volver hacia nuestro hotel, el Auditorio del Bicentenario.

Estábamos cansados y decidimos terminar la visita yendo a cenar. Eran cerca de las 8.30 de la noche y todavía la mayoría de los lugares estaban cerrados. Al volver por Rivadavia vimos *Un rincón de Napoli* abierto. Un cartel pegado en la puerta anunciaba que el plato del día era paella y costaba ciento veinte pesos. Nos miramos con complicidad. Plato típico, dijo Camille agarrándome de la mano para entrar. Fuimos los primeros para cenar. El lugar estaba vacío, solo dos mesas estaban ocupadas. Varios grupos de amigos tomaban cervezas con picadas de maní y cubos de jamón y queso. El salón era grande y seguía la misma lógica de las pizzerías porteñas: un mostrador de cerca de diez metros era utilizado por los mozos para hacer los pedidos de bebidas y comidas. Una parte de este mostrador tenía una heladera transparente en que se exhibían los platos fríos y postres. Desde el comedor se veía buena parte de la cocina, al fondo del local. Nos sentamos en una mesa para cuatro junto a la pared. Fotografías cuidadosamente enmarcadas cubrían buena parte de las paredes. En algunas se veían firmas y dedicatorias. Una joven y atenta chica se nos acercó para atendernos. Le preguntamos sobre las recomendaciones y nos dijo que la paella estaba muy buena. Dudamos hasta el último instante pero pedimos una para compartir y la complementamos con algunas empanadas de entrada.

Aunque no fuera típica del lugar, la paella estaba efectivamente muy buena. Camille estaba sentada de frente a la puerta. Mirá, qué casualidad, dijo mirando el movimiento en la vereda. Los chicos de hoy, agregó al ver entrar a parte del equipo de la selección juvenil. Me llamó la atención que estuvieran paseando por la ciudad y no estuvieran concentrados. Pero recordé que era domingo y el torneo no comenzaba hasta una semana más tarde. Improvisaron una larga mesa. Terminamos nuestra paella y pedimos un flan con dulce de leche. Antes de que nos los trajeran, Camille se puso de pie. Cariñito, me dijo, vamos a sacarnos fotos con el equipo de fútbol. Quiero tener toda la experiencia de San Juan: Sarmiento que me enseña a escribir y fútbol. Me pareció gracioso el comentario: en algunas de esas primeras charlas que habíamos tenido habíamos hablado sobre la tensión entre civilización y barbarie de la historia argentina. Cuando mis intentos de avanzar junto a Camille con la poesía francesa se mostraron inútiles, nos concentramos en la historia argentina. Habíamos charlado bastante sobre el *Facundo* de Sarmiento. Cuéntame cosas de la historia argentina. Es muy divertida, me decía cuando se nos agotaban los temas de conversación cuando todavía hablaba como si fuera española. No siempre fue sencillo. Contar un país de cero no es tarea sencilla, le dije una noche que me preguntó por qué sabiendo que lo esperaban para matarlo, Facundo siguió hasta finalmente encontrar la muerte. No sé, le dije. Simplemente, no sé. Hay veces, supongo, que uno va a lo inevitable, que uno hace todo lo posible por llegar a ese lugar. Le leí el poema de Borges sobre ese asesinato. Le gustó mucho eso de *Ya muerto, ya de pie, ya inmortal, ya fantasma.* Le leí también ese en que Borges imaginó la muerte de Laprida. ¡Cuánta sangre, cuánta violencia, cuánta muerte!, dijo horrorizada. Ahora me doy cuenta que contar una historia de cero, cualquiera sea ésta, no es nunca una tarea sencilla.

La mesa de los chicos del equipo estaba cerca de la nuestra. La habían ido armando a lo largo de la pared. Camille se acercó a los jugadores sentados en una de las cabeceras y exagerando su acento francés se presentó. Les preguntó qué equipo eran y porqué estaban allí. Aunque sabía ya todas esas respuestas se mostró muy interesada. Incluso, fingió no entender algunos de los detalles que le daban para poder repreguntar y obtener más información. Finalmente, les preguntó si podía sacarse fotos con ellos. Accedieron sin problema. Me pidió que con mi teléfono hiciera las fotos. Ella y los jugadores posaron, algunos sentados y otros parados, a lo largo de la mesa con la pared de fondo. Saqué tres o cuatro fotografías. Agradeció y volvimos a nuestra mesa a comer nuestro flan con dulce de leche.

Caminamos lentamente las siete u ocho cuadras que había entre el restaurante y el hotel. Estábamos cansados y la gigantesca porción de dulce de leche que acompañaba al flan nos había empalagado. La calle comenzaba a animarse. Los restaurantes y cafeterías estaban abiertos. Grupos de amigos caminaban hablando por la calle. Las parejas paseaban tomadas de la mano. Al llegar a la esquina de nuestro hotel vimos una multitud mirando un partido de fútbol en el televisor de una confitería. A pesar de ser las diez de la noche, en todas las mesas se veían evidencias de meriendas: tazas de café, tostados de jamón y queso, medialunas. Nosotros habíamos terminado de cenar a la hora que los locales tomaban la merienda.

En la pantalla vi cómo Independiente de Avellaneda estaba, desesperadamente, tratando de meterle un gol a Patronato. Era el minuto 46 del segundo tiempo y todavía quedaban cuatro de descuento. La pelota la tenía Independiente. Ese es mi equipo, le dije a Camille. De chico me había tocado vivir una de las épocas doradas de los *diablos rojos* pero con los años ese fuego se había ido apagando. En mis años en Europa no había conseguido que nadie, al preguntarme de qué equipo era, identificara a Independiente como el *Rey de Copas*. No importaba que les explicara que hasta hacía pocos años había sido el equipo más ganador de la Copa Libertadores. O que en el 84 le había ganado la final de la Intercontinental en Tokio al Liverpool de Ian Rush con gol de Percudani. No importaba nada de eso: solo conocían a River o Boca. Nadie sabía nada de Independiente. Tan descorazonado me tenía esto que en varias oportunidades pensé en empezar a contar una nueva historia. Pensé en traicionarme y contar algo distinto. Quería salir de ese anonimato en que, con cierta frecuencia, te ubica la inmigración. Contaría que era de Boca y que de chico iba mucho a la Bombonera, con mi padre y mi abuelo. Contaría con lujos de detalles esos ficticios domingos de fútbol.

Presté atención y me vi nervioso. Estaba haciendo fuerza para que esa pelota finalmente entrara. A pesar de las recientes reformas, reconocí el estadio en que jugaban: allí había ido un par de veces con mi padre. No tenía malos recuerdos. Entre los cajones que había revuelto en la casa de mis padres durante los días anteriores al viaje a San Juan, había encontrado junto al anuncio de *Sasterías El Elegante Inglés* un papel con las firmas de buena parte del equipo de Independiente. Era de la época en que había sido efectivamente exitoso. Estaba arrugado y muy dañado pero inmediatamente lo distinguí e incluso recordé cómo mi padre lo había conseguido. Le saqué a cada uno una foto previendo que los papeles inexorablemente se terminarían de destruir. La tensión seguía en el televisor. Cerca de cincuenta personas seguían atentamente el partido. Había familias, hombres solos, chicos. En la última pelota un jugador intentó hacer un gol de taco pero la pelota salió a unos pocos centímetros del poste. Era el final. Una vez más, Independiente no lograba ganar. Vamos, le dije a Camille con cierta amargura. Creo que hace diez años que no gana un partido. Qué sorpresa, cariñito: pensaba que eras de Boca, me dijo mientras entrábamos al hotel. El ascensor, milagrosamente, estaba en la planta baja y al apretar el botón se dirigió sin sorpresas al cuarto piso. Si me preguntabas, hubiera dicho eso, agregó Camille mientras subíamos. Qué caja de sorpresa que sos, cariñito, dijo. Me sonreí. Entramos a nuestra habitación. Abrimos las ventanas. En la zona de la pileta había unas treinta personas alrededor de unas mesas con varias botellas de vino. La élite de San Juan, dijo Camille. Entre las personas distinguí al matrimonio con el que había hablado en el avión. Pueblo chico, dije sin que Camille me oyera. Traté de pensar cómo sería formar parte del grupo de personas que detenta el poder económico y político en una ciudad del tamaño de San Juan. ¿Cómo es ser conocido en una ciudad chica?, pensé. Traté de imaginar cómo sería hacerse con el poder si un tipo como uno, con la experiencia acumulada, decide aterrizar acá y empezar una nueva vida. ¿En que se transformaría uno?, me escuché decir en voz baja y Camille me preguntó qué había dicho. Nada, nada, contesté. Pregunté solo qué seríamos acá. El Zonda cariñito, el Zonda te está afectando. Finalmente, te está afectando. Sí: pensamientos de porteño agrandado, pensé.

La temperatura había bajado pero podríamos dormir perfectamente con la ventana abierta. Incluso un pijama de verano como el de Camille o una camiseta en mi caso sería perfecto. Nos preparamos para acostarnos y nos metimos en la cama. Apagué la luz. Camille ya en la penumbra me preguntó si había escrito algo más en la libreta. Le dije que no. ¿No te acordás que estuvimos todo el tiempo juntos?, le pregunté. Esperá un segundo, le dije. Dudé qué mostrarle. Pensé rápidamente si valía la pena contarle en ese momento lo que había visto, casi por azar, en lo de mis padres sobre León Wraumansky o dejarlo para un momento más tranquilo, para cuando tuviéramos más tiempo para hablar. La historia, como la del país, no era fácil de contar y abriría mil preguntas sin respuesta. Decidí callar, es decir, hacer lo mismo que se había hecho por décadas. Supuse que ya habría tiempo para contar la historia. Supuse, también, que las fotos de la casa de mi madre eran irrelevantes. Una mera casualidad, pensaba entonces. Una casualidad sin importancia.

Tomé entonces mi teléfono y busqué la foto del papel de los autógrafos. La busqué entre las fotos que había tomado entre mi llegada a Buenos Aires y esa mañana. Había más de una veintena con los muebles de la casa de mis padres. Con Laura ya lo habíamos decidido: de todos ellos nos desharíamos ni bien pudiéramos. Varias fotos eran de los cubiertos y vajilla que se usaban para las cenas especiales como *Pesaj* o *Yom Kippur*. Otras fotos contenían, a su vez, las fotos que estaban en los cajones del placar en el pasillo que comunicaba la habitación de mis padres y la que había compartido con mi hermana hasta sus once años. Pasé rápidamente esas fotos para evitar que Camille me preguntase sobre ellas y di con la foto que buscaba. Mirá: encontré en casa este papel con los autógrafos de los jugadores que eran ídolos de mi infancia, le dije. Ella se acercó para poder ver mejor. Debe ser de cuando tenía cinco o seis años. Tal vez siete, agregué. Se escuchaban voces subiendo desde el área de la pileta. Nos llegaban varias conversaciones. Se mezclaban. Se confundían unas oraciones con otras. Tantas cosas pasaron desde ese día en que mi padre me dio ese papel, dije con un tono mucho más melancólico que el que me hubiera gustado usar. Y seguro, Cariñito, que antes de ese día también pasaron muchas cosas, dijo como dando a entender que decía algo obvio. Chau. Que duermas bien, me dio un beso en la mejilla y se dio vuelta.

Enchufé el teléfono. Recorrí por última vez algunas de las fotos del placar. Apagué el teléfono y lo dejé en la mesa de luz. Apoyé la cabeza en la almohada. Me pregunté si alguna vez conocería al tío de Camille que había estado con el equipo de patinaje. Y fue entonces cuando pensé que tal vez le debería haber empezado a contar a Camille, aunque fueran unos primeros detalles, sobre León Wraumansky. El tío que llamaba así con su nombre y apellido, como un extraño. Tío por tío, pensé. Como en el ajedrez. Como en un preciso juego. Unas carcajadas entraron por la ventana. Pensé si serían del hombre que había conocido ese día en el avión. Creo que antes de dormirme llegué a escuchar algo que parecía ser un brindis.

Pampa del Leoncito

Braunm todavía no existía en mi vida en aquella época en que yo solía visitar a Jaime en el sur de España. Eso fue varios años antes de conocerla a Camille y del viaje que hicimos a San Juan y La Rioja. En esa época hablábamos mucho con Jaime acerca de la creación de mundos fantásticos. Era uno de los temas que surgían durante las horas que seguían a las cenas. Las charlas comenzaban sin un rumbo claro y rápidamente terminaban allí, como si esas invenciones fueran el centro de gravedad de nuestro universo. El humo de la pipa de Jaime me molestaba. Sentía cómo me sacaba oxígeno y llenaba el ambiente de un olor desagradable pero, incluso así, lo disfrutaba un poco. Era fuerte, pesado y me preguntaba si dejaría en la boca ese gusto intenso como el que queda después de tomar un café negro. Él elucubraba una hipótesis tras otra y no dejaba de traer ideas, casi como si fuera un juego. Y lo hacía sin sufrir, casi como un entretenimiento, porque sabía que su carrera de escritor no lo llevaría por ahí. Para mí, en cambio, el tema era un dulce sabroso pero que sabía envenenado. Aunque lo intentase y me sentase a escribir y lo probara una y otra vez, yo nunca lograría construir lo que soñaba: mundos que parecieran fantásticos. Ni siquiera uno que fuera una caricatura de un mundo fantástico. *Hay equipo,* una mera compilación de cuentos escritos por otros y basados en experiencias autobiográficas, era lo máximo a lo que podía aspirar.

La segunda de las visitas que le hice a Jaime fue cuando Teresa viajó unos días por trabajo y decidí aprovechar ese tiempo para visitarlo. Por entonces la relación con ella iba viento en popa y nada podía augurar el desenlace que tendría. Cenamos un pescado que Jaime preparó exquisitamente. Lo acompañamos con mucho vino blanco. Los días también eran intensos ya que recorrimos bastante la zona e hicimos mucho deporte. Sentado cómodamente en su living en varias oportunidades me detuve en los borradores de su primer libro, tres cuadernos escritos a mano con una letra diminuta pero clara y muchas pero ordenadas notas al pie. Los cuadernos estaban organizados en función de lugares y fechas, siguiendo la lógica de los cuadernos de viajes. En el libro, *Escasa visión*, Jaime había incluso mantenido el formato de los cuadernos.

Él sí que tenía un universo paralelo en la cabeza, le dije esa noche hablando sobre Roberto Bolaño. Los personajes que aparecen en un libro vuelven a aparecer en otro y se entremezclan como si efectivamente hubieran existido, seguí. Lo que en un libro es un personaje menor, en el otro es el más relevante. Mirá lo que pasa con los personajes del diccionarito ese maravilloso que tiene sobre escritores filo nazis: son los mismos que después usa en otros libros. Algunos de sus libros son tubos de ensayo. O laboratorios. La historia de Wieder, por ejemplo, ya aparece aunque en forma menos definida en *La Literatura Nazi en América Latina*. Recordé que yo por ese entonces ya había leído más de diez veces *Estrella Distante*. Estaba, además, escribiendo ya la segunda versión de *El encuentro casual* (en ese momento todavía tenía otro nombre) que, ya sabía, nunca vería la luz. Sin ir más lejos, seguí, cuando el inspector de policía Abel Romero cuyo ídolo literario era Javert se le aparece a Arturo Belano para cerrar la historia, le cuenta la historia de la actriz porno, Joanna Silvestri. Ésta a su vez, es el personaje principal en una de las historias de otra parte de su obra. Ni es necesario decir que Arturo Belano es el propio Bolaño. Tomé un poco de vino. ¿Te pareció un ser muy especial, muy distinto a todos los demás seres humanos cuando se te presentó en persona?, le pregunté tratando de obtener la mayor cantidad de detalles para el libro que soñaba con escribir. Vi como movió la cabeza para asentir.

La casa era moderna y amplia. Tenía un jardín en el fondo. Había sido construida como residencia para los atletas de los Juegos del Mediterráneo que se habían celebrado solo un tiempo antes. ¡Qué hijo de su madre que era! Hasta en eso jugaba, le dije. El vino se me subía suavemente a la cabeza. Era agradable. Se sentía perfectamente en el paladar. Tengamos imaginación, dije. Nosotros también, aunque sea por uno segundos podemos, intentaba darnos bríos. Pensemos, le dije, un minuto: imagínate que yo me presento acá. No sé en qué circunstancias. Todo esto es inventado, los detalles no importan. Se me ocurren ahora. Organizás una fiesta con Luisa, por ejemplo. Viene gente que conocés y como siempre caen personas que no sabés quiénes son. Pensás que me habrá traído alguien pero por cortesía no preguntás. No queda bien preguntar a tus huéspedes, a las personas que se están tomando tu whisky, cómo carajo llegaron a tu casa. Soy simpático y empiezo a hablar. Tengo un acento latinoamericano. Te cuesta identificar de dónde soy. Sueno un poco argentino pero tengo un poco de acento como si fuera de México. O eso te parece. No sabés si en Argentina habrá alguna zona en que se habla como mexicano o, si a la inversa, en algún lugar de México se habla como argentino. Sabés que en el sur de México, en Mérida o algo así porque alguna vez estuviste por ahí, se habla como en Cuba. Eso te hace dudar y quedarte callado sin preguntar. Te resulta extraño. O puedo ser, pensás, que soy alguien que vivió en los dos países. Pensás que seguramente tenga varias emigraciones sobre mis espaldas. Hablo lindo. Bueno, los españoles piensan que hablamos lindo. Eso lo sé. Pensás que probablemente llevo un tiempo acá en España y pensás que ya sé que a los españoles, sobre todo a los de izquierda o a aquellos que se dicen de izquierda (porque entre los dos sabemos que la izquierda en este país es muy difícil de entender) les gusta escuchar a latinoamericanos o hacer, al menos, que los escuchan y entonces sé que al hablar me vas a prestar atención. Tengo que tener cuidado, de todas formas: sé que tengo un poco de crédito pero no mucho: después de unos minutos empezarás a pensar que soy, como dicen Uds., un plasta. Los latinoamericanos entramos rápidamente, en ojos de los españoles, en esa categoría. Me detuve un momento para tomar otro sorbo de vino. Estaba realmente bueno. Servime un poco más, está muy bueno, le pedí.

Miro el jardín. Bueno, el hombre que está en tu fiesta mira al jardín. Hay allí una rica colección de cactus y suculentas. Te digo que escribo, sigo diciendo. Tengo una beca en mi país (que no menciono) y que estoy haciendo un intercambio. Vos estás en esto y sabés que perfectamente puede pasar. En mi universidad aquí en España están las obras originales de Murillo Incháustegui, afirmo. Los cuadernos, me refiero. Todos: tanto los de América Latina como los de Europa. No está muy claro cómo llegaron tan lejos de Venecia pero aquí están. Lo lógico, sigo, sería que estuvieran allá en Paraguay o, a lo sumo, en Argentina pero están acá en España. Hay varias hipótesis de la historia de esos documentos pero este tema es para el departamento que se encarga de los archivos y de la historia de los archivos. Estos investigadores sí que son aburridos, digo. Hago un silencio para ver cómo reaccionás. En la fiesta hay varios profesores e investigadores, incluso hay extranjeros como franceses y alemanes. Te gustaría saber quién es el que me trajo. Ves que Luisa te mira cómo preguntándote con quién hablás. Es el momento de los detalles: estoy trabajando, te cuento, en un tema muy interesante aunque no tan conocido por acá.

Te tengo enfrente, me doy cuenta que el tiempo está corriendo y tengo que mantener tu interés. Te miro a los ojos y sin dudar te lo digo: yo cuando era joven empecé explorando a los escritores de viajes del siglo XVIII y XIX franceses. Al escuchar eso te sentís inmediatamente atraído. ¿Viste cómo es esto? La academia es rara: uno empieza con algo y va yéndose a otros lugares. Terminé convirtiéndome en un experto de Miguel Alfonso Murillo Incháustegui, un hombre casi desconocido. Conocerás a Humboldt, pregunto. Afirmás. Decís que has leído algo de él pero no mucho. Bueno, parte de su expedición más famosa a América del Sud al inicio del siglo XIX la hizo con Bonpland, te digo. No sos experto en ese tema pero te suena la historia y el nombre de este segundo explorador. Aimé Bonpland, te cuento, era un médico, biólogo y naturalista de primerísimo nivel. Había estudiado con lo mejor de Francia, entre ellos, por ejemplo, Lamarck. Admirado por Napoleón y amigo íntimo de Josefina Bonaparte. Estuvo, incluso, en su habitación cuando ella murió. No muchos estaban allí. Gracias a sus viajes, construyó una colección de 60 mil plantas en Francia, buena parte de ellas eran desconocidas en Europa. Plantas, muchas plantas.

Se pasó buena parte de su vida llevando plantas de un lugar del mundo a otro. Tenía todo en Francia (incluso después de la caída de Napoleón) pero su instinto, su impulso por investigar, por conocer cada una de las plantas que había en el mundo fue tan fuerte que decidió irse por segunda vez a América Latina. Va a Argentina. Remoto lugar es Argentina, pero él es un experto viajero. Descubre allí la yerba mate. Aprende todo sobre el cultivo de la yerba mate. Le parece que se puede hacer un mundo de la yerba mate. La ve con posibilidades infinitas. Se enamora de la planta y marcha definitivamente, después de incluso abandonar una cátedra de profesor en Buenos Aires, hacia el norte del país. Va hacia donde se cultiva la yerba mate. Va hacia el paraíso del mate. Va hacia donde su vida cambiará para siempre.

Pero ahí, te cuento, es víctima de una disputa territorial entre Argentina y el Paraguay controlado por el Dr. Gaspar Francia. ¿Te suena?, te pregunto. Roa Bastos lo retrata perfectamente en *Yo el Supremo*. Es de esos libros casi obligatorios de leer (y escribir) en América Latina. El Dr. Francia es de esos personajes increíbles; controla Paraguay a su antojo. Hace y deshace lo que quiere. Y durante varios años lo tiene prisionero a Bonpland. Seis, siete años. Lo usa para varias cosas: como médico, como agrónomo, como científico. Lo tiene confinado en unas tierras donde está relativamente cómodo. Bonpland es, finalmente, uno de los símbolos de su poder. El caso es tan resonante que incluso Bolívar le escribe una carta a Gaspar Francia pidiéndole por su liberación. Se la exige, más bien. El *Supremo* ignora el pedido, ignora la carta, ignora a todos. Nunca ni siquiera le responde. Bolívar amenaza con invadir Paraguay. Es a su vez, piensa Bolívar, una excusa perfecta para sus planes. Lo hacen, sin embargo, desistir de la idea. Lo convencen de que es una locura. Bonpland, mientras tanto, tiene en su prisión a cielo abierto todo lo que quiere: sobre todo, muchas mujeres. Gaspar Francia le consigue lo mejor que hay, incluso las hijas de caciques de la zona. Deja embarazadas a varias y tiene varios hijos. En general llevan, esos hijos, Jacques por apellido.

Bonpland, te cuento, escribe. Escribe mucho. Escribe allí en Santa María, el lugar de su cautiverio. Es un obsesivo del trabajo. Solo detiene sus actividades cuando se entrevista con el mismísimo Dr. Gaspar Francia. Esas reuniones son delirantes. Se pasan toda la noche hablando. Toman mate, mucho alcohol. Hay mujeres, muchas. No tienen problemas en comunicarse: el *Supremo* domina, además del guaraní y castellano, el francés, el latín y, en cierta medida, el inglés. Le pide que le de consejos: qué ideas tiene para hacer más próspero al Paraguay, lo conmueve pensar sobre el progreso de su pueblo. Le pide que le cuente grandes ideas de la humanidad, que le hable de los ingenieros europeos, que le relate historias de D'Alembert y de Diderot, que le explique todo sobre la botánica griega. Le interesa mucho este último tema. Bonpland no es un experto pero investiga lo que puede y va atesorando detalles que encuentra. Usa la biblioteca que el *Supremo* ha armado y encuentra interesantísima información. Miles de volúmenes, algunos increíbles, se encuentran en esa biblioteca y el *Supremo* autoriza su uso. Y Bonpland solo pide, a cambio, una cosa: más mujeres. Es insaciable. Está descontrolado con estas hembras que el Supremo le otorga, que le regala, que le tira. Bonpland, que en la cabeza del Dr. Gaspar Francia es la civilización misma, solo quiere mujeres guaraníes. Todo esto es más o menos conocido, te digo.

Lo tienes bien estudiado, Ariel, me interrumpió Jaime. Y sabés como soy yo. A veces me empecino con algunos temas. Escuché algo por ahí y me tenté con darle forma. Dudé pero no le di más detalles de cómo había dado con el personaje, con esta historia. Dejame seguir, le dije. Lo que es menos conocido, es lo que te voy a contar ahora, te digo. Hay un tercer hombre siempre en esas charlas: Murillo Inchaústegui. Es uno de los hombres de confianza del Dr. Francia. Estudió en España con Manuel Belgrano, uno de los héroes de la Argentina. Conoce también al primo de Belgrano, Juan José Castelli, otro de los próceres del Río de la Plata. A los dos los aguardan destinos trágicos: pobreza, enfermedad. Los dos primos son los archienemigos porteños del Paraguay. Murillo Inchaústegui es un liberal por educación; también fue educado al calor de las ideas napoleónicas pero el destino lo ubicó donde está ahora. Sabe, y lo oculta porque de ese silencio depende su vida, que su querido Paraguay nunca abrazará del todo las buenas ideas del pequeño corso. Sabe que algunas sí serán adoptadas: las peores.

Murillo Inchaústegui es el hombre que, entre otras cosas, se encarga de conseguirle los libros a Bonpland. Recibe las cartas del prisionero con los pedidos. Se siente afortunado: sabe que uno de los científicos más importantes de la historia le escribe a él para pedirle favores. Y de él depende complacerlo. Además, durante las reuniones entre Bonpland y el Dr. Francia, Murillo Inchaústegui toma notas y más notas, es un escribiente perfecto. Sabe que esas conversaciones deberían quedar en la historia y no aprovecharlas sería un crimen. Luego de cada una de las reuniones las transcribe, corrige, hace comentarios. Evita perder tiempo con las mujeres que el *Supremo* le envía, incluso arriesgando así su vida. Va acumulando una producción importante. Oculta con celo sus cuadernos. Esos mismos cuadernos que yo finalmente encontré. Al morir el Dr. Francia, estamos en 1840, Murillo Incháustegui escapa a Buenos Aires. Espera un tiempo allí para pensar qué hacer. Sus contactos porteños lo ayudan en su estancia en Buenos Aires y desde allí a escapar a Europa. Lleva consigo solo una pequeña cantidad de dinero. No ha robado ni ha sido corrupto, solo ahorró y compró unas fincas que sabe que seguramente perderá con los cambios políticos que se están produciendo. Llega a Europa. Desembarca en Cherburgo. Trata de contactar a la familia de Bonpland pero no logra que lo reciban. Insiste desesperanzado. Dice que lleva mensajes del científico quien ya liberado decide quedarse en la basta y rica provincia de Corrientes, en la llamada Mesopotamia de Argentina. Murillo Incháustegui viaja incluso a La Rochelle, a la casa familiar. Finalmente, después de mucho esfuerzo, logra entrevistarse con un primo a quien no parece importarle mucho la vida del famoso científico. Lo consideran un loco, un hombre con el cual no vale la pena tener más contacto.

En su periplo, Murillo Incháustegui lleva consigo una carta de recomendación de miembros de la generación porteña del 37. No fue fácil conseguirla, todos estaban asustados de la reacción que podría tener el omnipresente Rosas en caso de enterarse. Rosas todavía tiene en sus manos la sangre del asesinato de Facundo Quiroga. Murillo Incháustegui va a Boulogne-sur-Mer donde se entrevista con San Martín. San Martín es, ni más ni menos, el padre de la Argentina, el hombre que empieza la tradición de lucha contra lo foráneo, contra el imperialismo que seguirían Rosas y Perón. Los dos hombres que hablan en esa casa cercana a la costa que baña el frío Mar del Norte son casi de la misma edad. San Martín nunca fue un intelectual, ni siquiera pasó su vida con pensadores o escritores. Era, digamos, un hombre de acción. Un militar. Sin embargo comienzan una buena amistad. San Martín es picado por el bicho de la curiosidad: está ávido de entender cómo eran esas conversaciones entre Bonpland y Gaspar Francia. Murillo Inchaústegui aprovecha el apoyo de San Martin para ordenar mejor las notas que tiene. Allí justamente, inicia otra serie de cuadernos, los llamados *Franceses*. A pesar de lo relativamente bien documentada que está la vida de San Martín en Europa, casi no hay registros historiográficos de esta amistad. Murillo Inchaústegui es un fantasma. Viaja por Francia en la medida de sus posibilidades y alguna vez llega a Londres. Allí tiene la suerte de ser invitado a la ceremonia de apertura de los Jardines Botánicos de Kew que no puede dejar de asociar con Bonpland. Pero lo que más lo sorprende es la obra de Turner. Visita la *Royal Academy*, recientemente mudada al *Burlington House*. Es allí donde queda rendido ante el poder de Turner para pintar la furia del mar. Afortunadamente, todo esto lo va reflejando en sus cuadernos. Después de un par de años y cansado tanto del clima del norte de Europa como de la personalidad de San Martín, Murillo Inchaústegui decide marcharse de Boulogne-sur-Mer. La amistad entre los dos hombres se mantiene hasta su partida. Es despedido cálida y amistosamente. Incluso la hija del prócer argentino, Merceditas y su marido, el Dr. Mariano Severo Balcarce, viajan especialmente desde Brunoy para asistir a la exquisita y delicada cena.

Nuestro hombre marcha hacia Venecia. Quiere conocer la ciudad que toda su vida vio reflejada en el arte. Sabe que no le queda mucho tiempo de vida. Está bien todavía pero empieza a sentir los achaques de la edad. Aprovecha para entablar contacto con la familia de la que provenía Juan José Castelli. Es recibido muy amablemente. Es una familia burguesa, muy bien ubicada, respetada. Varios médicos y abogados del estado han dado los Castelli a su amada ciudad. Las prestaciones se remontan al esplendor de la *Serenissima*. Entre los ilustres pacientes que por las manos de los doctores Castelli pasaron, está Jean-Jacques Rousseau cuando éste, estando al servicio de la diplomacia francesa, cayó enfermo durante su estancia en la ciudad de los canales. Murillo Incháustegui se enamora de la ciudad, de su historia, de su cultura. ¿Cómo no? Es mucho, piensa. Lo compara con su Paraguay, con su país que todavía no está hecho, que supone o más bien sabe, que nunca se hará. Ni siquiera, sabe, será hecha una partecita, una mínima parte. Aquí inicia su último conjunto de cuadernos, los *Venecianos*. Después de cinco semanas de estancia, contrae una pulmonía. Los Castelli no pueden hacer nada. Muere a los 70 años. No se conocen descendientes y los Castelli no saben qué hacer con el cuerpo. Intentan avisar a la representación diplomática paraguaya. La más cercana está en Viena. Se decide, entonces, enterrarlo en una fosa común. No se entiende muy bien pero en los registros figura con el nombre cambiado: Martial Ianisj, nacido en Pécs. Solo hace unos años se logra arreglar el entuerto. Lo último que Murillo Incháustegui escribe en sus cuadernos abre dudas a los investigadores futuros. No se sabe si es irónico, miente, está delirando por su estado de salud o simplemente quiere jugar con el potencial lector.

Bonpland me lo dijo en una charla. Incluso él contó que se lo había dicho en una de esas veladas al Supremo: Paraguay puede ser Francia. Si el problema es la cocina, se arregla aprendiendo a cocinar harina y manteca y con algunas almendras.

Estoy un buen rato contándote esa historia. Te doy todos los detalles que te hacen pensar que todo puede ser verdad. Tenés ganas de que no me vaya nunca. Te parece fascinante. Es más, fantástico. Lo es. Y de repente digo que me tengo que ir. Yo tengo todos los cuadernos de Murillo Inchaústegui, te digo. Me quedé ciego buscando estos documentos. La obsesión en la academia de encontrar algo nuevo. Busqué estos cuadernos por décadas, incluso sin tener la certeza de que existían o que el propio autor de los cuadernos hubiera existido. Y ahora los tengo y los quiero usar de la mejor manera posible. Espero que entiendas. Tengo que terminar de preparar un nuevo *paper* sobre Murillo Inchaústegui. Tengo el título: *Gaspar Francia y Bonpland: conversaciones sobre mate y Teofrasto*. Bueno: el título es un primer intento. Nunca fui bueno poniendo títulos. Qué pena que te debas ir, me decís. La pena es mía, contesto. Pero el deber llama, digo sonriendo. Ya arreglamos de vernos. Le digo a Antonio que organice algo y señalo a alguien. Girás la cabeza buscando a ese Antonio. No recordás que hayas invitado a nadie con ese nombre. Te agradezco por tu tiempo. Antes de irme te das cuenta que no me presenté, me preguntás cómo me llamo. Me encantaría ver algunos de tus trabajos. Están en internet, te contesto. Todos. Alguien anuncia que un taxista está tocando la puerta. Digo que es para mí. Tengo que volver temprano, me excuso, es una pena. Perdona pero ¿cuál es tu nombre?, me preguntás. Te digo mi nombre, le dije a Jaime. Y me despido. Sé que mañana buscarás como loco en internet y no encontrarás nada. Le preguntarás a Luisa quién era yo y ella te dirá que no sabía. Es más: te dirá que ella pensó que yo era un amigo tuyo y le molestó que no me presentaras. ¿Qué es esto, Jaime?, pregunté. ¿Es un loco, acaso, o alguien con imaginación que amerita sacarse el sombrero? ¿Es el germen de una historia? ¿Todo es verdad, todo es mentira? Yo creo que así podía ser una conversación con Bolaño. Pero el experto en conversaciones con escritores así sos vos. ¿Estamos lejos, no? ¿Estamos muy lejos de ser así, no?

Mi anfitrión rellenó nuestras copas. Efectivamente, me dijo Jaime. Lo hizo casi con frustración. Con ese gesto tan español que es encoger los hombros. Y lo tengo asumido. No vayas a pensar que no. Sí, señor: yo no tengo nada de imaginación. Imagínate, me siguió contando, lo que hubiera hecho Bolaño o el propio Cercas si hubieran estado en mi lugar. Se habrían hecho un festín. Pero yo, ¿qué puedo hacer yo? Libro de viajes. Eso puedo hacer. Hizo una breve pausa. Cuidado: no es que piense que sea una mierda pero, claro, no es un libro de verdad. A ti, en cambio, sí que te corren ideas, fantasías, delirios por tu cabeza. Se terminó la copa y volvió a servir. La mía estaba todavía con vino. Ponte de una vez a escribir, Ariel, me ordenó. Jaime insistía en darme consejos de cómo escribir. O peor aún: me decía que escribiera. Yo no le había pedido nunca ningún consejo, ni siquiera creo que le hubiera dicho que quería escribir y era evidente que él no sospechaba que yo estaba con *El encuentro casual* entre manos. Le pregunté por qué no contaba él, el encuentro que había tenido con Bolaño y Cercas cuando había sido camarero. Finalmente, le dije, te pasó a vos. Podrías hacerlo como parte de un género de viaje.

Un viajero que sos vos, le dije, para un tiempo en un pueblito catalán. Es un típico lugar que se usa para recargar energía y ahorrar un poco de plata. No es infrecuente esto, no sos el único. De hecho, este tipo que te acabo de describir, el que estuvo en tu fiesta, también suele ir a ese bar. Está esperando que le autoricen a poder acceder a los papeles de ese Murillo Incháustegui.

Siendo vos un escritor frustrado, sospechás que es un lugar que te puede servir para escuchar ideas e historias. Encendés el radar. Algunas son verídicas, otras por supuesto falsas. A este a veces le creés, a veces no. Y hay algunas que no sabe cómo clasificarlas. Lleva, este personaje que sos vos, un diario: eso es lo que hace cualquier viajante moderno que se precie como tal. Y como es en España, y acá viene el realismo que siempre hay que ponerle, se transforma en camarero. Como camarero de un lúgubre *bareto* está en perfecta condiciones de encontrar inspiración. Se inscribe en la tradición de la decadencia y de la dejadez. Mucho cigarrillo (todavía la legislación europea que lo prohibe no está vigente) y hombres frustrados. Y allí ocurre tu historia. Pero para no hacerla muy novelada, debe lucir como una entrada más en el diario de viajes. De alguna forma, que no sé cuál es y esa forma la deberías pensar vos, el libro se estructura alrededor de ese único pasaje. No es difícil hacerla pasar por un diario de viajes, por uno de esos libros que escribís. Puede ser incluso, uno de esos cuadernos de notas que solés tomar en tus viajes.

Muy ingenioso, querido, me dijo. Hay un solo problema: el muy cabrón de Cercas ya ha contado esta historia. Pero el muy cabrón me ignoró. Me excluyó totalmente, afirmó con indignación. ¡Qué descortesía tan atrevida, mi querido!, dije. Ignorarte así y a vos, agregué. ¿Dónde se ha visto? ¡En lo que se ha convertido el mundo, Dios mío! Pero lo peor de todo, dijo Jaime sin prestar atención a mi ironía, es que lo hizo maravillosamente. Hizo un breve silencio al hablar. No lo puedo hacer yo, siguió. Por eso, me pidió, escribe ese encuentro, ese encuentro que tuve con ellos dos. Escríbelo tú. Le dije que estaba delirando. No, no, dijo poniéndose de pie y subiendo la voz, tú puedes usar todas las libertades que yo, como escritor de viajes, no tengo. Yo ya tengo, aunque débil, un nombre que me costó construir. Tú Ariel, en cambio, tienes libertad. Puedes crear un personaje como yo, un personaje que finalmente nadie sepa si es verdadero o no. Yo, en cambio, no puedo hacer eso, agregó. Ariel, inventa ya un buen personaje. Uno como Murillo Incháustegui, pero de verdad.

Jaime, dejémoslo acá, le dije. Me encantaría escribir un libro en que vos fueras el personaje. Un libro que se trate, no sé, de un viaje que tengo que hacer y lo hago siguiendo tus consejos. Un libro sobre cómo voy escribiendo un libro de viajes y encuentro algo raro, algo que no cierra en la trama. El típico libro que ahora vende bien. ¿Pero, sabés qué?, le pregunté. No puedo. Simplemente no puedo, le dije. No sé escribir y no lo voy a saber nunca, sentí que una leve desesperanza me invadía. En ese momento me entró un mensaje de Teresa. Eran uno de esos que mandaba antes de irse a dormir. Subido de tono, por cierto. Dejémoslo acá que si no me mato, recuerdo que dije.

Creí que estaba un poco borracho y muy seguro que nunca sería escritor. Seguramente estaba exagerando mi personaje, el personaje del escritor frustrado que se encuentra con un amigo que ya es un escritor. Recuerdo que llegué a odiar a Bolaño, a Cercas y a Jaime esa noche. Sigamos como corresponde, dije mientras me paraba para agarrar la botella. Me debía calmar porque no quería que la noche terminara diciéndole a Jaime que sus libros eran una puta mierda, que no tenía ni una pizca de imaginación o los huevos para hacer un cambio. Todo lo que le diría, por cierto, era además también aplicable a mí mismo. No quería decirle, tampoco, que era él y no yo quien había desaprovechado esa oportunidad de su encuentro con esos dos gigantes de la literatura. Que pudo haber hecho algo, tal cual lo había hecho

Cercas, pero que no había hecho nada. Que él se había quedado con la observación de sus tigres en el Himalaya o no sé qué otro animal en las putas sabanas de África.

No te digo crear esos mundos paralelos, dije. No. ¿Cómo voy a pedir eso?, pregunté mientras me daba un nuevo trago. Si a uno, al menos, se le pudiera ocurrir un solo personaje y no relatar todo el tiempo hechos verdaderos. Es más, ni siquiera pido eso, me quejé. Si al menos a ese personaje que no es de ficción se le pudiera asignar algún hecho de ficción... pero no. Nada. Acá estamos, leyendo tus cuadernitos de tus experiencias reales en una selva real y yo contándote los detalles de mi vida cotidiana que aunque penoso, cien por ciento real. Di otro trago casi vaciando el vaso. Y vos, agregué, que serías el personaje perfecto para contar, ni remotamente lo puedo aprovechar. Hice una pequeña pausa. Creo, querido, que nos tenemos que matar. Sencillamente eso, cerré con pompas y platillos mientras me costaba apoyar el vaso en la mesa.

Jaime me dijo que era mejor que nos fuéramos a dormir. Al día siguiente iríamos a Cabo de Gata temprano y teníamos que dormir bien para aprovechar mejor. Le contesté que no se preocupara que no estaba borracho ni me mataría. Le dije que no era como esos buenos escritores que se emborrachan y se matan. Eso lo sé, me dijo riéndose mientras me servía un vaso de agua. Digo, dijo para aclarar, lo que sé es que somos tan malos escritores que ni siquiera podemos copiarlos emborrachándonos. Y ni hablar de matándonos, dijo. Bebí un poco de agua y fue cuando le pregunté si alguna vez le había hablado de León Wraumansky.

¿No me digas que es un polaco que Murillo Incháustegui conoció en Venecia y cuyo nieto devino en un anarquista que huyó a América Latina para no morir en la guerra civil española en una trinchera en Teruel bajo un L3/33 italiano?, preguntó con ironía. No, le dije. Lamentablemente este personaje es de verdad. Aunque lo que decís, tal vez, no está muy alejado de lo que pudo haber pasado, aclaré. No, creo que nunca me hablaste de él, me dijo. Levantó los dos o tres platos para llevarlos a la cocina. Además, no suena como alguien de aquí, me dijo sonriendo mientras se servía un vaso de agua de la canilla. Efectivamente, le dije levantando la voz para asegurarme que me oyera. El problema, seguí, es ese: nadie sabe de dónde es. Ni nadie sabe dónde está. O mejor dicho, nadie sabe dónde estuvo. Porque ha muerto. Pero me corrijo: uso el pasado no porque haya muerto sino porque durante su vida nadie supo tampoco dónde estuvo. O al menos, eso es lo que me dijeron o, más bien, no me lo dijeron, concluí antes su tímida sorpresa. Lo vi cansado. No sabía si realmente le interesaba, si fingía el interés o yo ya no entendía nada. Quise, entonces, apoyar la copa sobre la mesa y al girarme golpeé torpemente la lámpara de pie, derribándola. La bombilla se rompió al tocar el suelo. Me agaché para levantar la lámpara. La puse de pie y dije que mañana conseguiría una bombilla. No te preocupes, tengo varias de repuesto.

Suena, sin duda, interesante la historia de este con apellido polaco, acotó. Pero mejor lo dejamos para mañana. Tenemos un largo viaje y me lo puedes contar durante el trayecto. ¿Te parece?, preguntó cortésmente dando por cerrada la velada. Me fui a mi cama. Antes de quedarme dormido recuerdo que me vino a la cabeza Teresa en cuatro patas desnuda. Me dormí pensando cómo le contaría la historia de León Wraumansky a Jaime al día siguiente. Me levanté temprano. Recién estaba aclarando. Lo primero que hice fue ir al living para limpiar los destrozos de la noche anterior. Todo estaba limpio y ordenado, como si la cena de la noche anterior no hubiera ocurrido. Tomé el interruptor de la lámpara y al moverlo a la posición de ON, la bombilla se encendió. Era como si nada hubiera pasado. Como si ni siquiera se hubiera mencionado a León Wraumansky

**

Recuerdo la anécdota de ese día en Almería porque me doy cuenta que la historia de León Wraumansky es así: esquiva. A pesar de que la quiero contar, no puedo. Intento y siempre aparece algo que lo impide. Veo las notas que escribí ayer y veo que pasa lo mismo: la historia no solo no aparece, se escapa. Es como el propio León Wraumansky. Se acumulan personajes que parecen traer algo de luz pero estos se terminan desvaneciendo. Y eso es lamentablemente lo que seguramente me pase hoy al escribir esta segunda parte, nuestro primer día entero de, llamémoslo, turismo. Ese lunes, el primero de nuestro recorrido, fue un día largo. Al sentarnos en el salón Ischigualasto, sabíamos que ese día recorreríamos más de 500 kilómetros, cerca de 600. Bajamos a desayunar con un mapa de la provincia de San Juan. No era muy bueno, apenas se veían los nombres de las rutas y algún que otro ícono indicando las principales atracciones turísticas. Las distancias no estaban bien indicadas y por lo tanto no era fácil calcular con precisión el trayecto que nos esperaba. Tampoco sabíamos qué caminos tomaríamos.

Nos habíamos despertado con ganas de un Nespresso. El salón daba a la pileta del hotel. Cerca de veinte mesas estaban preparadas para el desayuno. Eran redondas con capacidad para seis u ocho sillas y estaban cubiertas por manteles blancos con individuales rectangulares de plástico negros indicando los lugares de los comensales. Pequeñas servilletas de delgadísimo papel blanco y líneas azules en los bordes estaban amontonadas en los servilleteros. En una mesa de cuatro metros dispuesta a largo del ventanal que daba al patio central del edificio se exhibían los elementos que formaban el desayuno: mantecas Sancor individuales en recipientes con hielo, mermeladas de durazno y frutilla en envases de plástico, medialunas pegajosas, panes con chicharrón, pan lactal tanto blanco como negro, algunas bananas y manzanas. El desayuno se complementaba con tres termos y dos jarras de jugo artificial de fruta. El café era de filtro y estaba claramente quemado. Platos blancos con sus tazas haciendo juego y vasos de vidrio con forma de tubo eran la vajilla.

Bueno, Camille, ya lo sabemos, le dije mientras nos dirigíamos a sentarnos después de explorar la larga mesa. Ella había elegido dos medialunas y yo algunas tostadas. Ambos llevábamos nuestras tazas de café negro que adivinábamos decepcionante. Clooney, dije, no pasó por acá. Tal vez pasaron los dinosaurios, los animales prehistóricos, toda la flora y fauna de la prehistoria y andá a saber quién más, pero él no. Es verdaderamente un viaje en el tiempo, dijo ella. Me siento como en los hoteles de Francia a principio de los ochentas. Así eran los lugares a los que íbamos con mi familia cuando era chica. Extendimos el mapa en la mesa solo por curiosidad. Sabíamos que Nicolás sabría el recorrido perfectamente y cualquier duda que tuviéramos, él la podría contestar. Al ver el mapa temí que la jornada fuera, además de extensa y cansadora, repetitiva. Me imaginé inmerso en un paisaje que no variaría: a pesar de que nos moviéramos durante horas, pensé, siempre veríamos lo mismo. La repetición de lo que se vería, la imposibilidad de eventualmente hablar sobre cambios, variaciones, matices me preocupaba. Pensar en un telón de fondo homogéneo me intranquilizaba.

Camille me pidió el mapa para verlo de más cerca. Vi como prestaba atención a los nombres. Algunos tenían un claro origen indígena, diaguita seguramente. Seguro que la terminación *gasta* significa pueblo, dijo. Puso el dedo sobre el Paso Aguas Negras y continuó recorriendo la ruta que terminaba en el Océano Pacifico. Para ahí no vamos, le dije. Le pregunté cómo sabía eso del idioma diaguita. La provincia de San Juan se distinguía fácilmente del resto ya que estaba dibujada con fondo blanco. El resto del mapa, tanto Chile como las porciones de las provincias limítrofes como Mendoza, San Luis, Córdoba y La Rioja, estaba ilustrado sobre un fondo que representaba la orografía del terreno. Los casi 90 mil kilómetros cuadrados, grandes casi como Portugal, sobresalían como si lo hubiera recortado un chico para la tarea de la escuela. Acordate que soy adivina y tengo poderes, contestó. Acá me estoy conectando con mucha información.

Puso el dedo en el mapa y señaló un punto. Difunta Correa, leí en voz alta. Así que hay un pueblo que se llama así, dije sorprendido. Nunca supe bien la historia de la Difunta Correa, reconocí. Tomé un sorbo del café. Era horrible. Ni siquiera sabía que había una localidad con su nombre. Imagino que debe haber empezado como un pequeño santuario y, vaya uno a saber cómo, se fue transformando en un pueblo. Creo que murió de sed pero su hijo sobrevivió, le expliqué lo poco que sabía. El chico sobrevivió mamando la leche que seguía saliendo del cuerpo muerto de la madre. Se convirtió en una santa, en un mito que mueve a toda la provincia.

Nuevamente, querida, le dije, nuestro amigo Facundo entra en la historia: la Difunta Correa marchó por días en el desierto en busca de su marido que había sido reclutado por el ejército de Quiroga.

Mientras tomaba el último sorbo de café en el Salón Ischigualasto y Camille con las manos hacía como que consultaba una lámpara mágica, recordé esa tarde en que volvimos del cementerio de La Tablada. Yo había escuchado al *zeide* hablando por teléfono. Sabía que hablaba con León Wraumansky. Varias veces tuvo que decir hola. La comunicación era mala. Intuí que debía llamar desde el exterior. La puerta de la que sería su habitación por los siguientes meses estaba cerrada pero incluso así llegué a escuchar parte de la conversación. Le preguntaba con un tono de voz que nunca había escuchado de él y que nunca volvería a escuchar en los tres años que le quedaban de vida si de una vez por todas se pondría fin a todo.

¿Está bien ahora? ¿Está bien ahora que se murió?, preguntó con un tono que evidenciaba ansiedad y miedo. Creo que había un genuino interés en obtener una respuesta, no era una pregunta retórica. A pesar de que estaba en otra habitación, pude darme cuenta que su acento se había deteriorado repentinamente y volvía a un castellano mal pronunciado. ¿Ya está? ¿Ya está?, seguía preguntando. Me di cuenta que estaba bastante nervioso y me preocupé por su salud. Me tenté con levantar el teléfono que había en mi cuarto y escuchar la respuesta que el hombre daría del otro lado de la línea. Pensé que me bastaría con escuchar la voz. Sabía que la conversación, de todas maneras, nunca la entendería del todo. Supe que no tendría toda la información que necesitaba, que siempre tendría una historia parcial. Volví a mirar a Camille recorriendo el mapa y vi que buscaba en internet en el teléfono el significado de algunas de las palabras que iba leyendo. Miré el reloj, tomé el último trago del horripilante jugo de pomelo y le dije que nos apuráramos, que estábamos llegando tarde. Veo que tenés poderes, le dije cuando se levantó y le di una palmada en el trasero para que se apurara. Poderes para usar internet, tenés, le dije.

Cuando llegamos a la recepción Nicolás ya estaba allí esperándonos. Nos recibió con una sonrisa y nos ayudó a cargar nuestras cosas en la camioneta para partir. Atravesamos la ciudad recorriendo la Avenida Rawson hacia el norte. Fuimos dejando los barrios de las afueras. Cruzamos el Río San Juan que estaba absolutamente seco. Tomamos la mítica Ruta 40. Algunos cerros empezaban a aparecer delante de nosotros. Nicolás nos explicó que avanzaríamos por esta ruta hasta Talacasto donde nos detendríamos a hacer la última de las paradas que tendríamos en horas.

Aunque nunca aprendí a manejar, las rutas me fascinan y transitar por caminos solitarios siempre me causó enorme placer. Recuerdo algunos de los viajes que siendo chico hacíamos en familia: a la costa, a Córdoba, a San Martín de los Andes. Nunca habíamos venido por esta zona del país. Siendo más joven, sin embargo, los trayectos de un lugar a otro los pensaba como una pérdida de tiempo que solo incomodaban. De más grande y a medida que gané autonomía, fui sintiendo lo mismo al viajar por Siria, Egipto, Bolivia, Rumania, la India, Indonesia. Poco a poco fui, sin embargo, dándome cuenta que el recorrido mismo era, tal vez, la parte más importante de cualquier viaje. Y viajar, esencialmente, era disfrutar ese trayecto entre dos puntos. Ese no estar en ningún lado. Fue por eso que ya de mayor y viajando solo hice en varias oportunidades viajes en que no estaba en ningún lado. Viajes en los que me aseguraba no ir a ningún lado. Me aseguraba de estar lo mínimo posible en las ciudades y programaba los trayectos en transportes para poder pasar la mayor cantidad de tiempo posible en movimiento.

Ahora mi viaje no podía ser del todo así. Lo que recorreríamos había sido, más o menos, consensuado con Camille y aunque buena parte del tiempo lo pasábamos en movimiento, también teníamos que tener ciertos momentos de pausa para descansar. En los cincuenta kilómetros que unen San Juan con Talacasto la ruta va paralela a la precordillera. En forma sutil pero constante y decidida, el telón de fondo de las montañas iba adquiriendo personalidad y se convertía en uno más de nosotros. Teníamos a la cadena montañosa que corría a nuestra izquierda por lo menos a una buena veintena de kilómetros. Nos separaba de ella una planicie que nos daba la perspectiva necesaria para poder contemplarla plenamente. Incluso con esa brecha entre nosotros, las montañas se iban convirtiendo en una presencia que no se podía dejar de sentir. Los colores y las formas cambiaban y a cada instante se renovaba el interés en ellas. Siempre había algo nuevo que ver: sombras, pliegues, tonalidades. Camille iba en el asiento del acompañante y yo atrás. Traté de sacar fotos ante cada cambio pero después de una veintena de intentos me di cuenta que no tenía sentido, que registrar todo esto era imposible y por lo tanto cualquier intento hubiera sido una historia incompleta de lo vivido.

Veo ahora esas fotos en mi teléfono. Me doy cuenta que no es una historia incompleta, es peor aún. Es una caricatura. Eso es: una caricatura. Una sucesión de fotos tomadas al azar, antojadizamente en los momentos en que me pareció oportuno (tal vez porque la luz produjo un buen efecto o porque el ángulo era adecuado) no puede ser más que una caricatura de lo vivido. Es también, si se quiere, falso. Me voy a hacer un café a la cocina y vuelvo a mi escritorio que está frente a la ventana. Empieza a hacer bastante frío. El sol que se ve tímidamente refugiándose detrás del patio de mi casa es, justamente, una caricatura de ese sol potente, amplio, todopoderoso de San Juan. Tomo mi café en un vaso de vidrio que compré hace diez años; creo que tiene la medida perfecta para un café de media tarde. Abro la libreta roja y veo las notas que tomé ese día. Llevan como título *Pampa del Leoncito*.

Puedo leer algunas frases de Nicolás que sé que no son textuales. Recuerdo que las escribí esa noche ya de regreso en el hotel. Encuentro, además, algunos datos biográficos que él fue contando. Distingo por la letra movida algunas palabras que se me fueron ocurriendo estando en la camioneta. Hay varias subrayadas: rastro indudable que pensé en ese momento que eran bien importantes. Intento escribirlas en mi computadora sin saber muy bien para qué. Tal vez tenga que hacer todo de otra manera. Me pregunto si valdrá la pena antes que hacer ninguna otra cosa, buscar las palabras claves de cada uno de los días y escribirlas en un archivo de *Word*. Sería algo así como las palabras iniciales, las palabras básicas de esta historia. Podría, incluso, jugar con ellas. Se me ocurre un juego: asocio a cada una de ella un número en Excel y las ordeno aleatoriamente para contar la historia de la manera que el azar imponga. No creo que sea menos confusa que lo que estoy escribiendo ahora. Otra alternativa: podría transcribir las notas día por día y dejar el trabajo ahí, como una serie de notas. No hago, sin embargo, ni lo uno ni lo otro. Sigo recorriendo la libreta y me doy cuenta que tengo una buena cantidad de trabajo por delante con las ideas para pasárselas, una vez ordenadas, a Jaime.

Llego a la parte más resguardada de la libreta: la contratapa interior que tiene un bolsillo. Saco todos los papeles que allí fui guardando y los apilo junto con los que tengo en el sobre color madera. Aplico aquello que creo es el método para avanzar. Primero, los extiendo sobre mi escritorio. No es difícil: está solo mi computadora y una caja plástica de color verde de pastillas para lavarropa marca Ariel que uso como lapicero. Segundo, los ordeno. Hago tres grandes grupos: los papeles recogidos durante el viaje a San Juan y La Rioja por un lado; los papeles anteriores al viaje, es decir lo que fui encontrando en Buenos Aires. Las listas de pasajeros del Desna y del RMS Alcántara forman una tercera pila. Tengo en esos tres grupos todo. Todo lo que puedo tener para contar esta historia. No tengo más información, nada posterior que me sirva. Todo ocurrió en esa burbuja de diez días. Si en el futuro aparece algo, deberé adaptar el método.

No puedo dejar de pensar qué hubiera sido si una de estas fotos no hubiera existido. Si esas tres fotos, esas que Gianluca llamó los *desiertos*, no hubieran estado en ese sobre o en ese cajón o se hubieran perdido en el correo al ser enviadas o un poco de café hubiera caído sobre ellas y al mancharlas alguien pensaba que era mejor descartarlas, esta historia no existiría. Me pregunto si habría cambiado la vida de alguien si hubiera habido algo escrito en el reverso de esas fotos. Me respondo que seguramente no. Probablemente solo habría sido distinta la lectura que yo estaría haciendo de la vida de León Wraumansky. Pienso entonces que, en ese caso, podría ser que fuera mi propia vida la que cambiase. La tentación de inventar textos e imaginar el efecto que tendría es monstruoso. Una oración en una de las fotos y toda la construcción se alteraría. O se caería. La diferencia, en mi caso, entre rescatar a alguien del olvido o de que vuelva a vivir son tres fotos, tres fotos de un desierto encontradas en un placar que se vaciará y desaparecerá para siempre.

Después de Talacasto, la nada, veo que escribí atribuyéndole a Nicolás. La frase puso algo de intriga, sobre todo cuando Camille la comparó con la famosa frase de Luis XV. Si siguiéramos 80 kilómetros por la 40 llegaríamos a Jáchal: de allí soy yo, contó. Pero nos desviamos y tomamos la ruta 436 hacia el oeste para después tomar la 149 hacia el sur. Hacia las montañas. Nuestro destino esa mañana era el Río Los Patos. Sabíamos que tendríamos varias horas de camino por delante. Nicolás no puso la radio. Conoce: sabe que hay mala recepción. Tuvimos que mantener, aunque sea por cortesía, una charla. Los temas de conversación fueron variados: la vida que llevamos en Londres, la comida francesa, los cambios en la industria del turismo mundial, los políticos corruptos. Nicolás nos explicó que en los últimos años el sector pegó grandes saltos de calidad. Se volvió mucho más internacional, nos explicó. Con la llegada de algunos eventos empezaron a venir extranjeros y con ellos entró mucho dinero. Por ejemplo, el París-Dakar, explicó, le cambian al menos por un par de semanas la fisonomía a la zona. Nos mostró el área en que se corre parte de la carrera. Hubo momentos de grandes silencios. Los temas se agotaban y parecía que no era fácil arrancar nuevamente. Sin embargo, Nicolás tenía mucha experiencia en estos baches de silencio y lograba mantenernos interesados.

Jáchal, nos contó Nicolás, solía ser la ciudad más importante de la zona. Durante el siglo XIX, la activa burguesía local controlaba la distribución tanto del ganado como de los productos agrícolas de la zona. Eran poderosos y fueron muy buenos presionando para que el ferrocarril llegara hasta el pueblo. Pensaron que estar comunicados les permitiría expandir sus negocios dándoles más poder, continuó. Pero el cálculo no les salió bien. La llegada del tren puso en evidencia la ineficiencia de la zona y los productos empezaron a venir desde Buenos Aires. En pocos años la prosperidad se terminó, las riquezas se consumieron y la influencia desapareció. Y fue justamente durante esa decadencia, agregó, cuando mi padre llegó a Jáchal. No conocía mucho los detalles. El padre murió cuando él era todavía un niño. Después, no fue fácil averiguar mucho. Se había embarcado en Atenas en la entreguerras pero venía del norte de Grecia. Su decisión de instalarse en este rincón del país, a 1.200 kilómetros del puerto al que había llegado, es todavía hoy un misterio, aclaró. Tal vez pensó o escuchó que por acá podría trabajar el campo como hacía en Grecia, dijo Nicolás aunque no se lo notaba muy convencido. O, tal vez, alguien lo engañó o le contó una historia fantástica. Debía ser tan fácil contar historias raras en ese momento. ¡Debía escucharse cada cosa! Vaya a saber uno. No creo que en ese momento faltaran lugares para trabajar la tierra en Argentina, afirmó dando por cerrado ese capítulo de la conversación.

Pero eran esos misterios, recuerdo que pensé mientras el auto seguía su marcha hacia el oeste que se mostraba imponente, que aunque se pudiesen aclarar, se necesitaba que existiesen. Eran los misterios de los inmigrantes, eran los misterios de aquellos que aprovechaban cambios en sus vidas por razones como guerras, divorcios, bancarrotas, desastres naturales, cambios políticos, peleas familiares, para empezar una nueva vida. Esa nueva vida, pensé en el auto, seguía entonces unas reglas que parecerían ser exactamente las opuestas a las que seguían las vidas normales. Mientras aquellas vidas que llamamos normales se basan en la construcción permanente de una historia, haciendo precisamente un gran esfuerzo para que todas las acciones de la vida sean incluidas y formen una trama sin huecos o dudas, las de algunos de estos inmigrantes se construyen justamente alrededor de lo contrario, es decir la duda. O mejor dicho, alrededor de la ausencia de algo. Algo hace falta para terminar de entender bien el todo. Podía ser algo tan fácil como una relación con otra persona o, pensé en ese momento, la conversación que ese campesino griego, cuyo nombre yo desconocería probablemente toda mi vida y se había convertido finalmente en el padre de Nicolás, habría tenido con algún paisano para convencerlo de que viniera hasta acá, hasta este desierto. Unos detalles. Unos pequeños detalles.

Esa noche Camille tirada en la cama, cuando ya habíamos decidido no ir a *Un rincón de Napoli*, me dijo que Argentina le parecía el lugar perfecto para encontrar refugio. Usó la palabra refugio que me pareció suave. No sé si quería darle el sentido del lugar que esconde o el del lugar que acoge, pero me pareció que era la palabra exacta. ¡Y un lugar como este!, dijo, refiriéndose a San Juan. Qué fácil debe ser construirse una nueva vida en un lugar así. Nicolás cuando hablaba de la historia del padre me hizo pensar en eso, continuó ella. Yo miraba la geografía y pensaba en eso. Imagináte: llegás aquí y contás una historia. ¿Qué historia?, le pregunté. La que vos quieras, dijo. Contás la historia que quieras, Ariel. Y te quedás a trabajar en un campo o, incluso, en un pequeño negocio perdido. Nadie, absolutamente, nadie pregunta nada. Hay una cara de la libertad, me parece, que es esa posibilidad de escapar del pasado que uno carga. La distancia, la geografía, el clima: todo parece jugar a favor de hacer *click* en un botón y *voilà*: que la imaginación ruede y hable. Debe ser el hambre que te hace pensar estas cosas, Camille, le dije. Deberías comerte una empanada. Al menos, le dije, ya apareció el barco que viste en tu bola mágica que iba a aparecer en el medio de los Andes. Me miró con atención. El barco en que vino el padre de Nicolás, le dije. Y si en verdad eran dos los que aparecían en tus revelaciones, el segundo es el del padre del jefe. ¿Ya tenemos los barcos, no?

Mientras Nicolás contaba la historia de su padre no pude dejar de pensar en el *zeide* y su llegada a Buenos Aires. Por varios kilómetros, mientras nos metíamos en la precordillera, me fui preguntando si acaso él habría inventado una historia al llegar. O si habría sido víctima de alguien que contó otra historia. Pensé que seguramente no había sido así, él era muy chico cuando desembarcó en la ciudad que lo acogería por toda la vida. Me vinieron a la cabeza las tres palabras claves de su historia: Kobryn, Cherburgo y Desna. Seguramente, pensé, no tendría nada que ocultar.

Nicolás volvió a hablar mirando atentamente el camino. Camille le prestaba atención. Para ella, todo era una prueba de su nivel de castellano. Nicolás tenía el acento típico de los sanjuaninos que se distingue más que por formas de pronunciar sonidos por la musicalidad con que hablan. Al escucharlo yo me preguntaba si alguien supo alguna vez algo del *zeide* que hubiera sido tratado como un secreto. No sabía bien qué. Algo. Algo que se ocultó toda la vida y que nunca se descubriría. Fijé la vista en una roca con forma de animal mítico y me dije que estaba delirando. No, nada de eso pasó, pensé. Además, en caso de que haya sido así, nunca tendré forma de saberlo, me convencí. Me imploré volver a la realidad. Pensé que la altura combinada con la sensación de vacío que me producían las montañas me estaban haciendo pensar cualquier cosa.

Miré, entonces, el teléfono y busqué una de las fotos tomada en la casa de mi madre. Era la parte superior de una página del diario *La Nación*. Era de septiembre del 2011 y en ella estaban los avisos fúnebres. Leí los nombres. Se veían muchas cruces y algunas estrellas de David. Había algunos recordatorios pero la mayoría de los rectángulos contenían información sobre los recientes fallecimientos. El nombre de León Wraumansky estaba allí. Nacido en Buenos Aires el 2 de noviembre de 1942. Fallecido en Tel Aviv el 16 de septiembre de 2011. Así fue cómo me enteré de su muerte y sus detalles. Me pregunté quién habría puesto ese aviso en el diario.

Había entre las fotos otra más de un recorte de diario. Era mucho más viejo que el de *La Nación*. No se podía establecer exactamente de cuándo era. En uno de los lados había noticias escritas en alemán que no llegué a identificar. Del otro, el aviso de un negocio, en castellano. *Sastrerías El Elegante Inglés* llevaba por título. *Trajes a medidas* era la segunda línea. *Con la calidad que Ud. merece.* Había un dibujo de un hombre con un saco cruzado que también llevaba un sombrero. Junto a él, decía *Por solo $99*. Debajo estaba escrito en letra pequeña *De Reszinsky, Wraumansky y Dunkel*. Más abajo estaba la dirección. Medrano esquina Tucumán. Vagamente recordé al ver ese anuncio, *El Inglés*, la sastrería que había tenido mi abuelo con Reszinsky. Les había ido muy bien. Se expandió llegando a tener varias sucursales, incluso en el interior, en lugares como Córdoba o Santa Fe. La marca duró varias décadas hasta que la moda de usar trajes empezó a quedar de lado. Hay que reconocer que tuvieron reflejos y salieron de un negocio que se iba en picada. Ya en el final le habían cambiado el nombre quitándole *Sastrerías* y el *Elegante* para quedar solo *El inglés*. Después, cerraron definitivamente el negocio y los dos amigos se abrieron. Debió ser a mediados de los 70s, antes de que yo naciera. Cada uno empezó su propio negocio. El *zeide* se dedicó a fabricar prendas de polyester gracias a beneficios fiscales. Reszinsky se dedicó a la importación de calzado, negocio que dados los cambios en el país nunca llegó a dominar. Eso sí: no recordaba haber escuchado nunca el tercer nombre, Dunkel.

Puse el teléfono en modo cámara y saqué una foto a través de la ventana del auto. Veo, ahora, que está mal tomada. No está apuntando a nada en particular. Se ve la parte de la ruta de la mano contraria, unas montañas y unos reflejos. Hay una sombra reflejada en el vidrio que al verla me doy cuenta que soy yo. Apagué el teléfono y me lo guardé en el bolsillo de la bermuda y me dije que mejor sería disfrutar el paisaje con mis propios ojos.

Durante buena parte de su vida, Nicolás se la había pasado viajando. Las extensiones que había cubierto eran enormes. No sé, nunca hice bien la cuenta; entre cuatro y cinco millones de kilómetros en esta parte del mundo, contestó cuando le pregunté cuánto había manejado. Conozco bastante bien esta zona. He visto cómo se construyó cada uno de los caminos, dijo. Siendo un chico había tenido que ganarse el pan y en su primer trabajo, dando una mano a transportistas, empezó a recorrer la provincia. Al crecer se convirtió en camionero. Se dedicó casi treinta años a recorrer la región cuyana manejando camiones, primero, y como viajante de negocio, después. Siendo camionero condujo a través de la cordillera esos gigantescos monstruos que llevaban las grúas y demás equipos pesados desde Chile a las minas que se construían del lado argentino. Ya como viajante de comercio había trabajado en varios rubros: alimentación, herramientas y, ya en el final, telefonía.

Si vuelven al restaurante esta noche, nos dijo, es posible que vean alguna foto del equipo de trabajo que habíamos formado. No sé si la tendrán colgada por ahí todavía o no. Si no está en las paredes, seguro que las tienen en algún cajón o en algún sobre. Nos explicó que vendiendo centralitas telefónicas le había ido muy bien durante unos años. Nos conocía toda la ciudad, dijo. Íbamos seguido allí, al restaurante. Éramos tres chicos, además del jefe. Era simpático y todo el mundo en San Juan lo conocía. Tenía, dijo, una de esas sonrisas que te daba ganas de abrazarlo. ¿Viste? De esos tipos que tiene un carisma natural, un aura. Son especiales. Era amigo de los políticos, de los empleados de la gobernación y de la municipalidad, de los empresarios, de todo el mundo, recordó.

La sonrisa que distinguí a través del espejo retrovisor en el rostro de Nicolás me indicó que estaba disfrutando la historia que contaba. Estaba retrocediendo en el tiempo, tal vez treinta o cuarenta años. En esos años había sido feliz y tal vez había sido gracias a ese hombre, ese jefe. ¡Se venía con cada idea!, dijo. Cómo convencer a uno, qué decirle al otro. En fin. Todavía lo recuerdo como si fuera hoy. Hizo una pausa de unos pocos segundos. Disculpen chicos, me puse un poco melancólico, dijo. No hay problema, Nicolás, dijo Camille. Los tres nos quedamos en silencio. El paisaje empezaba a cambiar ya que nos acercábamos al pueblo. Era un valle fértil. Se veían casas y movimiento. Iríamos a parar en alguno de los restaurantes sobre la ruta para comprar algo e ir a almorzar a la vera del río. Me di cuenta que Nicolás miró por el espejo retrovisor buscando mi cara. Iba bajando la velocidad ya que nos estábamos metiendo en el pueblo. Fijó su mirada en mi rostro. Me miró prestando mucha atención, como explorándome. No fue una sensación que tuve, ocurrió ciertamente. Buscaba en mí algo o a alguien. Como si me reconociera. Era como si me hubiera querido decir algo. Si me lo quiso decir, no lo hizo, al menos con palabras. Sentí una ligera incomodidad. Y me metí en turismo después de lo que al pobre le pasó con la mujer, dijo. Y al decir eso rompió ese pequeño hechizo. Hace ya como cuarenta años. ¿Cómo pasa la vida, no?, preguntó sin esperar respuesta. Bueno, en ese momento con las cosas como estaban, no había mucho turismo. Pero había que aguantar. ¡Cómo pueden cambiar las vidas de las personas!, reflexionó en voz alta. Bueno: ahí cambió la vida de varios, esto último lo dijo como si hubiera un sobreentendido, como si todos supiéramos a qué se estaba refiriendo. Redujo más la velocidad y se empezó a subir a la vereda. Paremos acá, dijo señalando un lugar que tenía unas mesas al aire libre. Creo, agregó, que hacen los mejores sándwiches de milanesa del valle. Abrí la puerta y sentí como una ola de aire puro.

**

Esa tarde después del almuerzo pusimos rumbo a Pampa de Leoncito, la laguna seca. Desde el descanso sobre el río en que paramos para almorzar retrocedimos hasta Barreal. De allí tomamos nuevamente la ruta 149. Son pocos kilómetros, tal vez solo veinte. En el trayecto Camille logró que Nicolás nos hablara de su familia. Hasta el momento todo lo que había contado era con él como único protagonista, a lo sumo había aparecido alguna vez la palabra nieto. Pero no mucho más que eso.

Efectivamente, Nicolás había tenido una familia en el pasado. Con su esposa había tenido dos hijos. Solo había tenido una interrupción a su carrera de camionero y viajante de comercio. Ese hiato duró unos pocos años y fue el viaje a Canadá. Había llegado a Toronto, donde vivían sus dos hermanos y su hermana, durante la dictadura argentina. No fue fácil al principio pero logró adaptarse. Empezó a trabajar con un uruguayo haciendo arreglos en casas. Con el tiempo le encontraron la vuelta: empezaron a hacer mirillas en las puertas y adaptando los inodoros para ser usados como bidet.

Durante unos años el negocio funcionó de maravillas. Lograron hacer una pequeña diferencia. Todo cambió cuando otros tres argentinos con los que habían trabajado anteriormente patentaron los dos inventos que ellos habían desarrollado. El negocio no podía seguir, los riesgos de litigio eran muy altos y sabían que, finalmente, perderían; tampoco querían trabajar para la empresa de los advenedizos a los cuales calificaban, directamente, de ladrones. Nicolás entonces decidió cambiar de rubro y empezó a entrenarse en turismo. Aprendió inglés, se mudó y consiguió trabajo en los circuitos de las cataratas del Niagara. Ahí sí que conocí mundo, dijo. La mayoría eran americanos, pero también conocí muchos franceses y españoles. Incluso, dijo, llegué a dar una mano transportando gente durante la filmación de Superman 2, la parte que transcurre en las cataratas. Sí, me acuerdo perfectamente, dije. Es cuando Lois Lane se tira al agua para probar que Clark Kent es Superman. Pero no lo logra descubrir. Solo se da cuenta quién es de verdad, por casualidad, en el hotel cuando él pone la mano en el fuego y no se quema. Efectivamente, dijo Nicolás. Los conocí a todos. Allí di una mano yo, dijo.

Siendo guía no le iba mal y seguía estando, más o menos, cerca de sus hermanos. Sin embargo, despúes de unos años se cansó de ser un inmigrante y, sobre todo, extrañaba a sus hijos. ¿Vos extrañás a tu familia?, me preguntó. Ya no me queda nadie de mi familia, le respondí. Tanto mi papá como mi mamá murieron. Durante todos estos años que estuve afuera sí los extrañé mucho y, estoy seguro que ellos a mí también. Pero creo que estaban felices de pensar que me iba bien, que estaba bien afuera. Hice un silencio. Recordé mientras avanzábamos a más de cien kilómetros por hora, la cuasi abandonada casa de la calle Arévalo, en Palermo Viejo que había sido la casa del *zeide* y la *bobe*, la casa de infancia de mi madre. Recordaba muy bien esas visitas allí. Los paseos, las milanesas a la napolitana en el bar Barcelona Asturias, los helados, ya un poco más lejos, en Scannapieco.

Con la muerte de papá, mamá empezó a tener arranques de melancolía. Mi padre siguió siempre muy presente en sus pensamientos. Sin embargo, fueron los recuerdos de sus padres, la *bobe* y el *zeide*, los que más la persiguieron. Mis abuelos habían muerto unos años antes y mi madre quería visitar la casa de su infancia que, además, había sido el taller en que el *zeide* trabajaba en el inicio de su carrera como sastre. Incluso puede ser que allí hubiera sido el primer lugar donde operó *Sastrerías El Elegante Inglés*. Gracias a gestiones de un buen escribano, la casa había sido heredada por mi madre sin problema y, pensaba, había quedado resguardada de cualquier potencial conflicto futuro. Era evidente que le tenía mucho aprecio a la casa. Y al mismo tiempo, mucho respeto. La recorría con la familiaridad de la persona que había vivido allí. Era evidente viéndola moverse en la casa que cada rincón representaba algo para ella. Me daba cuenta que ella recordaba mil cosas que allí habrían pasado. Los objetos que iba encontrando, la mayoría sin ningún valor material, la llevaban a invocar anécdotas que sus padres le habían contado sobre mí o mi hermana o a historias sobre la vida del *zeide*.

En una de esas visitas se me hizo evidente un hecho que hasta ese momento no había advertido: mi madre nunca contaba historias de su propia infancia. No sabía nada de buena parte de vida. Solo tenía información a partir del momento en que había conocido al que sería mi padre. Nunca había escuchado nada sobre su vida familiar, ni de su hogar, ni de su escuela. No era difícil imaginar que en un país tan cambiante como fue Argentina durante esos años y con tantos inmigrantes alrededor suyo (finalmente el *zeide* y la *bobe* solo tendían a rodearse de paisanos suyos) no hubiera historias divertidas o excéntricas que contar.

Las cosas me las iba enterando en cuentagotas. Así, de chico me enteré que no había terminado su carrera universitaria por poco. Un día en la escuela primaria la madre de un compañero se refirió a mamá como "la doctora". Volví confundido a casa esa tarde. Al contarle lo que esa señora había dicho, hizo en una primera instancia como que no me había oído. Después, dijo que no entendía a qué se refería y me preguntó por qué esa mujer podría decir algo así. No sé por qué tu madre miente en eso, en ese tipo de cosas: es realmente un detalle sin importancia, me dijo mi padre años más tarde mientras nos tomábamos una cerveza y hablábamos de ese incidente. ¡Mirá que hay cosas para mentir, Ariel! En todos lados se cuecen habas. Pero otras cosas… No se entiende muy bien el por qué, me dijo. Yo cuando la conocí me dijo que le faltaban dos materias para recibirse. Varias veces le pregunté cómo iba eso y nunca logré que me contestara nada, me dijo dando por cerrado el tema. Pienso, ahora, que yo en verdad nunca había preguntado mucho. Sin embargo, había algunos detalles de color de la infancia que asumía, erróneamente en el caso de mi madre, que se cuentan aunque no se haga nunca la pregunta exacta. En eso incluía la historia de esa mañana invernal en Pinamar. La primera, y no sé si única, vez que vi llorar a mi madre.

Pero no pude, le dije a Nicolás. Me di cuenta cuando la 4x4 dobló hacia el oeste y se dirigía rumbo a las montañas con Nicolás atento al camino, que tampoco había fotos de esa época. Había buscado esos días en Buenos Aires no solo en los cajones del placar del pasillo. También rastrillé la habitación que en los últimos años mamá había usado como guardarropas. Busqué en las cajas y cajones de esa habitación y no encontré nada. Había cajas de plástico que parecen valijitas con diapositivas. Miré una por una. Ni rastros de su infancia. Solo vi viajes con mi padre por Bariloche, el famoso viaje en el Eugenio C por el Caribe. Más adelante aparece mi hermana y un tiempo después, yo. Hay una veintena de diapositivas que ilustran cómo me bañan. Mi padre está flaco y con bigotes y se lo ve en el espejo tomando la foto. Mi madre me sostiene y mira con mucho cariño. Se la ve natural, no está sobreactuando su maternidad. Ya en la última caja aparecemos los dos únicos nietos con la *bobe* y el *zeide*. Se retratan varios momentos en distintos lugares: es sin duda una selección bien hecha.

Me entretuve tal vez un par de horas viendo diapositivas esa tarde. Las vi sin el equipo, sacando una por una de su caja. Las fui viendo de frente a la luz. Las miraba y las volvía a poner en el mismo lugar como si alguien, alguna vez en el futuro, las quisiera volver a ver. Pensé quién se quedaría con estas valijas. Imaginé que a Laura no le interesaría conservarlas y yo no sabría cómo me las llevaría a Londres. Camille había salido, andaba buscando un lindo poncho para comprar. Busqué pacientemente pero de la juventud de mi madre no encontré nada. La foto en que encontré a mi madre más joven fue un retrato de ella de medio cuerpo. Está con el pelo negro que le llega hasta los hombros. Luce un fino vestido blanco con unos sutiles volados. Debe tener quince o dieciséis años. Me alegró ver que en el primero de los retratos que encontré de ella estuviese tan linda. Las siguientes fotos son ya las del casamiento, que estaban en un álbum de tapas oscuras.

No pude, simplemente, no pude, le dije a Nicolás para cerrar la idea. Nicolás se hizo eco de mi silencio y trató de cambiar el tema que pensé era imposible de cambiar. Estamos por llegar, dijo. El auto dobló hacia la derecha, después avanzó unos pocos metros y dobló a la izquierda. El camino no existía. Estábamos en la laguna, que era como una gigantesca pista de patinaje. Finalmente, anunció Nicolás, hemos llegado. Díganme si valió o no la pena el largo camino. El suelo era blanco. Bajó la velocidad. Estábamos yendo al centro de Pampa del Leoncito. Había algunas huellas de autos marcadas en la tierra árida, seca, muerta. Avanzamos unos pocos minutos antes de llegar a aquello que pensé que tal vez, era el centro del lugar.

Nos bajamos del auto. Soplaba un fuerte viento. Acá es donde se hace carrovelismo. Es uno de los mejores lugares del mundo para esto, dijo Nicolás. Seguro que vieron los posters por todos lados, incluso en el aeropuerto. Hay unos vientos perfectos. Y la superficie es muy llana. Es tan llana que una vez, incluso, el avión del presidente Alfonsín aterrizó acá. Claro, eran otras épocas, ahora no se haría eso. Pero para carrovelismo, es perfecto. Además el telón de fondo es único. Miren esas montañas, ahí. Era efectivamente imponente. De norte a sur se lograban ver el final de la Cordillera de Ansilta, el Cerro Mercedario y el Cerro Tambillo. El Aconcagua está un poco más al sur, dijo Nicolás. Nos dio entonces algunas explicaciones del origen del nombre del lugar en que estábamos. Todas me parecían pobres pero no valía la pena empezar un debate sobre eso. Caminen un poco por acá, nos dijo. Es un lindo lugar para estirar las patas.

Unos minutos después partimos hacia el observatorio del Parque Nacional. Al ponernos en marcha y con la cordillera a nuestras espaldas, Nicolás volvió a hablar. ¿Sabés por qué volví yo?, me preguntó. Creo que llegué a contestar que no o que me contara pero si llegó a salir algún sonido de mi garganta no fue lo suficientemente fuerte como para que Nicolás lo oyera. Pensé en lo duras que son, generalmente, las historias de los regresos. Son una mezcla de reconocer el fracaso y un intento por volver a empezar. Sabía que era muy duro con eso y que incluso así me cerraba puertas a mí mismo. Tragué saliva. Nicolás me contó que cuando estaba en Toronto no lo entendía muy bien. Sentía, me dijo, algo que no podía explicar muy bien. Fue acá, al volver, que terminé de entender. Tuve suerte y escuché bien contado lo que a mí me rumiaba en la cabeza pero no lograba decir, nos dijo.

Explicó que trabajando como corredor de equipos de comunicación, pasaba muchas horas hablando con su jefe. Una vez éste le había contado que cuando su padre, un joven alemán por ese entonces, embarcó para venir a Argentina en el barco se encontró con muchos polacos y rusos. Buena parte eran judíos. Judíos de zonas rurales. Eran de todas las edades, incluido muchos chicos. Algunos viajaban solos, otros en familias. El jefe le había contado que su padre había identificado a dos de ellos, que se había interesado específicamente en ellos dos. Nunca entendió por qué se había fijado en ellos, pero eso había ocurrido. Los seguía y estudiaba como si el principal objetivo de su viaje hubiera sido observar a esos dos chicos. Como si fuera un explorador, dijo Nicolás. Me vinieron a la cabeza por un segundo los nombres de Humboldt y Bonpland. Recordé lo que años antes le había contado a Jaime. Andaban por ahí, juntos durante todo el día, y él atrás siguiéndolos, siguió contando Nicolás. El padre contaba que había tomado notas de ellos y el jefe decía que todavía guardaba esa libreta. Hablaban en idisch, ese idioma que hablan los judíos del centro de Europa, y aunque se parecía al alemán no llegaba a entenderlos bien. No sabía cómo se llamaban pero los había bautizado con algún nombre en chiste. Y con esos nombres tomaba las notas. Se encariñó con esos chicos. Sabía que llegarían a Buenos Aires y que allí las vidas de los tres cambiarían para siempre, que nunca más se verían y que sus destinos solo se cruzarían en esos dos meses de navegación. Disculpá toda esta introducción que te hago, Ariel. Mirá, tanta cháchara y no llegamos a ningún lado. A veces me voy por las ramas. Efectivamente, era un parlanchín ese hombre. Y además se había puesto en un modo bastante melancólico. Estaríamos prácticamente toda la semana con él así que teníamos que acostumbrarnos. No importaba, dije. Me gustan las introducciones; si no, las cosas después no se entienden, dije. Acá está el observatorio, dijo de repente dando a entender que la historia se interrumpía. Después me la seguís contando, le dije. Tenemos un largo camino de vuelta. Yo los espero acá, me quedo con Mancha y señaló al perro que estaba en la puerta. Qué raro, dijo Camille. Ese perro no tiene manchas, es todo negro. Es otra larga historia, dijo Nicolás.

El observatorio fue la última atracción turística del día. Al salir pusimos rumbo a San Juan Capital. Camille se sentó en la parte de atrás del auto. Estaba cansada y quería dormir. Recorrimos la misma ruta que habíamos hecho antes. Pero ahora todo era distinto. No solo porque desde mi posición en el auto podía ver claramente cómo el camino se iba metiendo en el paisaje. La luz, sobre todo, era distinta. Aunque todavía eran las cinco de la tarde, el sol estaba empezando a ponerse y buenas porciones de lo que se veía estaban cubiertas de sombras. Me tranquilicé al darme cuenta que no todo sería homogéneo, que habría cambios a nuestro alrededor, que el paisaje cambiaría a medida que pasaba el tiempo.

El color que tomaban las montañas producía una sensación de mayor calma. Todo trascurría más lentamente. El tramo por la ruta 149 era de cerca de ciento cincuenta kilómetros. Noté como Camille dormía. Le pedí a Nicolás que me siguiera contando la historia. No podía dejar de sorprenderme de la velocidad a la que cambiaban las cosas. En voz baja él continuó justo desde donde la había dejado antes. Al llegar a unos puertos de Brasil, siguió Nicolás, le contó el padre a mi jefe, subieron bananas al barco. Los chicos las miraban sin saber qué eran. Nunca habían visto bananas. No sabían qué sabor tenían. En su pueblo de Polonia las bananas, simplemente, no existían. ¿Vos te acordás, tal vez seas muy joven, de ese aviso de la tele de los botines Invencibles, no, Interminables creo que era, en que aparecía el Ratón Ayala?, me preguntó. No lo conozco, le dije. Creo que nunca lo vi. Bueno, dijo, era lo mismo, exactamente lo mismo. Incluso así me lo describía mi jefe, diciendo que la escena era como la de la publicidad. Se lo veía al Ratón cuando jugaba en Atlético Madrid. A mí nunca me pareció un buen jugador pero esa es otra cuestión. Se lo ve cuando se está terminando de preparar en el vestuario y sale a la cancha. No es durante un partido; está él solo en la cancha. El estadio, el Vicente Calderón, está vacío. Hace jueguito, patea la pelota. Creo que se escucha de fondo música de las corridas de toros. Una voz relata los beneficios de los botines y termina diciendo algo así como cómprelos ahora y acá. Y entonces, se lo ve al Ratón, está frente a la cámara, de frente, se lo enfoca desde medio pecho y dice: *porque en Europa no se consiguen*. Como las bananas: en Europa no se consiguen. Le dije que me había tentado de ver la publicidad. Seguro que la encontrás en internet, me dijo. Obviamente, siguió Nicolás, le explicó el padre a mi jefe, los chicos aprendieron rápidamente que era una fruta y cómo comerla. A partir de ese momento, el padre contaba, contó Nicolás, los chicos iban todos los días al depósito a robar bananas. Se empacharon, no hacían otra cosa que comer bananas. Yo sentí un escalofrío. Nuevamente, era la segunda vez en el día que sentía una sensación de incomodidad ante las historias que contaba el guía. Nos mantuvimos en silencio hasta que la ruta hizo una curva hacia el este pocos kilómetros al norte de Calingasta.

La inmensidad del paisaje es escalofriante. Las sombras se empiezan a apoderar de todo el terreno. Manteniendo la voz baja, Nicolás me contó cómo había sido su regreso de Toronto. Al volver a Argentina ya en los ochentas, el peor de los escenarios que había imaginado lo esperaba. Su mujer se había marchado al sur con sus dos hijos. Había rehecho su vida en Río Negro y sus hijos casi ni se acordaban de su padre. Empezó entonces a trabajar en turismo. Muy de vez en cuando iba a ver a sus hijos. A medida que los hijos fueron creciendo, logró restablecer una relación con ellos. Primero por carta, luego por teléfono, después por mensajes de texto y más recientemente por *WhatsApp*. Cada tres o cuatro meses se tomaba un bus y en quince horas estaba allá. Los hijos no siempre estaban disponibles pero al menos podía ver a sus nietos. Una de ellas, incluso, estaba embarazada y en un par de meses lo haría bisabuelo. Él vivía en San Juan, en la casa que había sido de sus padres. Tenía tres perras y otras cuatro de los vecinos aparecían también por allí y pasaban todo el día en su patio y jardín. Las alimentaba a todas. A partir de cierto momento hizo como si fueran suyas.

Hubo largos ratos de silencio en la etapa final del viaje. La última de las paradas fue en Talacasto, el mismo lugar en que habíamos parado a la ida. Todo seguía igual, tal cual lo habíamos dejado siete, ocho, diez horas antes. Las ruinas de la estación de tren abandonada en diversas etapas de la destrucción del sistema ferroviario estaban a cien metros y me parecieron más muertas incluso que lo que me habían parecido por la mañana. Un muro con un mapa cuya información había que adivinar debido a los trozos de mampostería que se habían caído estaba a unos pocos metros de la entrada, bajo un techo de chapa. La puerta del bar estaba rodeada de ilustraciones de las comidas que probablemente nunca se habían servido ni se servirían allí: un plato con una hamburguesa con papas fritas, una copa de langostinos, arroz con pollo. Una veintena de posters, calcomanías y papeles adornaban los vidrios con anuncios de grupos de ciclistas o motociclistas que recorrían la región. Los dos chicos que estaban detrás del mostrador eran los que nos habían atendido a la mañana. Uno era cordobés. El televisor mostraba unas jugadas del fútbol italiano. Vimos mientras tomábamos un café y Nicolás recargaba gasolina unas jugadas de Icardi. Creo que pasaron unos goles del Juventus.

Estábamos agotados y necesitábamos movernos. Mientras Nicolás descansaba un poco en el bar, salí con Camille afuera, a la zona del estacionamiento. El nuestro era el único auto. Estábamos bastante cerca de la ruta, tal vez a veinte metros. Pasaba algún que otro coche pero ninguno se detuvo durante esa media hora que estuvimos allí. Quise estirarme un poco antes de volver al encierro de nuestro transporte y empecé a corretear por ese extenso playón de tierra. Corrí levantando las rodillas y moviendo los brazos como si fueran molinos, al estilo de lo que hacen los jugadores de fútbol en las entradas de calor antes de empezar sus partidos. Conozco bien ese rato porque Camille me grabó dando estas vueltas y me lo envió esa misma noche. Lo he visto varias veces ya esta tarde. Me veo con esa camisa de mangas cortas a cuadros rojos, rosas y blancos moviendo los brazos. Se nota que digo algo pero no se alcanza a entender. Ya no hay mucha luz pero, aunque lo que está en el fondo empieza a hacerse indistinguible, mi imagen se ve bien.

Sé que en ese momento todavía estaba pensando en cómo terminaba la historia de los chicos polacos comiendo bananas. Mientras daba vueltas girando los brazos y veía a Nicolás a través de los ventanales sentado tomando un café, pensaba cómo esa historia había llegado a sus oídos. Él lo había explicado pero me parecía impreciso, débil. Y sobre todo, increíble. Increíble, pensé: el padre de un ex jefe de un guía de turismo en Pampa de Leoncito que nos pasea por los Andes sabe esta historia. La historia que yo había escuchado por años en casa. ¿Era una enorme casualidad? Pensé al tiempo que lo veía hablar con los dos muchachos que tal vez no importaba. Vi las ilustraciones de la pared con más atención. Me pregunté quién habría pintado eso y qué le habrían dicho los pintores al dueño del bar cuando le sugirieron la idea. ¿Acaso le dijeron que con esa ilustración todo el mundo vendría a este punto en el medio de la nada y pedirá copas de camarones con Salsa Golf? ¿Por qué hicieron esto en vez de pintar la pared de blanco o de azul? ¿Habría Nicolás estado justo también ahí cuando se les hizo ese encargo a los pintores?

Me di cuenta, entonces, que no solo no importaba dónde Nicolás había escuchado la historia de los chicos polacos en el barco y las bananas, sino que sería ridículo asociarla con aquella que yo había escuchado varias veces en casa. Las bananas eran simplemente una de las partes del mundo que había sido ese viaje en el Desna. El *zeide*, la *bobe* y mamá lo llamaban *El Viaje*, con mayúscula, como si hubiera un único viaje. Era, después de todo, el viaje que había cambiado todo, que había dado origen a todo. Ese viaje había tenido muchas etapas, varias sucesiones de eventos: la muerte del padre del *zeide* a manos de antisemitas en una sinagoga, las mentiras para conseguir el pasaporte, el viaje desde Kobryn, la inseparable compañía del amigo, la imponente estación de Brest-Litovsk, el viaje en tren por días atravesando Polonia, Alemania y Francia, la llegada a Cherburgo, los boletos guardados celosamente, el embarque, las cuchetas en tercera, las escalas en España, el mar abierto por días, los puertos del norte de Brasil, las bananas robadas, la llegada al Hotel de Inmigrantes, la espera, la esperanza.

Hice algunas cuentas muy rápidas y probablemente incorrectas: cerca de tres, cuatro o cinco mil chicos polacos debieron haber llegado al puerto de Buenos Aires en la década del veinte. Si no, más. La mitad de ellos, pensé, nunca habría visto una banana y se habría sorprendido como los chicos de la historia de Nicolás. Esa historia, tal cual la acababa de contar o en versiones ligeramente modificadas, se habría contado en cada una de las casas de los inmigrantes polacos que habían llegado a Argentina. Aunque vi cómo mi familia perdía originalidad, me tranquilicé al darme cuenta que no era la casa del *zeide* la única en que se contaría esa historia. No había, pensé, nada sobre qué preocuparme: no había allí ninguna pista que me llevara a ningún lugar. Las fotos del placar seguían siendo eso: unas fotos encontradas en un placar.

Nos llevó más de una hora llegar al hotel desde la estación de servicio de Talacasto. La noche se iba haciendo más espesa. Las montañas ya no se ocultaban entre las sombras si no que empezaban a aparecer como bloques negros que no se podían distinguir uno de otro. Creo que Camille durmió buena parte del trayecto. Solo se despertó cuando entrábamos a la ciudad. Yo dormité buena parte del camino. Pensaba en la lejanía. No sabría muy bien definir qué es lo que pensaba pero me venían a la cabeza algunas de las frases que me había dicho Nicolás. Pensaba en la lejanía que habría sentido el *zeide* en el barco. Imaginaba cómo León Wraumansky habría pensado en la lejanía. Incluso pensé como había hasta ese momento pensado mi propia lejanía. Camille movía la cabeza como si no tuviera nada de control de su cuerpo, como si fuera una muñeca o una marioneta. Nicolás tenía los ojos fijos en el camino. Los pensamientos se me mezclaban y me costaba separar a nuestro guía del *zeide*. Y a estos, del propio León Wraumansky.

Al despertar, Camille dijo que no quería ir a cenar fuera porque estaba bastante cansada. Nicolás la dejó en la puerta del hotel. Ya verás en otro momento las fotos del alemán, de mi jefe, dijo cuando decidió llevarme a Doña Elba, el lugar de empanadas que nos recomendó. Me explicó que costaban la mitad que en Buenos Aires y bromeando me dijo que eran el doble de buenas. Al dejarme en la puerta del negocio me recordó que mañana nos pasaría a buscar a las 8.30. Viajaríamos con un matrimonio. Me indicó cómo volver y antes de bajarme quise sacarme la duda que ya llevaba unas horas. Me gustaría que me termines de contar cómo termina la historia de las bananas, le dije. No, no te preocupes, respondió. Creo, agregó, que no logré explicarme bien. Le pedí por favor que me lo explicase. Me parece muy linda la historia, dije. Siempre me gustaron mucho las historias de la inmigración. Tanto, le dije, que yo mismo me convertí en un inmigrante.

Se quedó unos instantes en silencio. Imaginate solo una cosa, dijo dubitativo. ¿Cómo hablarían de mí mis hijos, mis nietos, si yo me hubiera quedado en Toronto?, preguntó. Hizo una pausa. Y de repente se embaló. ¿Qué historias contarían de mí? ¿Qué hubiera sido de mí? Porque vos lo entendés pero los que se quedan no lo entienden: cuando estás afuera te agarran esas angustias que te parece que se te van a romper todas las tripas. Pero tenés que hacer que todo pase en silencio. O algunos hacemos que pasen en silencio. ¿No contamos cualquier historia, no?, preguntó. No supe qué contestarle. Le quise decir que la historia de las bananas era divertida. Que no era nada del otro mundo. Que entendía la angustia esa, pero que la angustia no sabía de lugares de residencia. Es muy probable además, pensé en decirle, que la historia no hubiera sido exactamente así. Entre esos dos chicos polacos y la historia que realmente había ocurrido seguramente habría habido mil modificaciones.

El local de Doña Elba era pequeño. Tenía sobre la entrada un cartel de chapa pintado de blanco y el nombre en azul. Algunas letras estaban ilegibles. Desde afuera se veía un mostrador y una heladera con bebidas. Varios de los estantes estaban llenos con Coca-Cola. Una mujer estaba detrás de la caja. ¿Será esa Doña Elba?, me pregunté. Vi como Nicolás me miraba con atención. Mil formas distintas de acomodar los hechos, centenares de detalles que van poco a poco alterando la verdad. Incluso, pensé, los propios personajes. Pero no le dije nada. Preferí callarme. Le agradecí mucho por el día que habíamos pasado. Me muero de hambre, agregué.

Disfrutá las empanadas, querido. Mañana me decís cómo estuvieron, me dijo cuando salí del auto. Compré seis empanadas de carne. Caminé hasta el hotel. Estaba muy agradable el clima. Al llegar a la habitación, Camille estaba en la cama dormida. Apoyé el paquete en el pequeño escritorio y encendí el velador. Se despertó cuando empecé a abrir el paquete. El ruido del papel y el aroma fueron mucho para su sueño. Me dijo que después comería una o dos pero que en ese momento quería seguir durmiendo. Busqué mi libreta. La abrí y revisé las notas del día. Comí una empanada. Estaba muy buena. Tomé algunas notas más. ¿Le podía creer todo a Nicolás? Tal vez me había acostumbrado mucho y muy rápido a Londres. Allí nunca alguien contaría como había hecho él esas historias tan íntimas a desconocidos como éramos nosotros dos.

Escribí, sin embargo, sobre ese diálogo final con Nicolás. Comí dos empanadas más. Me sentí lleno. Cerré la libreta y apagué la luz. Me acosté junto a Camille. Le quise decir lo que empezaba a sospechar de León Wraumansky pero ella dormía. No quise despertarla. Además, no tenía ninguna pista de que aquello que estaba imaginando fuera verdad. ¿Podía León Wraumansky haber hecho eso?, me pregunté. Pensé si tenía algo de sentido, al menos, que durante años Wraumansky hubiera desaparecido y, de todas formas, se siguiera hablando de él como si todo fuera normal.

Sabía que no me dormiría. Me levanté y fui a sentarme nuevamente al escritorio. Abrí con cuidado el paquete para no hacer mucho ruido y agarré otra empanada. Se empezaban a enfriar. Me pregunté, incluso si podría haber empezado todo de nuevo como si nada. ¿Pudo mi madre haberme ocultado todo durante toda mi vida?, me pregunté mientras terminaba la empanada. ¿Por qué no?, me contesté. Incluso más tibiecita estaba mejor. Vi las dos empanadas que quedaban en el paquete y decidí dejarlas allí. Se enfriarían. Tal vez si me tentaba me las comería a media noche. Revisé, entonces, la última frase que había escrito en la libreta.

Tenías razón, Nicolás, dije con seguridad: las empanadas de acá son mucho mejores que las de Buenos Aires. Eso sí: Doña Elba Velázquez hace veinte años que no trabaja más allí y murió hace siete. Fue la campeona de un concurso de empanadas nacionales. Un certificado en el local lo acreditaba. Y agregué que incluso podía ser que la historia de "el alemán" fuera toda mentira. Pero nada importa y nadie lo sabe. Hice una pausa para pensar. ¿A quién no le ha pasado acaso que un día se levanta y todo lo que pensaba que existía era una mentira? Una puta mentira, dije para terminar.

Esto último, es decir todo lo que no hablaba de las empanadas, lo taché justo antes de cerrar la libreta e irme a la cama. Me tenté en escribir el nombre del jefe, el nombre que Nicolás me había dicho cuando yo le había preguntado, así al pasar, al abandonar el auto. Pero no lo hice. Solo lo repetí para mí. Camille dormía y no lo escuchó. Braunm, dije. Leopoldo Braunm.

Ischigualasto

Hubo un tiempo, le quise decir a Camille, en que todo nos parecía más seguro. Nuestros padres nunca serían débiles. Los súper héroes se juntaban en el Palacio de la Justicia. Los titanes aparecían sobre el ring cada viernes a las nueve de la noche con solo apretar un botón y los buenos ganaban a pesar de William Boo. Las papas fritas eran un sueño. El recreo llegaría solo después de un rato en el aula. Siempre habría papel higiénico en el baño. No había distancia ni dolor, entonces. No existían algunas palabras. Y a partir de cierto punto, que no sé cuál es ni por qué aparece, nada de eso sigue siendo así. Martín Karadagián está en una silla de ruedas, tus padres están enterrados. Quedan manchas de sangre en el papel al limpiarte el culo. A Batman lo mataron. Sobre Aquaman hace décadas no se sabe nada. El televisor ese en que veías *Titanes en el Ring* fue una y otra vez recolectado por los cartoneros hasta que hace pilas de años es menos que chatarra en un basural. Todo lo que hasta ese momento mostrabas con orgullo (y acá incluyo tu cuerpo parecido al de tus padres, tu nombre y apellido, tu idioma, tu religión) ahora en forma desesperada lo ocultás. Y necesitás crear todo de cero. Eso le pasó a Wraumansky, a Braunm y ahora me pasa a mí. Seguro que te pasará a vos también. Es como que de repente estoy entendiendo todo. Dejame avanzar, pedime por favor que lo haga. Pero en vez de decirle todo eso, le respondí la pregunta que me había hecho, ¿por qué estás haciendo esto si no tiene sentido?, y le expliqué, tímidamente, que quería seguir explorando la historia que poco a poco iba construyendo.

No sé si vale la pena esa búsqueda, me dijo Camille. Lo que ocurrió, ocurrió. Y eso no hay que revolverlo. No hace falta. Pensé en la voluntad carroñera que a veces tenemos por ir al hueso de la cuestión. Algo de verdad había en lo que decía Camille. Y sobre todo, algo humano. No sé muy bien qué significaba humano, pero algo de eso había. Pero también había algo que no era humano. ¿Vos viste lo que pasó con mi familia durante la Segunda Guerra?, me preguntó. Cambiaron los documentos, las identidades, todo lo que debieron para sobrevivir. Mi abuela mentía descaradamente en la cara. Así, como estamos vos y yo. Y nunca, nadie hizo nada. Pero ahí está la diferencia: lo dijo, en algún momento lo dijo, le dije yo. Además, fue durante la guerra eso, le dije. Allá no hubo una guerra. Hubo algo pero no sé muy bien qué fue, agregué. Y eso es lo que quiero averiguar. Mirá, Ariel, desde hace días que no dormís bien. Estás con esta idea fija en la cabeza. Te la tenés que sacar. Camille sabía lo que me estaba pasando. Desde que había escrito la sección *Pampa de Leoncito* que no había vuelto a tocar la libreta roja. Y no había escrito ni una línea. Me estaba empezando a poner ansioso. Vos sabés que yo te creí todo, aunque todo pareciese imposible de creer. Todas esas ideas que se te fueron ocurriendo y cómo fuiste atando cabos. Con los Reszinsky y lo de Sabrina. Pero creo que esto es distinto. Esto es peor. Te pido solo que no avances más en esto. Incluso Benny te dijo que no insistas, me dijo. Ella se refería a la charla que había tenido con Benny Grinsberg sobre el asunto. Él lo había hecho al pasar. Le tuve que contar un poco la historia cuando fui a su casa a que me tradujera del alemán esas dos hojas que Laura había encontrado en los cajones de la tía Silvia. Y yo, torpemente, se lo había dicho a Camille. Ella me lo recordaba claramente. Hasta Benny, me dijo Camille, te recomendó que no hagas nada. Él, me dijo ella, te lo dijo bien claro: esto apesta, dejalo, no te metas en eso. Apesta a mierda, a mucha mierda. Te dijo, me subrayó Camille, que esto solo serviría para sacar la mierda a la superficie. Saquémosla, entonces, le dije.

**

En el último intento por volver con Teresa habíamos ido juntos a la embajada argentina a ver una película que proyectaban. Al salir me crucé con él en la entrada. Teresa había ido al baño. Él se presentó de la nada. Fue amable pero muy argentino. Me dijo que organizaba partidos de truco en su casa. Le dije que me interesaba, que me avisara la próxima vez que jugaran. Pasaron meses y nunca recibí ninguna comunicación. Una tarde, finalmente, recibí el mail con la invitación. Fui con miedo esa noche. Repasé cómo se contaban los puntos para el envido y las señas. Incluso en qué dirección se repartían las cartas. Ese primer sábado fue el que inauguró la tradición truquera en Londres en mi vida y una estrecha amistad con Benny que ya lleva varios años. Con Teresa no logramos hacer nada más. Nunca, nada más. Tal vez no había sido tan malo.

Esa tarde que lo fui a visitar con las dos páginas para ser traducidas me contó una historia. En general, Benny no era bueno contando historias. Las hacía muy largas y le costaba ir al punto. Pero eso, debo reconocer, tenía su encanto. Uno pensaba que la tensión estaba en un lugar cuando estaba en otro. Eran tan largas que ya teníamos chistes entre nosotros sobre eso. Yo siempre había creído que eso era por su trabajo como cirujano. Se pasaba buena parte del día en quirófanos, sacando órganos que estaban con tumores o cercanos a ellos. No interactuaba mucho con otras personas más allá de los pacientes (la mayoría de la comunidad de Punjabi que vivía en el oeste de la ciudad) con los cuales no podía pasar mucho tiempo. Las reglas del NHS eran muy estrictas.

Mis viejos, como sabés, lograron huir de Alemania en mayo del 39, comenzó a explicar. Tuvieron suerte. Y les costó caro. Salieron a dónde pudieron. Esperaron hasta último momento. Se sentían alemanes. Mi tío que era un hermano mucho más grande que mi padre, murió en Ypres en la primera guerra. O cómo se llama esa batalla, en Passchendaele. Fue uno de los, no sé, 300.000 alemanes muertos allí. Benny me había mostrado varias veces la foto que conservaba del tío. Era uno de esos retratos que había por miles: un grupo de hombres jóvenes con ropas de abrigo posan para la foto en un cuartel de la primera guerra. Verla siempre me incomodaba. Mis padres habían entrado a Argentina junto con el padre de esta chica, Elsita, siguió Benny. Habían llegado a Bolivia y habían vivido un tiempo ahí hasta que consiguieron los papeles para ir a Argentina. No pudieron llegar directamente a Buenos Aires. A pesar de que se piensa a Argentina como el crisol de razas, como un país abierto a la inmigración, en ese momento no era tan fácil entrar y muchas veces había que esperar en algún lugar hasta que las cosas estuvieran arregladas. Argentina tenía un gobierno bien filo nazi que además, y a diferencia de lo que pasaba en Alemania e Italia, estaba muy cercano a una iglesia bien antisemita. En Santa Cruz de la Sierra, entonces, esperaron ellos tres, mis padres y este tipo, Fritz Singer. Por qué no se quedaron en Bolivia como fue el caso de muchos otros judíos es una pregunta a la que nunca encontré respuesta.

Allí, Fritz conoció a otra judía alemana y se enamoraron. Aunque esta es una palabra muy fuerte. Se casaron y los cuatro cruzaron a Argentina. Acá las dos parejas se instalaron en Martínez, donde había mucho alemanes, *yeckes*. Eran bien ordenados. Todos los domingos a las 11 de la mañana, por ejemplo, salían a andar en bicicleta. Hacían esos grandes recorridos yendo hasta el río. Al tener hijos, la cercanía de los matrimonios aumentó. Primero nació mi hermano que me lleva cuatro años, unos años después Elsa Singer. Yo nunca lo pregunté pero creo que fui un hijo no deseado. En ese momento y con padres alemanes no se preguntaba nada. Nada de nada. Se hacían las cosas. Creo que yo nunca tuve una conversación de verdad con mis padres. Nunca les pude decir nada. Cuando me acercaba a mi madre a preguntarle algo, ella antes que yo abriera la boca, me preguntaba si había avanzado con las prácticas de las sonatas de Beethoven. Mis padres, como los Singer, fueron progresando. Tenían un poco de capital y la experiencia de Alemania y se convirtieron en prósperos industriales. Papá, con los cuchillos, y Singer, gracias a las medias de mujer, empezaron a tener buenas vidas.

A mí siempre me gustó Elsa. Fue la chica que desde chico tuve más cerca. Íbamos a lo de los Singer seguido. Mientras nuestros padres hablaban, nos mandaban a la habitación de Elsa a dibujar, a leer, a hablar. Escuchábamos desde esa habitación las voces en alemán y los tres sabíamos que nosotros sí hablaríamos bien el castellano. Aunque a nosotros nos hablaban en alemán en casa, no lográbamos entender todo. Había algunos detalles, algunos matices que se nos empezaban a escapar. Nos estábamos argentinizando muy rápidamente y de la mejor manera posible. Educación pública, grupos de campamentos: el sueño de los liberales alemanes en Argentina. Mis padres habían vivido la República de Weimar y habían sufrido el nazismo. Estaban llenos de melancolía. Eran jóvenes todavía pero la melancolía estaba a flor de piel. En la superficie. ¿Es eso muy alemán? Nosotros, los chicos, estábamos convencidos de que nunca nos iríamos a ninguna parte. Veíamos a nuestros padres y entendíamos su amor por Alemania. Pero queríamos ser argentinos, estar siempre en un lugar. Hablar un idioma que todos entendieran y que nosotros pudiéramos entender sin dificultad.

Incluso una vez hicimos un juramento. Cosas de chicos. Recuerdo bien: esa tarde mi hermano no estaba. Había ido a una reunión con los compañeros del colegio. Estuvimos en su habitación, Elsa y yo solos. Nos jurábamos que nunca nos iríamos de Argentina. Que siempre nos quedaríamos. Visto ahora, todo me suena muy ridículo. Pero en ese momento yo no sabía, obviamente, lo que ocurriría. Debía ser cuando yo tenía 13 y ella tal vez 15 o 16. Ella ya era una señorita bastante crecidita. No sé cómo nuestros padres seguían dejándonos solos en esa habitación. Yo ya estaba en el Nacional y ahí te despabilabas rápido. Hicimos ese juramento y ella me agarró de la mano con sus dos manos. En sus estantes tenía, además de los libros del colegio, *Sandwich de la realidad y Rayuela*. Siendo chicos muchas veces jugando había tocado su cuerpo. Habíamos dormido varias veces juntos en vacaciones y campamentos. Pero esa vez fue especial. Sentí un temblor por todo mi cuerpo. Y fue entonces cuando me besó. El lado A de *Freewheelin'* todavía seguía sonando. Fue el primer beso y el más lindo de todos. Las voces de los adultos leyendo el *Argentinisches Tageblatt* llegaban del living. Después escuchamos el otro lado, me dijo ella. Salimos al jardín de la casa. Era invierno, hacía frío. ¿Terminaste la tarea de latín?, me preguntó mi madre. Sí, má, recuerdo que le dije. Elsa se metió en la casa nuevamente, fue a la cocina y preguntó si podía ayudar en algo. *Vitam impendere vero*, le dije a mi madre para que se quedara tranquila. Lo acabo de aprender, le aclaré. Es de Juvenal.

Esos encuentros siguieron. Fuimos cambiando de lugar y de horario. Y, obviamente, se fueron volviendo más intensos. Me enseñó muchas cosas. Sobre todo lo que se podía aprender. Yo era una esponja. Duró un tiempo aquello. Unos años, increíblemente. Cada vez era más intenso. Era, me parece, el único lugar que tenía para mí, para ser yo. Mi vida, sabía desde temprano, estaba destinada a ser lo que fui: un cirujano. Pero allí, con ella podía pensar que era y que sería otro. Había poco espacio para los cambios, para cosas inesperadas. Tanto para ella como para mí. *But shit happens*. En algún momento, Elsa conoció a alguien. No sé muy bien cómo o dónde. Ni siquiera me lo anunció. Un día vino y me dijo que lo nuestro se había acabado. Que ya no éramos más chicos. Que ella quería más. Que se quería comer la vida. Se casó. Yo no entendía si casamiento era justamente sinónimo de comerse la vida. Pero se casó. Pensé que su nuevo marido sería el que la ayudaría a comerse la vida. Se casó con un polaco. Un judío polaco. Ni sabíamos de dónde lo había sacado. Creo que Fritz Singer nunca se recuperó de eso. Su Elsita, todavía casi una nena, se iba con ese a comerse la vida.

Él, y no lo digo de celoso, era uno más. Pero la sedujo. Eso sí: era muy seductor. Tenía labia pero sobre todo le ofrecía un mundo en que el horizonte era la libertad, casi lo opuesto a lo que ella había vivido hasta ese momento. Y eso tenía valor. Tenía un muy buen amigo el marido; eran culo y calzón. Era otro polaquito, otro judío polaco. Para nosotros los judíos alemanes, los judíos polacos eran como de segunda. Casi no nos juntábamos. Salían estos dos juntos y tenían mucho arrastre con las mujeres. Yo todo esto ya lo aprendí mucho más tarde, hablando con el viejo Singer. La verdad no sé si en esa época ella no habrá salido primero con uno, después con el otro. O incluso con los dos juntos. Corría cada rumor en ese entonces. Pero bueno, ese es otro tema. A esa altura, Elsita me había eliminado de su vida. Fui invitado al casamiento pero nunca más escuché, a partir de esa fiesta que para mí fue una de las más tristes de mi vida, hablar de ella. Y yo trataba de no preguntar, tampoco. No me equivoco si te digo que me rompió el corazón. Este flaco, el esposo de Elsita era un chanta, mentiroso, no le gustaba trabajar para nada. Pero disimulaba, digamos, con el movimiento *hippie*. Todo eso le venía perfecto. Ni bien se casaron se fueron. Obviamente, se fueron a vivir a Estados Unidos. A California. Yo entré a la facultad. Empecé a militar y, bueno, ya sabés cómo terminó todo. Unos años después me tuve que ir. Y acá estoy. Aquel juramento con Elsita en su cuarto en Martínez con posters de Bob Dylan en las paredes blancas se transformó en algo escrito sobre el agua.

La madre de Elsita murió joven de un cáncer. La enfermedad fue fulminante. El padre se empezó a enfermar también siendo joven. Yo todavía vivía en Argentina y aunque no lo atendía porque yo no era su médico, de vez en cuando lo iba a ver. Tenía una enfermedad degenerativa del sistema nervioso. El deterioro era lento pero constante. La cabeza le funcionaba bien pero cada vez iba teniendo más restricciones físicas. Vivía todavía en la misma casa de siempre, así que aprovechaba y lo veía cada vez que podía. A pesar de los vaivenes de la economía argentina, Singer había logrado ahorrar una buena cantidad de dinero. Eso lo ayudó bastante esos años. Lo cuidaba una mujer. Cuando yo iba por allá siempre hablábamos de sus años en Alemania, de su casa familiar, de los paseos que daba por los bosques y de su Berlín. A él le gustaba hablarme del Barón Rothschild y su proyecto, del ascenso de la Universidad de Viena como el mejor lugar de Europa (si no del mundo) para estudiar medicina después de las desastrosas reformas de Napoleón III y de las cenas en que los Wittgenstein invitaban a Brahms o a Klimt. Nunca supe bien cómo sabía esas historias. Me preguntaba, aunque nunca llegué a preguntarle, si eso serían temas corrientes entre los judíos de la burguesía alemana o austríaca. Nos tomábamos una copita durante esas charlas. Si el tiempo estaba bueno me pedía que nos sentáramos en el jardín, el mismo jardín al que había salido esa tarde del beso. Hablábamos en alemán.

El viejo Singer, siguió Benny, una vez me contó la verdad sobre lo que pasaba con su hija. Mi hija, me contó Benny que le dijo el viejo Singer, es una pobre infeliz. Siempre lo fue y, estoy seguro que siempre lo será. ¿Vos la conocés bien, no? Me quedé callado para saber a dónde quería ir. Es cierto que no ha tenido suerte en la vida. Pobrecita: la muerte de su pobre madre, ella tan joven. Después mi enfermedad. Y ella que se casó con ese pillo. Ahí no fue suerte ni nada, fue ella solita. Porque pudo haberse casado mucho mejor. ¿Qué te parece a vos? Lo peor es que él piensa que nadie sabe nada, siguió Singer. Te parece, me preguntó el viejo Singer, que yo no sé que en Estados Unidos hace hamburguesas y tiene a mi hija limpiando casas. Él probó suerte en Hollywood como hacen todos los que son lanzados. Creo que llegó a hacer un par de cositas. No sé si papeles en obras de teatro o alguna participación en cine. Pensó que la facha le alcanzaría. No funcionó. Se cambió incluso el apellido, se lo cambió para que sonara mejor. Eso se hacía mucho por entonces. Ahora ya está en desuso. Pero incluso así no funcionó.

Se fueron diciendo que iban a cambiar el mundo. Que se iba a terminar el consumismo. Que ellos iban a terminar con eso. ¡Qué va a decir el infeliz ese! Claro, se tuvo que escapar de acá pero no se escapó por cuestiones políticas: eso lo haría un héroe o, por lo menos una víctima. Yo me escapé así, tu padre se escapó así. Yo conocí al último juez judío que salió de Alemania en el 39. Atravesó la frontera mostrando la carta con su nombramiento firmada de puño y letra por Hitler. Vos si seguís en esos hospitales con los problemas que empieza a haber te vas a tener que escapar así también. No señor: este se fue porque estafó a todo el mundo. Ya de joven era un tránsfuga. Pero ni siquiera lo hizo bien. Lo agarraron y se tuvo que ir con una mano atrás y otra adelante. Se salvó por un pelín de terminar preso, en este país que nadie va preso. ¡Imaginate: tuvieron que venir de afuera para llevarse a ese Ricardo Klement! Yo, dijo Benny que le contó el viejo Singer, lo hablé mucho con tu padre este tema pero él, aunque sé que coincide con todo, intenta no decirme nada. Claro: el bueno de tu padre me cuida, sabe que estoy enfermo y me cuida.

El tipo, siguió Benny, era efectivamente un pillo. El viejo Singer tenía razón. Razón en todo. Yo ya vivía en Inglaterra cuando recibí una carta. Me decía que era dueño de una empresa en California. Andaba buscando socios. Y me pedía plata. Decidí contestarle amablemente diciéndole que no tenía fondos libres para invertir. Yo en esa época me estaba comprando mi primera casa, obviamente con una hipoteca, y estaba en el inicio de mi carrera que había empezado un poco tarde por todo lo que había pasado. Un par de años más tarde me volvió a escribir. En la carta adjuntaba unos recortes de diarios en que se lo veía a él en París en el lanzamiento de sus productos. Había sido un éxito, decía. Le escribí a mi padre, entonces, pidiéndole consejo sobre invertir o no. El viejo Singer, me escribió en la respuesta mi padre, se estaba muriendo. Eso era esperable. Pero se estaba muriendo, explicó mi padre en la carta, muy amargado: su yerno lo había estafado a él y a todos sus amigos. Había hecho, según me contó mi padre, un gran desfalco. Había engañado a socios, clientes, acreedores. Incluso a mi padre, aunque con una cantidad casi simbólica. Había fundido su empresa pero él había logrado salir ileso. Sin duda, lo había hecho bien porque en Estados Unidos eso no era fácil.

Le pregunté a Benny por qué me estaba contando eso y qué le parecía que esto tenía que ver con lo que yo le había dicho. No seas ansioso. No pienses como siempre pensás que me estoy yendo por las ramas. El viejo Singer le había dicho a mi padre, siguió Benny, que estaba seguro de una cosa: su yerno lograría toda la vida vivir así. Sabía que iría sobreviviendo de una cagada tras otra. Al leer eso, me apresuré y dije que eso no sería así: el mundo no es así. Hay, pensé, un poco de equilibrio. Un poco de justicia, incluso pensé. ¿Te das cuenta que hasta muy grande fui muy *naive*? Seguí leyendo lo que mi padre me escribió. Y esa supervivencia, contaba mi padre en esa extensa carta, estaba basada en que cada vez que comenzaba un nuevo acto, lograra presentarse como un personaje distinto. Y, mi viejo decía que le había dicho Singer, lo había hecho bien. Esa reinversión, esa capacidad camaleónica de los hombres nos asusta, dijo Benny. Se tomó de un sorbo la mitad del vaso de coñac que se había servido. Nos asombramos de las transformaciones y queremos pensar que no son verdaderas, que no son posibles. Y las queremos evitar: queremos que aquello que es rojo sea rojo y aquello que es amarillo sea amarillo. Pero, mi querido Ariel, eso no es así. No siempre, al menos. Quedate en el molde, Ariel. Se puso de pie. Me miró fijamente y me habló como si fuera mi padre. El negocio de la verdad es muy complicado. Deja a este León Wraumansky donde esté. Tomó un poco más de coñac. Pará, agregó Benny, no es que yo sea simplemente un boludo o un viejo gagá y esta historia me meta miedo. Esta fue la primera que viví tan de cerca, con tanta impunidad. No sé si esto te responde la pregunta de por qué te cuento esto. Se terminó su vaso de coñac. Se quedó en silencio unos segundos. ¿Qué se habrá hecho de la vida de Elsita?, preguntó. Me pregunté si dado que últimamente en mi vida habían aparecido tantas casualidades ésta no sería otra, y esta Elsita sería la señora Reszinsky. Pensé que estaba desvariando y descarté la idea. Lo miré con atención a Benny. Estaba pensativo como si se estuviera repitiendo la pregunta. Desde que tuve el infarto que ella me viene más seguido a la cabeza, aclaró.

**

No suelo perder la paciencia. De más joven me pasaba más seguido. Ahora, creo que estoy distinto. Me parece que viviendo en Londres cambié. Tal vez ayudó la distancia pero seguramente no fue solamente eso. Aquí (pero estoy convencido que pudo haber sido en cualquier lugar al que me hubiera mudado) empecé con ese plan de alejarme de todo lo que pensaba que me hacía mal. Lo que los inmigrantes llaman el reinventarse. Cuando Camille me dijo que Benny me había dicho que no avanzara no aguanté más. No me reconocí. Fue como volver a un Ariel anterior. Me enfurecí mucho. Me acordé cuando nos habíamos conocido. Habíamos hablado de nuestras fantasías, de nuestros deseos. Todo parecía posible. Le había hablado de Jaime, de que alguna vez escribiría, de lo que era intentar inventar personajes. Le había contado, sin muchos detalles por cierto, que quería encontrar un personaje que saliera de las entrañas de América del Sur y seguir sus rastros por Europa hasta que muriera. Sabía, le había dicho, que los escritores viajeros me podrían ayudar pero que todavía tenía mucho que investigar. Aunque tenía ya bastante bien estudiado a Murillo Inchaústegui quien, incluso, era uno de los personajes centrales de *El encuentro casual*, preferí no mencionarlo. Todavía no era el momento. Pero sí le hablé, lógicamente, de Bonpland y Humboldt. Lo recordé y me pareció extremadamente dulce y al mismo tiempo terriblemente *naive* lo que le había contado.

Enfurecido como estaba, me acordé de esa noche en Villa Unión y pensé cómo una sola acción puede cambiar tanto las cosas. Sabrina me vino a la cabeza con toda nitidez, como si estuviera allí frente a mí. Recordé su cara, su cuerpo, sus manos. Y sus mentiras o exageraciones. Al irme de *Lo de Pavón* le había preguntado por qué si odiaba tanto al padre tenía esas fotos colgadas. Me había contestado de la forma en que era ella, escurridiza, evasiva, misteriosa, contradictoria. Tengo tres razones, dijo. Las tengo ahí porque me gustan, porque no tenía que otra cosa colgar en la pared y porque al verla los suecos, ponen *I like it* en *Facebook* y hacen buenas recomendaciones en *TripAdvisor*. No era verdad, nada de eso. Sabía que de la primera a la última letra nada era verdad. Camille me había preguntado en algún momento si yo le creía a Sabrina, y si le creía qué era lo que le creía y por qué. Era exactamente eso, pensé, lo que hacía tan atrayente a Sabrina. Ese no saber. O mejor dicho, saber que mentía pero incluso así sentirme que yo necesitaba conocer esa historia. Mojado sobre llovido. Sentir que lo que contaba me atraía como un imán gigante a una diminuta fracción de metal. Sabrina era la ley de gravedad de nuestra familia: aunque se hicieran esfuerzos por ocultar una historia, las huellas salían, tarde o temprano, a la superficie. Y era la que me obligaba a pensar que algo había que hacer con esa historia. No podía seguir actuando, tal cual había hecho hasta ese momento, como si León Wraumansky o Leopoldo Braunm no hubieran existido.

Con una reacción desmedida, le dije a Camille que no quería hablar más con ella. Que no la quería ver. Le grité que me dejara explorar lo que yo quería. Que me dejara hacer mi vida. Le dije que era una cobarde. Y vos, le grité, lo sabes muy bien: Benny es un cagón. Él también tiene miedo. Todos saben que tienen muchas cosas debajo de la alfombra. Agarré la libreta y salí de la casa. Me arrepentí inmediatamente de todo lo que había dicho. Pensé si esto terminaría como lo de Teresa. Me preocupé. Temí que se fuera de control. Sin embargo, no pude dar marcha atrás. No pude decir nada. Hacía mucho frío pero sentía la necesidad de caminar. Me puse los guantes y tomé Gowan Avenue para ir hacia Bishops Park. Llegué allí en pocos minutos. Estaba acalorado y me senté en uno de los bancos frente al río. Me gusta mucho este parque. El río varía mucho su caudal, pero ahora está con mucha agua. Un bote con dos remeros pasa hacia el este. En la orilla sur hay varios clubes de remo. Se alcanzan a ver sus bajas construcciones con los botes apilados en su interior. A mi costado está el estadio de Fulham, *Craven Cottage*. Veo movimiento: es claro que en un rato habrá partido. Tengo tiempo hasta que empiece a llegar la gente. Volví, entonces, a mi libreta. Al tercer día del viaje. Tal cual nos había anunciado Nicolás, un matrimonio viajaría con nosotros ese día. La jornada sería bastante más tranquila que las anteriores. Iríamos al Valle de la Luna y después terminaríamos en Villa Unión, un pueblo muy pequeño ya casi en el límite con la provincia de La Rioja. Al llegar a la camioneta vimos que nuestros nuevos compañeros ya estaban acomodados en el coche. Era una pareja que superaba los setenta años. Él se había ubicado en el asiento delantero y la mujer estaba en uno de los lugares de atrás. Con Camille nos ubicamos junto a ella. Nicolás se aseguró que tuviéramos todo el equipaje y que todos estuviéramos cómodos. Hola, soy Camille, dijo ni bien el auto se puso en marcha. Yo soy Ariel Tauber, dije. Hola, mucho gusto, dijo él. Soy Rodolfo Reszinsky. Y ella es mi señora. ¿Qué tal?, dijo ella.

Él lucía en forma; ella, claramente, no. Parecía incluso, enferma o bajo tratamiento de algo. Era muy flaca. No siempre bajaba en las paradas que hacíamos. Comía y hablaba poco. Nos contaba pocas cosas. Solo llegamos a enterarnos que a ella no le gustaba viajar. Pero nos dio a entender que no le quedaba otra. Hace muchos años que viajaban. Lo hacían dos veces por año. Viajaban en otoño o primavera. De esa forma no se limitaban por las condiciones climáticas. En primavera del hemisferio norte iban, generalmente, a Europa. Habían recorrido buena parte de Europa. También habían ido a Medio Oriente como Turquía, Israel, Egipto. Un par de veces habían ido al extremo oriente. Japón les había gustado mucho. En el otoño de ellos, solían viajar a Argentina. Hacía muchos años él había establecido esa lógica: ella elegía el destino en Europa (o medio o extremo oriente) y él elegía el de Argentina. En esos viajes habían ido a 21 de las 23 provincias. Solo les faltaba Formosa y

Chaco. Esperaban visitarlas al año siguiente. Habían repetido, ciertamente, varias provincias. Nos logramos enterar que cuando viajaba ella extrañaba mucho sus plantas. Tenía una vecina que se acercaba a la casa y las regaba pero sabía que no era lo mismo. Después de cierta edad ya no disfruté más los viajes, nos dijo sin que el marido la escuchase. Todo esto es hermoso pero yo preferiría quedarme en la galería de mi casa tomando té y cuidando a mis plantas. A él siempre le gustó viajar. ¿Y yo qué voy a hacer? No me voy a quedar sola en casa. ¿No?

Ese día el plato fuerte fue Ischigualasto que es, esencialmente, un museo de la Tierra. Allí se descubren ante los ojos de los espectadores millones de años, aquello que le ocurrió a la tierra, a los animales, a todo lo que existía. Es un espacio gigantesco que nos ha dejado huellas del pasado. Recorrimos en auto durante horas el parque. Hubo seis o siete paradas en que nos fuimos bajando para escuchar las explicaciones del guía. Los treinta o cuarenta visitantes estábamos fascinados. Con solo girar la vista un poco saltábamos de una hipótesis a otra, de una etapa geológica a otra. Millones de años para que las cosas ocurriesen y millones de años para que, luego, se descubriesen. Indicios, pistas, huellas dejadas por aquí y por más allá esperando ser encontradas, interrogadas y ordenadas. Fue esa tarde cuando escuché por primera vez el nombre de William Sill, el hombre que había pensado e imaginado que ese desierto en donde nos hallábamos era un gigantesco depósito de fósiles, es decir, de información que atravesaba millones de años. Había no solo imaginado eso sino que había logrado llevar adelante su sueño y con pico y pala había encontrado allí dinosaurios enterrados en el medio de la nada. De la nada. Sobre una superficie que descubre todo el triásico de 200 millones de años y junto a una pared roja de kilómetros. Y nosotros estábamos allí.

Ya estamos saliendo de San Juan, dijo Nicolás. Esto es lo último que veremos en esta provincia. Ahora iremos un poco para el sur pero mañana ya vamos a La Rioja. ¿Linda provincia, no? ¿Vale la pena venir de tan lejos, no? ¿Es la primera vez en San Juan?, preguntó Nicolás a los Reszinsky. Fue como una metralleta de preguntas. Para mí sí, dijo ella, pero no para Rodolfo. No, no para mí, dijo él. Vine acá pero hace mucho tiempo. Muchísimo. Justamente porque me encantó, vuelvo. Tenía un amigo que vivía por acá. Yo ya estaba afuera pero me insistió e insistió para que viniera. Y vine. Me gustó muchísimo. Recuerdo que lo pasé muy bien. Cuando con mi señora terminamos de decidir que vendríamos a Argentina en estas fechas, vimos que coincidía con su cumpleaños, el cumpleaños de este amigo. Y, entonces, dije hagámosle un homenaje: estemos en el lugar que eligió para celebrar su memoria. Esta semana, él habría cumplido 75 años. Era del 2 de noviembre del 42. ¡Si habremos pasado juntos cumpleaños! Recuerdo que esa vez no recorrimos mucho, pero lo poco que vi me encantó.

Los demás escuchábamos atentamente. Me parecía divertido e incluso tierno escuchar la historia de ese emigrado que volvía al mismo lugar en el que había visto a su amigo por última vez. Pensé si alguna vez yo estaría en una situación parecida, contando algo así. Después, por una razón u otra, no pude volver hasta ahora, siguió el señor Reszinsky. Yo tenía, en ese momento, una fábrica de patines. Compraba material en China y después le cosíamos unas cosas en Italia. Unos flecos, no más. Vendíamos los patines como de diseño italiano. Funcionaba bien. Este chico durante un tiempo intentó meterse en el mercado de pases de jugadores de patín a Europa. Era un mercado incipiente. No sé si sigue siendo un buen semillero acá. Yo me he alejado totalmente del tema pero por lo que entiendo los clubes en España, Italia y Alemania tienen dinero. No es, obviamente, el fútbol pero algo de dinero hay. Yo le di una mano y mi amigo llegó a hacer un par de contactos también en Estados Unidos pero nunca llegó a arrancar allí como deporte. Y de repente todo cambió. Yo también cambié un poco y empecé a fabricar patinetas. Los *skates* se estaban poniendo muy de moda y en el negocio agarramos un envión fuerte. Nos fue bien. No me puedo quejar. Logramos, incluso llevar el negocio a Europa. Se empezaba a poner de moda la cultura *hip-hop* y en las grandes ciudades europeas pegó muy bien.

¿Y cómo es que todo cambió? ¿Cómo cambió su amigo? preguntó Camille. La golpeé en el brazo como si fuera una chica. ¿Qué te importa, cariñito?, le dije en voz alta para que todos escucharan. No sabía qué decir pero sentí que precisaba dar unas disculpas. Sin embargo, agradecía la torpeza o impertinencia de Camille. Era posible que así obtuviera más información. Desde que nos habíamos presentado y nuestros nombres habían quedado flotando en el aire sabía que me gustaría saber más pero no me atrevía a preguntar en forma directa. Disculpá Rodolfo, Camille quiere hablar para practicar su castellano. Le viene bien escuchar cualquier historia. No te preocupés, Ariel, dijo. La entiendo. Me recuerda a ni bien nosotros nos mudamos a Estados Unidos. No siempre es fácil estar en otro lugar.

¿Mi amigo? ¿Qué pasó con mi amigo?, preguntó Rodolfo reformulando las preguntas de Camille. La ruta por la que circulábamos estaba bien asfaltada y el terreno era liso. Nicolás manejaba bastante rápido. Había de vez en cuando unas lomas que al tomarlas en velocidad producían esa sensación de que se te mueve el estómago. Es interesante la vida de mi amigo, dijo con un suspiro. Era en verdad un amigo de la familia. Me miró por el espejo. El padre de él y mi padre eran del mismo pueblo en Europa. Y habían venido, incluso, juntos en el mismo barco. Golpeé a Camille suavemente con el codo en su brazo. Me reí pensando que efectivamente tenía poderes adivinatorios. Desembarcaron en Buenos Aires en los veintes y siguieron siendo amigos por décadas, hasta que mi padre murió, siguió Reszinsky. Tengo todavía en casa una foto en que se los ve a los dos con otros viajeros, claro, con el Alcántara de fondo, fondeado en el puerto de Buenos Aires. No sé cómo habrán obtenido esa foto. Pero dejemos esa foto y volvamos a mi amigo. Camille prestaba atención. La ruta atravesaba un valle. Se veía bastante vegetación. Líneas de árboles crecían al costado de la ruta. Yo me crié con su hijo, siguió contando. Éramos muy cercanos. Pero claro: la vida te lleva por otros caminos. Su esposa, Graciela, murió joven. Gracielita Pavón. Él tuvo que salir adelante solo. Tenía dos hijos. Un hijo y una hija. Tuvo que hacer lo que pudo. Era un buen pibe. No se lo puede culpar por nada. Después se fue. ¿Todos se fueron, no? El que pudo se fue. Siempre hay razones para emigrar si uno las busca. Y él también emigró. Miró nuevamente por el espejo retrovisor. Sé que murió hace unos años en Israel. Pero bueno, así es la vida. Sí, así es la vida, agregó la mujer de Reszinsky. Vimos unos carteles que anunciaban que estábamos entrando a Valle Fértil.

**

La ventana de nuestra habitación en el hotel de San Agustín del Valle Fértil daba a un lago. Creo que era artificial, probablemente fuera un embalse. El hotel era pequeño y estaba a la salida del pueblo. Había que subir una colina para llegar a él. Salimos a cenar fuera en vez de quedarnos a comer allí ya que no era muy atractivo el menú. Nos habían dicho que una señora podía preparar ensaladas y milanesas. Queríamos algo de comida típica que no fuera unas empanadas. Bajamos al pueblo y caminamos plácidamente sin saber muy bien qué buscábamos. Después de un buen rato, encontramos un restaurante frente a una plaza. Estaba anocheciendo pero todavía había algo de luz. Nos sentamos en una mesa puesta en la vereda. No había nadie ni adentro ni afuera. El lugar tenía capacidad para cerca de cien personas. En las paredes se veían dibujos de dinosaurios con el estilo de las publicidades de *Jurassic Park*. Comimos cabrito al horno con papas. Pedí una botellita de vino tinto. Estaba exquisito. Nuestra mesa estaba en la esquina, junto a una de las columnas del único semáforo del pueblo. Veíamos cómo los autos esperaban a tener luz verde. No había tráfico pero incluso así esperaban. Durante nuestra cena vi detenerse camiones, autos, camionetas, motos. Al terminar me sentí bien lleno. Cuando Camille me dijo que fuéramos a una heladería para tomar un postre le dije que sí pero le pedí que nos quedáramos unos minutos más. Quiero ver, le dije, quién se para en las próximas dos o tres luces rojas.

Paso las páginas de la libreta. Al terminar de cenar, y todavía en el restaurante, me puse a escribir. Veo antes de empezar las notas de ese tercer día que escribí una de las quejas que Laura me había hecho esa última vez que nos habíamos visto en Buenos Aires, probablemente el viernes, el día anterior a que voláramos a San Juan. No recuerdo por qué apunté eso en ese momento pero allí estaba. Tal vez me había venido a la cabeza repentinamente y no quería que se escapara la idea. Recuerdo sí que Laura había sido muy sincera. Me dijo que no sabía cómo hablarles a sus hijos de mí. Me reclamó que los llamara más, que estuviera más presente. Mirá, me dijo como si hubiera ensayado, están ahí y ni se interesan por verte. ¿Te das cuenta lo que está pasando?, me preguntó sin tapujos. No supe cómo contestarle. Tenía razón. No era que los chicos fueran unos maleducados que se encerraban en el cuarto a jugar a un videojuego sin, siquiera, levantar la cabeza de la pantalla. No, para nada. Seguramente eran dos chicos normales y muy bien educados. Yo simplemente era un extraño para ellos. Yo no era para ellos muy distinto del repartidor del supermercado que dejaba las bolsas que traía en canastos grandes en la mesada de la cocina o del hombre que cada seis meses venía a arreglar algo del cable que no funcionaba bien. No, me equivocaba y Laura tenía razón: a estos chicos, al del supermercado y al del cable, mis sobrinos los esperaban. Sabían que vendrían. De mí, en cambio, no esperaban nada. No sabían que yo vendría. No sabían que yo existía. Tenía razón, pensé. Pero lamentablemente no creía que eso fuera a cambiar algo. Pensé que yo era un extraño también para ella. Ella lo era para mí.

En el living, Laura había puesto fotos de sus hijos, de nuestros padres, de nuestros abuelos. Apoyado en una mesita había un portarretrato con una foto de familia que había sido tomada el día del casamiento de mis padres, el 14 de Noviembre de 1973. Hizo calor ese día. Mi padre le había dicho a su suegro que la única condición para casarse en esa fecha era que el lugar tuviera un buen aire acondicionado. Me puse de pie y miré la foto con más atención. Se veía a más de veinte personas alrededor de mis padres recién casados. Los abuelos, la tía Silvia, los hermanos de mis abuelos, amigos, todos estaban allí. Entre ellos estaba León Wraumansky. Linda foto, dije. No recuerdo haberla visto antes. Ni siquiera entre las del álbum del casamiento de papá y mamá. Laura no contestó. Hizo un ruido que no supe cómo interpretar. Es probable, pensé, que la hubiera sacado de ese álbum antes de que se fuera de casa y nunca hubiera dicho nada. No era difícil que nadie se hubiera dado cuenta. Tal vez la tuvo en un cajón hasta que nuestros padres muriesen y solo allí la colocó en el portarretratos. O tal vez, al igual que las fotos que yo mismo había encontrado, había aparecido recientemente. No supe cómo preguntarle. Hice lo que me parecía mejor: no le pregunté.

Destruir información, me di cuenta en ese momento, no es simplemente agarrar fotos y quemarlas o tomar cajas con archivos y destruirlas. No. Es una actividad mucho más sutil. Es exactamente como se estaba haciendo: destruir información de la familia es no explicar pequeños gestos, es no hacer las preguntas, es intentar no hacer las preguntas, es no responderlas en caso de que se hagan. Si mi madre o mi padre hubieran dicho unas pocas palabras, aunque sea, sobre esos diez años que van entre el 74 y el 84 toda esta historia sería diferente. Me tenté de preguntarle a Laura pero no sé porque no lo hice. Veo ahora que no creo que nunca más vuelva a crearse una situación en que pueda llegar a la instancia en que parezca natural preguntar algo sobre esa foto. Seguramente la oportunidad, pensé, para preguntar sobre esa foto, sobre cómo había sido tomada, sobre cada uno de los que allí posaban, sobre sus vidas, sus historias, ya nunca más se repita. Oportunidad perdida, pensé. Para siempre.

Era la primera vez que yo iba a ese departamento. Mi hermana había logrado casarse bien y el semipiso en Belgrano al que se habían mudado poco tiempo atrás era amplio y adornado con un gusto burgués que intentaba, infructuosamente, disimularse. ¿Te molesta que le saque una foto?, pregunté señalando la foto del portarretrato. Hizo un silencio y un movimiento de mano que entendí por una autorización. Los chicos iban a un colegio judío. El marido era el hijo de un influyente personaje de la comunidad judía que además de dirigir una oscura financiera, intentaba llevar jóvenes a que vivieran en Israel.

Me detuve unos segundos en la decoración y me pregunté cómo le contaría a su marido este encuentro durante la cena de esa noche. Recordé, entonces, esas noches en las cuales León Wraumansky se había convertido en el personaje principal de las cenas de mi familia. Se escucharon unos gritos provenientes de la habitación de los chicos. No era un gol porque no estaban con un juego de fútbol pero era algo así. Pensé que habrían logrado pasar de pantalla en alguno de los juegos. ¿Te parece que eran reales las historias que papá contaba?, le pregunté sin darme cuenta lo que estaba preguntando. Era obvio que yo tenía la cabeza en otro lugar. Laura no me entendió. Sobre que León Wraumansky lo había ido a ver a su oficina, aclaré. ¿Sobre León Wraumansky?, preguntó ella. Sí, le dije. Sobre él. Hizo un silencio. Se puso de pie y se aseguró de que la puerta de la habitación en que jugaban los chicos estuviera cerrada. ¿Te acordás esas cenas en casa?, le pregunté. Me ofreció otro café y acepté extendiéndole la taza del MOMA. La puso en la Nespresso que también calentaba la leche. ¿Te hago otro igual al anterior?, dijo poniendo otra cápsula dorada y apretando el botón. Llegaba todavía algo de ruido de la habitación pero nos llegaba apagado. No recuerdo esas historias, dijo al darme la taza con el café humeante. Fue a buscar azúcar al cajón del mueble laqueado de celeste. ¡Cierto que vos no le pones azúcar!, dijo como si hubiera tenido una revelación. Era imposible que no se acordara: el café anterior lo había tomado quince minutos antes. Era imposible que no se acordara tampoco de esas cenas. La primera había ocurrido cuando yo tenía once o doce años y la última cuando yo ya era un adolescente. Laura es dos años mayor que yo: si yo me acordaba, ella se debería acordar también. Hubiera sido una enorme casualidad que justo esas dos cenas ella no hubiera estado presente.

Era posible, incluso, que hubieran sido más pero yo recuerdo nítidamente a dos de ellas. En la primera, papá contó que León Wraumansky se había presentado en su oficina por la mañana. Estaba muy elegante. Se sorprendió al ver que lucía tan bien. Hacía al menos diez años que no se veían. Los dos, según papá, se comportaron con naturalidad. El visitante, recuerdo yo que papá explicó, le dijo que estaba desarrollando un nuevo negocio. Le dio detalles de la idea. Sacó de su maletín planos y le mostró las patentes que había adquirido. Lo invitó a participar del proyecto. Mi padre quiso mostrarse amigable, respetuoso y, sobre todo, quería actuar con normalidad. Le dijo que necesitaba consultarlo con mi madre. Y esa noche papá se lo contó a mamá. Ella le dijo que no, que no quería que participase en nada con él. Que, además, no quería que papá se metiese en ningún negocio raro.

Unos años después se repitió, contó papá, una escena parecida. León Wraumansky apareció en su oficina nuevamente. Esta vez el visitante no lucía tan prospero. Había aumentado de peso y tenía una calvicie que ya no era incipiente. Empezó hablando del negocio que le había ofrecido en el último encuentro. Le explicó que había salido perfecto. Una empresa israelí le había comprado la idea y él estaba, entonces, trabajando para ellos. Vivía en Tel Aviv. Le dijo que tenía contratos en buena parte de África y Asia. Él mismo se encargaba de ir a cerrar los negocios. Se había contactado allí con políticos de alto nivel y los negocios marchaban bastante bien. Tenía todavía un porcentaje del negocio y estaba viendo si venderlo. Quería empezar algo distinto. Después de todos estos años y con los contactos que había hecho quería empezar una empresa vinculada a seguridad informática. Quería que esta vez fuera grande el proyecto. Bien grande. Pensaba en todos los bancos del país. Estaba justamente acá porque había venido a cerrar los últimos detalles con su nuevo socio, Mariano Perel. Le preguntó si lo conocía. Mi padre negó. León Wraumansky le dijo que no importaba. Ya vas a oír hablar de él, le dijo. Le había ido a ofrecer a mi padre la parte del negocio que todavía le quedaba. Le pidió detalles para intentar mostrar cierto interés. Creyó que eso sería mejor que decirle que no directamente. Finalmente le dijo que no le interesaba participar. León Wraumansky intentó varias veces hacerlo cambiar de opinión. No lo logró. Al despedirse se saludaron muy cortésmente. Un par de minutos después León Wraumansky volvió y le pidió si le podía presentar interesados en el negocio. Mi padre le dijo que lo pensaría. Mi madre explotó de furia al enterarse. Le gritó a mi padre como probablemente nunca lo había hecho en su vida. Le dijo cómo se atrevía a ayudar a una persona así, a una persona que había destruido su familia.

Entiendo que estando lejos no es fácil, me dijo Laura cambiando el tema. Pero ellos no tienen la culpa. Me resigné a que Laura no hablaría del tema. Las escenas de las cenas se sucedían en mi cabeza. Podía, pensé, haber sido todo una farsa. Pudo, me pregunté, mamá con la complicidad de papá armar todo eso, inventar todo, dejando sembrado el terreno para un futuro incierto. ¿Podrían estar en ese momento construyendo a propósito, como si estuvieran jugando una partida de ajedrez que duraría más de veinte años, lo que yo estaba viviendo ahora? En mi teléfono vi las fotos de las fotos de los paisajes que había encontrado en el placar. Me tenté a mostrárselas y preguntarle si ella las conocía. Era muy difícil que nunca las hubiera visto o que mamá nunca le hubiera mencionado nada a ella. Era, después de todo, la única hija y en caso de que mamá tuviera alguien a quien hacerle confidencias, supuse que habría sido a ella. Me pregunté si sería posible que no supiera nada de la historia de San Juan y de La Rioja.

Ellos, siguió Laura, no tienen la culpa de que su tío haya decidido alejarse de la familia. Quiero que tengan un tío presente. Hubo silencio. No: ni siquiera eso, continuó ella. Quiero que tengan un tío. Al terminar de decir eso, hizo un nuevo silencio. Esta vez se prolongaba y empezaba a incomodarnos. Me puse nuevamente de pie. Caminé un poco por el living. Abrí la puerta de la habitación. Los chicos seguían jugando en su habitación con la *Play* o algo parecido. Los miré un poco sin que me vieran. Tenés razón. Los dos sabemos que tenés razón, le dije después de cerrar la puerta sin que advirtieran mi presencia.

Se dio cuenta que tal vez había metido el dedo en la llaga. No te digo esto para cobrarte nada, me dijo. Desde que yo me había ido a vivir afuera ella se había encargado casi exclusivamente de papá y, después, de mamá. Nunca me había reclamado ni un peso de todo lo que había gastado en esos años, ni siquiera con los médicos, abogados y escribanos. Nunca me había echado nada en cara. En eso, Laura era excepcional. Al despedirnos le dije que se quedara tranquila, que haría lo que pudiese. ¿Querés que salude a los chicos?, le pregunté. Asintió con la cabeza. Me acerqué a la puerta y toqué. Al entrar les dije que ya me iba, que me daba mucha alegría verlos. Los dos saludaron sin sacar la vista de la pantalla. Sin duda, yo era un extraño.

Salimos al palier. Laura me pidió que si tenía un poco de tiempo fuera a visitar a la tía Silvia. Está muy avejentada, me dijo. Ya no se acuerda de nada, dijo lamentándose. Bajó la cabeza. Solo delira. Pobrecita. No sé si te reconocerá. Qué feo terminar así. Y sin nadie. Me imagino que hace mucho que no la ves ¿Es así, no? El ascensor se abrió. Era de esos modernos con puertas que se abren automáticamente al llegar al piso indicado Traté de acordarme. Probablemente no la había visto desde que había dejado Argentina. No recordaba haberme encontrado con ella en ninguno de mis viajes anteriores. Mucho, le dije. Mucho, repetí. Seguro que no se acuerda de mí tampoco, le dije mientras le daba un beso en la mejilla y ella me agarraba la mano. Me metí en el ascensor. Al cerrarse la puerta sentí cierta libertad. Desde ese día no he vuelto a hablar con mis sobrinos.

De Laura, en cambio, he escuchado cosas en dos oportunidades desde ese día. La primera fue al aterrizar en Londres. Al llegar a la terminal de Heathrow y conectar mi teléfono, recibí un mensaje de voz en que ella me explicaba que la señora Rosita Casabé había encontrado a nuestra tía como muerta en su cama. Me temblaron las piernas. La señora Casabé llamó rápidamente a las enfermeras que trajeron un médico. No estaba muerta pero había tenido un accidente cerebrovascular bastante severo. Estaba internada en terapia intensiva en el Hospital Alemán, cerca de Pueyrredón y Santa Fe en el centro de

Buenos Aires. Pensé en ese momento que había sido como si la tía Silvia hubiera esperado para decir todo antes de morir. Aunque no había muerto. Si en ese momento en que me había encontrado con ella hubiera sabido que esa misma noche empezaría a rondar la muerte mientras yo estaba volando sobre el Atlántico, tal vez no la hubiera considerado una loca. Pensé que, tal vez, la hubiera mirado distinto. ¿Puede la muerte hacernos cambiar tantas cosas? ¿Acaso la muerte nos hace perdonar? Aunque sea hubiera tratado de convencerla para que me contase más cosas. Incluso le hubiera pedido que aventurara hipótesis, que hiciera conjeturas, que adivinara algunas de las dudas que yo tenía. Pero el encuentro me había resultado tan delirante que no sabía cómo actuar. Sin embargo, la determinación con que ella había dicho algunas de las cosas me hacía sospechar, o bien, que sabía sobre qué hablaba o que durante bastante tiempo se había repetido la historia en su cabeza y ensayado cómo contarla y que en el momento de representar el guión lo había hecho en forma bastante creíble.

Lo segundo que escuché de parte de Laura fue hace dos días, cuando llamó para decirme lo que había encontrado entre las cosas de la tía Silvia. Me explicó que iba todos los días al hospital a pasar un tiempo con ella. Seguía inconsciente pero incluso así Laura le quería mostrar cosas que le fueran familiares o, simplemente agradables. Pensaba que la ayudarían a recuperarse. Había llevado a la clínica las fotos de su familia, de mi familia, algunos números de *National Geographic* de la colección de mi padre y todo lo que había encontrado en los cajones que tenía en el hogar en que se alojaba, aquel que yo había visitado esa última mañana que había estado en Buenos Aires. Encontré, dejó Laura grabado en un mensaje de voz de *WhatsApp*, unas hojas de un cuaderno cuadriculado. Estaban dobladas en cuatro y guardadas en una lámina de cartulina que a su vez estaba en un sobre de plástico traslúcido, de esos que tienen un botón blanco en la parte superior. Las dos páginas están escritas en alemán. No se leen muy bien. Son bastante viejas. Voy a tirarlas excepto que te interesen, advertía al final del mensaje. Inmediatamente le escribí diciendo que sí me interesaban, que no las destruyera. Le pedí que me mandara unas fotos de las páginas esas. O un escáner. O lo que fuera. No quería perder nada más.

¿Qué estás escribiendo, cariñito?, me preguntó Camille en la mesa en el restaurante. Me di cuenta que estaba alargando mucho su espera. Acordate que no quiero más de dulce con queso: quiero un helado. Cerré la libreta inmediatamente. Disculpá, me distraje con esto, le dije. Pagamos y empezamos a caminar. La heladería estaba en la esquina de Mitre y Mendoza, a unos metros de la iglesia y la municipalidad. Hacia allá fuimos tranquilamente caminando viendo las casas y personas que se nos aparecían o cruzaban en el camino. La heladería no tenía nombre. Nada: ni Lido, ni Venecia. Nada. Camille pidió un cucurucho. En la cartelera muchos de los gustos anunciados tenían cruces, indicando que no se servían. Era una pena: las combinaciones que ella prefería eran imposibles de hacer. Se tuvo que conformar con algo menos sofisticado, más local y menos francés: dulce de leche granizado y frutilla a la crema. Nos sentamos en uno de los bancos de cemento verde en la plaza. Daba a la calle Mitre. Nos dimos cuenta, entonces, que era la noche de Halloween. Muchos chicos caminaban por la plaza disfrazados. La mayoría, en verdad, no tenía disfraces sino alguna máscara o antifaz, bolsas de residuos o un sombrero, a lo sumo. ¿Cómo te parece que los americanos lograron imponer Halloween acá?, le pregunté a Camille. Ella disfrutaba su helado. Los chicos correteaban por la plaza. Se los veía ir y venir por las calles que rodeaban a la plaza y las calles aledañas que desembocaban en la plaza central, la plaza de Valle Fértil. ¡Qué dudas que tienes, cariñito! No me digas que es una pregunta para tu libretita, dijo antes de lamer la bola de frutilla.

De repente vimos que un chico estaba parado frente a nosotros. Nos saludó con un frío hola. Debía tener diez años. Estaba excedido de peso. No lo habíamos visto venir. Se lo veía agitado. Estaba vestido con algo que parecía un pijama de verano azul oscuro con dibujitos de calaveras blancas. En la cabeza llevaba una tela negra sintética que tal vez, si le ataba el cordón que le colgaba, podía usar de capa. Era su disfraz de Halloween. Hola, lo saludó Camille. Él no se movió. Fue obvio que buscaba caramelos o cualquier dulce. No sabíamos que era Halloween esta noche y no tenemos caramelos para darte, le dijo. Disculpá. ¿Me das el helado?, preguntó el chico. ¿Cómo te llamás?, respondió Camille. Dame el helado y te digo. ¿No ves que es su helado, que lo está comiendo ella?, le pregunté. Quiero el helado. Si me das el helado me voy. Camille estaba incómoda y no sabía qué hacer. Yo tampoco sabía cuál era la mejor forma de seguir. ¿Querés que te compre uno?, le pregunté. Te compramos uno con los sabores que te gustan a vos. Así, ella se termina el que es de ella y vos tenés uno para vos solo. Quiero ese helado, dijo el chico señalando el helado que Camille tenía en su mano. El helado empezaba a derretirse. Le quedaba solo una parte de la frutilla que era el gusto que habían servido en segundo término. El dulce de leche, que estaba mayoritariamente en el tubo del cucurucho, no había sido comido casi. Camille ni lo había probado. Los gustos se derretían y empezaban a chorrear por la mano. Camille se pasó la servilleta que tenía en la mano izquierda por la mano derecha que era la que usaba para sostener el helado. Después de limpiarse y quitar el helado chorreado del cucurucho, se lo dio al chico. Cuidado que se está derritiendo y chorrea, le dijo. No te ensuciés. El chico agarró el helado. Me llamo Benito Pedro Hidalgo, vivo en la calle Mitre, esquina Entre Ríos, repitió como lo hubiera hecho un loro. Dio media vuelta y se fue. Vimos que antes de llegar a la esquina ya se había terminado el helado. Tiró la servilleta en el cesto de basura. Fue un gesto de civilización que nos confundió. Se ató la capa con un lazo y se fue corriendo con los brazos levantados y los puños cerrados, como si volara. Seguramente fue hacia donde se encontraba con sus amigos. Pensé que le contaría todo a sus compañeros y vendrían hacia nosotros. Nos pedirían más helados o, peor aún, se sentarían junto a nosotros y se empezarían a reír. Nos quedamos sentados en el banco mirando las casas que estaban frente a la plaza. Eran blancas, bajas. No tenían nada, absolutamente nada de especial. Eran iguales a todas las anteriores que habíamos visto. Tal vez tienen algún otro Benito Pedro Hidalgo dentro, pensé. Tengo miedo, dijo Camille. Fue la primera vez que la escuché decir algo así.

Así estoy, tal cual. Como Camille esa noche. Con miedo sentado en el banco del parque. En un banco a miles de kilómetros del banco en que nos encontramos con Benito Pedro Hidalgo pero también con miedo. Con miedo de seguir con esta historia pero también con miedo de detenerme acá. Y dejarla abandonada para siempre. Pienso si lo que me han dicho Camille o Benny tiene sentido. ¿Debo detenerme acá o debo seguir hasta donde pueda? ¿Debo seguir hasta un punto que ya no pueda controlar? Busco en mi teléfono una canción que me dé fuerza. Lo necesito. Busco en mi lista de preferidas y la selecciono: *No me arrepiento de este amor*, versión de Ataque 77. Se está poniendo realmente muy feo el clima.

Pienso qué estará pasando en casa. ¿Qué estará haciendo Camille? ¿Será esto una historia parecida a la Teresa?, me pregunto. Gente empieza a llegar al parque. Se empieza a ver movimiento. Fulham necesita ganar para tratar de ascender. Termino de ver las notas de ese día en Ischigualasto y Valle Fértil y nuevamente me viene a la cabeza esa charla que tuve hace unos días con Benny. Al terminar con la historia de Elsa Singer, me pidió las hojas. Le pasé las impresiones que había hecho de las fotos que me había mandado Laura. ¿Es esto lo que querés que te traduzca?, me preguntó. Le dije que sí. Empezó a leer. Le costaba avanzar y debía detenerse y volver a leer. ¿Qué es esto?, me preguntó. Le dije que no sabía muy bien. Leyó las dos hojas un par de veces. Y solo en la tercera lectura que hizo empezó a decirme lo que decía.

Navegamos hacia un lugar que no conocemos en este barco, el Alcántara, que según dicen avanza lentamente. Ni siquiera sé en cuál de las ciudades finalmente terminaré. ¿Será Río de Janeiro? ¿Será Buenos Aires? No puedo dejar de observar a esos chicos, esos polaquitos. No he hablado con ellos. Ya lo haré. Seguro que lo haré. Tendremos tiempo, recién dejamos Europa. ¿Alguien sabrá en este barco qué es lo que nos espera? Este viaje…

Acá no entiendo bien, dijo Benny. ¿Querés que te siga leyendo?, preguntó. Le pedí por favor que siguiera pero que lo hiciera más lentamente así podía tomar nota. Mientras Benny leía pensé que esas hojas podrían haber sido las escritas por el padre del jefe de Nicolás, es decir el padre de León Braunm. ¿Habría estas hojas terminado en las manos de la tía Silvia de la misma manera que el cuaderno de Rafaeli?, me pregunté. Todo era posible. Efectivamente a partir de cierto momento cualquier cosa fue posible. Me concentré en copiar lo mejor que pude lo que me decía Benny. Ya trataría de pensar qué es lo que había ocurrido. Llené varias hojas con lo que me iba dictando. Se ven muchas camisetas blancas que empiezan a poblar el parque. Fulham realmente tiene que ganar. Toda esta gente viene a ver el partido para apoyar, para hacer fuerza. Vienen soñando. Una gota cae en la libreta. Está empezando a llover. La cierro, me la guardo en el bolsillo de mi abrigo. Me pongo de pie y, en vez de volver a casa, decido ir a caminar por el río hasta Hammersmith, cruzar el puente y caminar por ese camino de tierra en dirección a Richmond. Los kilómetros que sean, hasta no aguantar más el frío. Cuando vuelva a casa ya veré lo que encuentro. Pongo nuevamente la canción de Gilda por Ataque 77. Esas guitarras me dan mucha fuerza. Justo lo que necesito. Lo que necesita el Fulham

Villa Unión

No recuerdo bien cómo escribí las notas esa noche en el hotel de Villa Unión. Veo ahora las páginas de ese día en la libreta roja y no lo logro entender. Después de todo lo que había tomado en *La de Pavón* fue, probablemente, un milagro que hubiera encontrado a *Casa Chakana*, el hotel. Había una oscuridad total en todo el camino de vuelta. Temía escuchar el aullido de un lobo o, incluso, el ladrido de un perro. Entré a la habitación y Camille dormía. Se despertó al escucharme llegar y con una mezcla de enojo y ansiedad me preguntó si dormiría con ella. Pensé que olía mal, a alcohol barato. Me olí para entender qué entendía ella de mi cuerpo así en la oscuridad. Le dije que necesitaba un rato antes de ir a la cama. Me saqué la ropa, agarré una toalla y salí desnudo. Dejé en la mesa que estaba en la galería la libreta roja, una lapicera y el teléfono. Fui hacia la pileta y me metí. Traté de no hacer ruido pero seguro que al zambullirme todo el hotel se enteró que alguien estaba en la pileta. No vi ninguna luz encenderse así que seguí tranquilamente mi baño desnudo. El agua estaba helada. Me quedé flotando unos minutos y pensando en todo lo que Sabrina me había dicho y en todo lo que había visto. La cabeza me daba vueltas. Y no podía parar de pensar.

Sumergía la cabeza en el agua bien fría e incluso así no me podía sacar la colección de fotos de la cabeza. Eran una veintena. Estaban colocadas sobre bastidores de madera. Las había visto ni bien habíamos entrado ya que estaban en la pared roja que se veía cuando se abría la puerta del restaurante. El blanco y negro resaltaba mucho sobre el color de la pared. Cuatro o cinco eran de San Juan y de La Rioja. Eran paisajes que yo ya había visto en los pocos días que llevaba ahí. Había tres o cuatro de Buenos Aires. Un par indudablemente eran de México. Algunas de las grandes capitales de Europa: París, Roma, Berlín. Una era de Jerusalén. En ese momento no quise sacar mi teléfono y ponerme a verificar foto por foto. Todo, probablemente, hubiera sido distinto si lo hubiera hecho. Pero indudablemente todas tenían un aire de familia con las que había visto en lo de mi madre. Algunas, incluso, podía asegurar que eran las mismas.

El restaurante era pequeño, simple y vegetariano. En la misma propiedad, un campo de un par de hectáreas, había también unas cabañas y una pileta. La parte destinada al alojamiento de pasajeros estaba en obras y por lo tanto cerrada. Media docena de perros circulaban libremente por la finca. Un cartel de madera afuera informaba del nombre del lugar, *La de Pavón*, y enumeraba lo que servía: *Desayuno y meriendas artesanales*, *Pastelería y dulces caseros* y *Comidas vegetarianas típicas*. Adentro había solo cinco mesas. Entramos y una chica embarazada nos recibió. Le preguntamos si podíamos cenar. Le dijimos que teníamos reserva y sin verificar nuestros nombres nos invitó a que pasáramos. Nos dijo que esa noche habían preparado una sopa de morrones y queso de cabra como entrada, unas berenjenas rellenas de verduras y arroz como plato principal y de postre servían un dulce de higo, nuez y dulce de leche. A Camille la tentó mucho el menú y dijo que ya no había duda donde comeríamos, que sin duda nos quedábamos. Una de las mesas estaba ocupada por una pareja que parecían alemanes. Nos sentamos junto a la ventana, con vista a lo que era el inicio del Cañón Triásico. Ya había oscurecido y solo se veía la sombra que se recortaba sobre el cielo iluminado. La luna estaba casi llena.

Unas horas antes, a eso de las cuatro de la tarde, habíamos llegado a nuestro hotel, *Casa Chakana*. La entrada era una tranquera de madera. Una bandera de arcoíris flameaba. Un cartel de madera tenía escrito bienvenido en tres o cuatro idiomas. Desde la calle se veía un espacio de tierra para estacionar dos o tres autos y una construcción de un solo piso que estaba pintada de celeste con los marcos de las ventanas verdes y las puertas amarillas. Muchas macetas con cactus sobre mesas hechas con pallets de madera completaban la escena. A Nicolás le había costado encontrar el lugar. Estaba bastante aislado y la ubicación no aparecía bien indicada en *Google Maps*. Camille lo había conseguido por *Airbnb* y no tenía muchos más datos que un número inexistente de una calle que terminaba en la montaña. Durante ese cuarto de hora que había durado la búsqueda los Reszinsky habían repetido, después de ver las fotos que aparecían en la página web, que el lugar sería muy lindo pero muy rústico, tal cual les gusta a los europeos. Eran amables y lo decían en broma. Al llegar y verlo se rieron, esa vez en serio.

Sin duda, dijo él, es para europeos como Uds. Nosotros ya estamos viejos para esto. Y somos americanos y de California: a nosotros no nos mueve nadie de nuestro hotel con aire acondicionado y un poco de confort. Camille, como justificándose, explicó que tenía muchas buenas recomendaciones en internet. En especial de europeos del norte. Suecos, creo, dijo. Será que vienen acá y les encanta porque todo es al revés que en su país, agregó. Una chica de menos de treinta años salió de la casa cuando nos vio bajar de la camioneta. El calor se sintió inmediatamente. Micaela se presentó y nos dio la bienvenida. Nos despedimos de Nicolás y de los Reszinsky. Al otro día nos pasarían a buscar a las ocho para ir a la Laguna Brava. A pesar de que la mayoría del lugar estaba con sombra el calor era agobiante. Micaela nos llevó a la casa principal del complejo y nos ofreció algo fresco de tomar. Varios aguayos colgados de las paredes amarillas decoraban la sala. Nos recomendó que nos recostáramos un rato hasta que bajara un poco el calor. Esta es la peor hora de calor, nos dijo. Le hicimos caso y fuimos a la habitación.

Prendimos los dos ventiladores que había en la habitación y nos echamos en la cama. Después de una corta siesta, decidimos que saldríamos a caminar un poco. La distancia recorrida durante el día no había sido tanta como los días anteriores pero el calor nos había agotado. Incluso, la señora Reszinsky se había sentido mal y no había participado de las caminatas durante la excursión en Talampaya.

Esa mañana habíamos salido temprano del hotel de Valle Fértil. Habíamos tomado la ruta 76 hacia el norte, rumbo a La Rioja. Al cruzar el límite provincial Nicolás nos había explicado que La Rioja era mucho más desértica que San Juan. Casi la misma superficie y solo la mitad de habitantes, dijo Nicolás. Tenemos que hacer más o menos 50 kilómetros por esta ruta hasta el parque. El parque nacional de Talampaya tiene 2.150 kilómetros cuadrados, es casi tan grande como Luxemburgo en el centro de Europa, empezó con las explicaciones. Fueron las primeras de las muchas que siguieron.

La siesta duró menos de una hora. Al despertarnos, fuimos al comedor de la posada y encontramos nuevamente a Micaela. Nos ofreció té, mate y café. Yo acepté un café. Era malo. Camille probó el mate. Micaela lo tomaba con cáscara de naranja y ese sabor le gustó mucho a Camille. Tomó varios. Seguíamos agotados y, sobretodo, entumecidos después de haber estado tanto tiempo sentados en la camioneta. Queríamos caminar un poco. Necesitábamos mover las piernas, los brazos. Micaela entonces nos hizo varias recomendaciones para conocer el pueblo. La más sencilla era caminar por la calle sobre la que estaba nuestra casa, atravesando el río, hasta la ruta y de allí a la parte central del pueblo. Podríamos andar hasta la plaza y ver el mercado de artesanías. Si preferíamos quedarnos en la parte "nueva" del pueblo podríamos recorrer las dos o tres calles de un par de kilómetros cada una. Otra opción era ir a conocer el cementerio. Ahora, si realmente quieren caminar, pueden hacer la caminata por el Cañón del Triásico, sugirió dando una tercera opción. Está a tres kilómetros. El único problema es que como no tienen auto van a necesitar más o menos tres horas y creo que no les va a dar el tiempo porque se van a quedar sin luz. Hoy habrá muy linda luz de luna pero no sé si para Uds. que no conocen será suficiente. Camille puso cara de tener miedo. Micaela entendió el gesto inmediatamente. Hay otra alternativa, dio como respuesta. No es tan espectacular como el Cañón pero está acá cerca. Es una formación chiquita pero muy linda, dijo Micaela mientras le pasaba otro mate a Camille. Es un cañoncito. Pueden dar una vuelta por ahí. Es cerca y fácil. Será más o menos un kilómetro desde acá. Salen de la casa, doblan a la derecha y caminan hasta que se termina el camino. Ahí se van a encontrar con un anfiteatro que está hecho en la propia montaña, es natural. Tiene muy buena acústica.

Ahora no es la temporada pero suelen hacer conciertos. No se pueden perder porque hay una cruz gigante a la llegada. Cuando estén ahí, doblen a la izquierda. Es ahí nomás, concluyó.

Me parece que vamos a hacer eso, dije. Nos vamos a dar un chapuzón en la pileta para refrescarnos un poco y saldremos para allá. Una pregunta con respecto a la cena: ¿nos recomendás algún lugar?, preguntó Camille. Tal vez podemos ir al pueblo, dije yo. Es una opción esa, dijo Micaela. Lo mejor que hay por acá, si no les importa no comer carne, es *La de Pavón*. Dije que andaba con ganas de comer algo de carne, tal vez algo de la zona. Un chivito, tal vez. Comí la otra noche y me encantó. En Londres no es tan fácil comer algo así. Si es así no vayan, dijo. Sí, vayamos, dijo Camille. Yo iría a un lugar vegetariano. Además, creo que lo vi en *TripAdvisor* con buenas recomendaciones, dijo Camille. Puede ser, respondió Micaela. Por acá vienen muchos europeos y siempre van a comer ahí. Está cerca, de camino hacia el cañón, dijo Micaela. Así que a la vuelta de su caminata pueden pasar por ahí. La chica que lo atiende, Sabrina, es divina, agregó. Es muy amiga mía. Es un poco especial pero si está en una buena tarde, la van a pasar genial. ¿Y si no está en una buena tarde?, pregunté de forma tal que pareciera un chiste. Noooo... es una broma, dijo Micaela. Sabrina es un genio. Dejáme ser clara, dijo. Cada noche puede ser otra: por eso digo que es genial. Se sale con cada cosa. Tiene unas historias…su familia, su vida, bueno, todo. No dejen de ir. Va a estar buenísimo. Ya van a ver. La comida es súper rica y sana. Cocina ella con una señora del pueblo. La decoración es parecida a esta casa, así muy *hippie*. Pero tiene muy lindas fotos colgadas en la pared. Fotos de todo el mundo. Creo que el padre era artista. No sé. Es muy lindo el lugar. No se van a arrepentir. Vayan y mañana me cuentan. Camille me miró. Me convenciste cien por ciento, dijo. Sin dejarme opinar siquiera, le pidió que hiciera una reserva a mi nombre. Una sola cosa: si van al cañoncito, tengan cuidado con los escorpiones. No es peligroso pero de vez en cuando aparece alguno. Le agradecimos por la advertencia.

Estuvimos un buen rato en la pileta. Y leímos cerca de una hora. Salimos a caminar cuando el sol ya no era tan fuerte y fuimos rumbo al anfiteatro natural. Llevamos una botella de agua y la íbamos tomando mientras andábamos. Al llegar al primer cruce vimos que si doblábamos a la derecha llegaríamos a *La de Pavón*. Camille dijo que a la vuelta iríamos a cenar allí. Seguimos camino hacia nuestro destino. Pocos metros antes de llegar al cañoncito, nos encontramos con dos cosas, una frente a otra. Ambas sorprendentes. A nuestra derecha había un circuito de kartings. La pista debía tener 800 metros de largo y curvas de todo tipo. No había ningún karting por allí. Solo había pilas y pilas de neumáticos abandonados.

Frente a este circuito se encontraba una estación de vida saludable. En el viaje había visto varias de éstas. Esta estación estaba a la entrada del anfiteatro que era, a su vez, la puerta para lo que Micaela había llamado "el cañoncito". Había más de media docena de aparatos. ¡Qué raro!, dijo Camille. Nos miramos con complicidad y corrimos hacía las máquinas. Empezamos con uno en el que se apoyaban las manos en una barra a la altura de la cintura para ejercitar las piernas. Los pies se colocaban en unas bases que estaban sujetadas a la barra de las manos. Permitía estirar mucho las piernas ya que al dar esos pasos las piernas podían formar un ángulo superior a 45 grados. Había dos de esos y, por lo tanto juntos empezamos a usarlos. Era como si camináramos en el aire.

¡Por fin un poco de movimiento! Qué agradable, dije cuando empezamos a mover las piernas a cierta velocidad. Entre el auto, el aire acondicionado, Nicolás y los Reszinsky no podía aguantar más. Se hizo pesado el final, dije. Sí, pesado, dijo ella. Y me preguntó si el almuerzo también me había parecido muy raro. Nos ejercitábamos enfrentados. Yo miraba hacia el cañoncito y Camille hacia el camino que habíamos recorrido para llegar hasta allí. Le pregunté por qué decía eso. No sé: Rodolfo no paraba de hablar ni un segundo de sus hijos. ¿Por qué te parece que el tipo este insistió tanto en su historia sobre sus hijos durante el almuerzo?, preguntó Camille.

El almuerzo había sido en la cafetería del Parque Nacional Talampaya. El parque había sido privatizado algunos años antes y por lo tanto los visitantes son presas de caza. El precio de la entrada fue escandaloso. Lo justifican diciendo que los turistas son llevados por guías y buses del propio parque. Me pareció un delirio la explicación. La cafetería, al menos, era un agradable lugar con muy buen aire acondicionado. Al terminar nuestra visita, Nicolás nos había dicho que nos esperaría afuera con los otros guías que no eran del parque mientras nosotros cuatro almorzábamos. Ni Camille ni yo teníamos mucho hambre ni queríamos gastar una exagerada cantidad de dinero pero no nos quedó otra que pasar al comedor de la cafetería. Al entrar estábamos los cuatro juntos y no tuvimos otra alternativa que comer en la misma mesa. Ellos pidieron una milanesa para cada uno y nosotros compartimos una ensalada. La señora Reszinsky estaba bastante mejor que durante el recorrido. De todas formas, hablaba lentamente y se la notaba cansada. Logró comer sin grandes dificultades.

La verdad es que no sé, dije. Pero me parece que quería decir algo con todo eso. No llego a entender pero sospecho que, aunque habló de los hijos y de los nietos hasta el hartazgo, quería decir algo distinto. Hice un silencio. Una bandada de cotorras salió del cañoncito y sobrevoló sobre el circuito de karting. ¿Algo distinto cómo qué?, me preguntó Camille. No sé, no sé. Hice un silencio. Algo sobre el padre, dije. Me callé para ver qué decía Camille. Se quedó en silencio. Le pregunté, entonces, si cambiábamos a otro de los aparatos. Nos sentamos en uno que servía para los cuádriceps. Eran dos y nos debíamos sentar espalda frente a espalda. ¿Sobre el padre?, preguntó. Sí, sobre el padre, respondí sin verla. Yo miraba a la pista de kartings. Tomé aire. La estación de entrenamiento tenía seis o siete tipos distintos de aparatos. Si uno usaba cada uno de ellos en forma adecuada se lograría una buena sesión de ejercicios, una buena combinación de estiramientos, musculación y cardiovascular. Algo me huele raro. Hubo alguien de apellido Reszinsky muy cercano a la familia de mi madre, incluso fueron socios. Puede ser que el padre de Rodolfo, Jacobo, fuera amigo de mi abuelo materno, el *zeide* Saúl. Pero no conozco a toda esa familia, dije. Creo que su padre fue el chico con el que mi abuelo vino en el barco a Buenos Aires desde Cherburgo. Eran conocidos del pueblo en Polonia. Hicieron juntos todo el viaje desde Kobryn y después siguieron siendo amigos durante toda la vida. Creo que el padre murió relativamente joven. En casa con mis abuelos se hablaba de ese mítico viaje en el Desna, le expliqué. Pero, dijo Camille, no entiendo tu silencio, entonces. Es más raro que su verborragia. ¿Por qué no le dijiste que tu abuelo había sido amigo de su padre?, me preguntó. Porque no tengo la seguridad de que fuera efectivamente él, le dije. ¿Pero por qué no le preguntaste si es el hijo de ese Jacobo?, me apuró. Es muy fácil hacerle esa pregunta, me dijo. Algo me parece raro de todo esto, le contesté. ¿Más cosas raras?, preguntó ella. Estoy seguro que al escuchar mi apellido ayer ni bien nos presentamos le tuvo que sonar de algún lado.

Los aparatos eran rojos y amarillos. Tenían escrito por doquier la marca, *Crucijuegos*, en letra imprenta mayúscula. Me pareció un nombre no del todo adecuado; me daba la sensación de algo formal, obligatorio. Yo les hubiera puesto *Aire Puro* o, a lo sumo, *Flexijuegos*. Él, seguí yo, sabía que la hija de Saúl Wraumansky, es decir mi madre, se había casado con un Tauber, mi padre. Es imposible que no se acordara del apellido. Sin embargo se quedó en silencio. Me llama mucho la atención eso. Es por eso que hoy en el almuerzo cuando explicó de dónde venía su padre yo le dije que no me acordaba bien de dónde era mi familia, que se había perdido el rastro. Fui confuso a propósito. Quería saber qué decía. Y finalmente no dijo nada.

¿Es posible que no lo supiera?, me preguntó Camille. Acordáte: se fue a vivir a California a los 25 años. Tal vez no llegó a saber que tu madre se había casado, dijo Camille. Imposible, respondí. Lo supo: fue al casamiento. Su padre y mi abuelo eran íntimos. Se conocían muy bien. Debían saber todo el uno del otro. No sé cuándo murió el padre pero por lo menos diez años después del casamiento de mis padres. Yo era un chico pero me acuerdo. Hice un silencio. Recordé cuando Jacobo Reszinsky había muerto. El *zeide* estaba muy triste. En general, era un tipo alegre. Siempre andaba canturreando y sonriendo. Obviamente, a veces estaba triste pero casi nunca me lo dejaba ver. Si yo asociaba a algo sus infrecuentes muestras de tristeza era, más bien, a la melancolía de haber emigrado. Una vez le había preguntado quien querría que ganase en caso de que Polonia jugara contra Argentina en el mundial de fútbol. Me había quedado muy desconcertado cuando escuché Argentina como respuesta. Volví a pensar en la escena de la tarde del velorio de Reszinsky. El *zeide* le dijo entonces a mi mamá que ese sí había sido un buen tipo. Le pregunté con mucho cuidado por qué decía eso. Yo debía tener seis o siete años. Estábamos en el comedor diario de mi casa. Habían venido la *bobe* y el *zeide* a picar algo antes de ir al velorio con mi madre. Laura y yo nos íbamos a quedar con papá. Dijo algo así como que éste sí era un amigo fiel. En ese momento, entró la *bobe* y le preguntó qué andaba diciendo. Nada, dijo el *zeide*. Nada que vos no sepas y no se pueda saber, acotó él mientras ella seguía hacia la cocina. La imagen del *zeide* que tenía de esa tarde no solo era la de un hombre triste sino de uno preocupado. Era como si estuviera ansioso por saber algo, por saber algo más sobre Reszinsky. Saber algo que nunca había llegado a saber.

Camille estaba cansada. Había hecho varias series. Le explotarían las piernas si no paraba. Yo todavía tenía un poco de energía. Vi que donde apoyábamos los pies estaba totalmente saltada la pintura, quedando a la vista el metal. ¿Tanta gente vendrá a ejercitarse acá?, me pregunté. Sentí que Camille esperaba una respuesta. Me miraba ansiosamente. Puede ser que tengas razón, le dije. Tal vez no lo sabía, para dar por concluida esa conversación.

Seguimos jugando con los aparatos unos minutos más. Cuando nos cansamos y vimos que el sol empezaría a caer en breve fuimos a recorrer ese pequeño cañón. Era una pequeña formación montañosa de forma circular.

Miramos con atención que a nuestro alrededor no hubiera escorpiones. Debió ser divertido vernos buscando escorpiones. Dos seres absolutamente urbanos, vestidos de exploradores, revisaban su alrededor como si estuvieran limpiando un escritorio. En el interior de la formación había árboles. Miles de cotorras, apoyadas en las ramas de los árboles, cantaban como desaforadas. El ruido que hacían se reproducía por el eco que formaban las montañas. El sonido de las cotorras, gracias al eco, parecía venir de muchos lugares. Y daba la sensación que no terminaba nunca. Empezamos a decir cosas. Primero hola, hola. Empezamos tímidamente. Después eco, eco. Después Camille dijo algunas palabras en francés. Empezó, entonces, a cantar bien fuerte *Non, Je ne regrette rien*. Los versos se quedaban flotando en el aire, se los escuchaba varias veces cada vez más despacio hasta que desaparecían. La besé. Hicimos el amor sobre el suelo. Nuestros gemidos y gritos se escuchaban con eco. Al terminar, nos pusimos de pie y nos vestimos rápidamente. Empezaba a hacer frío. ¡Wraumansky!, grité. Se escuchó el *sky* final varias veces, hasta desaparecer. ¡Miedo!, grité. *edo, do, o*, se oyó. Wraumansky, grité entonces nuevamente pero esta vez bien fuerte. ¡Sus secretos y la puta que los parió!, grité casi inmediatamente. Los sonidos se mezclaron. Vamos a comer, dijo Camille mientras el *ó* final todavía sonaba. Tengo hambre, dije. Me pareció ver un movimiento de algo entre las piedras. Pensé que no valía la pena asustarla a Camille. La abracé y asegurándome que no percibía más ese movimiento empezamos a salir del cañoncito.

**

La noche en *La de Pavón* tuvo dos grandes partes. La primera fue cuando efectivamente cenamos. La comida estaba muy buena. Era exactamente lo que Camille quería después de varios días comiendo empanadas y carne. Un poco de verduras nos venía perfecto. Pedimos un vino blanco bien frío de la zona. No estaba mal pero no era nada del otro mundo. Durante toda la cena no dejé de mirar la pared con las fotos. Un par de veces Camille me preguntó qué me pasaba que tenía la vista fija en la pared. Evité darle explicaciones. Al terminar con el postre, llamamos a la chica para pedirle la cuenta.

Disculpa, pero estuvimos viendo las fotos mientras cenábamos, dijo Camille. Bueno, él más que yo, agregó. Son muy lindas ¿no?, preguntó Sabrina casi interrumpiéndola. Camille afirmó con la cabeza mientras tomaba un poco de agua. Ni había tocado su copa de vino. Como podés ver son de todas partes del mundo. Hay de acá cerca y de lugares súper lejanos. Yo soy de París, dijo Camille. Tal vez se nota por mi acento. Hablás muy bien. ¿Hace mucho vivís en Argentina?, le preguntó mientras me miraba a la cara. No, no vivimos acá: vivimos en Londres, me metí. Qué casualidad: de Londres justamente no tengo ninguna foto. No sé por qué, dijo Sabrina. Hizo un corto silencio. Tengo un amigo en Londres, tal vez lo conocés, dijo. José Alberto se llama. No, no lo conozco, dije. Tal vez te suena su apellido. Es argentino pero con nombre español, así doble. Murillo Inchaústegui, dijo. La miré a Camille. Miré cómo reaccionaba. Yo no lo conozco, dijo ella. Bueno, no conozco a muchos argentinos. Solo a algunos de los amigos de Ariel. ¿Y vos?, me preguntó Sabrina. No, tampoco: hay muchos argentinos, dije mintiéndole. No valía la pena entrar en esa charla en ese momento. Me quedé inmóvil, viendo qué haría Camille. Traté de recordar cuánto le había contado de la trama de *El encuentro casual* y de los personajes. Estaba seguro que nunca le había hablado de ese lejano descendiente de Miguel Alfonso Murillo Inchaústegui que había conocido hacía unos años. Camille no reaccionó. En cambio, le preguntó a Sabrina si ella era la fotógrafa. No, ni a palos, contestó. Yo solo sé sacar fotos con el celu. Estas están sacadas por un profesional con una muy buena cámara. Las sacó mi papá que viajó por todo el mundo. Nos ofreció un café o un licor. La casa invita, chicos, dijo.

Acepté un licor. Camille le pidió si podíamos repetir el postre. Estaba realmente exquisito. Camille hizo algunos comentarios sobre la decoración. Sabrina trajo una botella de *limoncello* a la mesa y dos pequeñas copas. Explicó que aunque no se producen muchos limones en la zona, unos amigos en Villa Unión hacían el licor artesanalmente. La pareja alemana que terminaba de comer se puso de pie. Sabrina se disculpó y fue hacia ellos. Les agradeció la visita y los acompañó hasta la puerta. Salieron con una sonrisa y se subieron al auto que estaba estacionado en la puerta. Sabrina volvió a nuestra mesa. Les estaba diciendo sobre los productos locales, siguió. Acá se hacen muchos dulces. También hacemos aceite de oliva. Tenemos nueces. Allá en ese estante tenemos todo lo que producimos localmente y vendemos. Disculpá que te interrumpa pero dijiste que tu papá había sacado las fotos. ¿Cómo se llama?, le preguntó Camille. Tengo la impresión que las vi en algún otro lado pero tal vez estoy confundido, dijo. No creo que las hayas visto en ningún otro lado, contestó Sabrina. Que yo sepa papá no exhibió nunca en ningún museo ni galería. Estas fotos eran más bien para la familia. No creo siquiera que haya hecho copias. ¿Cómo dijiste que se llamaba?, insistió Camille. Disculpá, me enganché y no te contesté: Leo Braunm, dijo Sabrina. Pero acá, agregó, todos le decían "el alemán". La miré a Camille. No dio muestras de reaccionar: no había escuchado que Nicolás había mencionado antes ese nombre. Volví a mirar a Sabrina. La pareja con tres chicos que ocupaba la mesa más grande llamó a Sabrina. Los de la mesa estaban pidiendo los postres. Creí reconocerlos: eran unos de la provincia de La Pampa que estaban alojados en *Casa Chakana*.

Unos minutos después Sabrina volvió con un plato de seis higos con nueces y chocolate. Me sirvió otra copa de *limoncello*. Camille le preguntó si el padre había hecho retratos de personas. Solo le gustaba sacar fotos de cosas inanimadas, dijo. Eso en general. Que yo sepa hay una única excepción. Tengo un autorretrato de él. Es raro: está con crema de afeitar. Era muy loco: seguro que se vio en el espejo y se le ocurrió que era un buen retrato. Me preguntó si lo quería ver. Camille, sin darme tiempo de abrir la boca, contestó que le encantaría verlo. Sabrina dijo que iba a buscarla y la traía. La tenía en su casa. Les dejo la botella así no se aburren, dijo. Lo que quieran, chicos: invita *La de Pavón*, afirmó al irse. Retiró los platos de postre de la otra mesa y les llevó la cuenta. Los chicos que se habían portado magníficamente durante toda la cena empezaban a estar cansados. Estaban molestos e inquietos. Le dejaron el dinero en la mesa y comenzaron a irse. Cuando salieron ella fue detrás de ellos diciéndonos que ahora volvía. La vi ir hacia la construcción que estaba detrás del restaurante. Había visto esa pequeña casita al llegar. Tenía parte de la huerta a su lado y la pileta al fondo. ¡Qué curiosa que sos, Camille!, le dije. Mira cómo la molestás. Pobre chica, embarazada y la hacés trabajar así. ¿Hacía falta? ¿Por qué no vamos a descansar? Estoy muy cansado, dije. Ahora ya la molestamos, dijo. ¿Me vas a tratar así cuando esté embarazada? preguntó sonriendo. Hice un silencio incómodo y me serví otra copa. ¿Por qué no te tomás una copita de *limoncello*?, le pregunté. Movió la cabeza negando y dijo que la verdad que prefería comer los dulces. No me quiero deshidratar con tanto calor, me aclaró.

Sabrina entró nuevamente al salón. Venía con un sobre blanco en la mano. Este es mi papá, dijo. Papá, te presento a… ¿cómo es tu nombre?, me preguntó. Ariel, Ariel Tauber, le dije. Creo que Micaela había hecho una reserva a nuestro nombre, dijo Camille. Ahhh: puede ser pero el nombre no lo tenía presente, dijo Sabrina. Bueno, igual están los dos acá, ¿no? Siempre tenemos lugar para la gente que nos gusta, dijo. Dejame que siga con las presentaciones: Ariel, papá; papá, Ariel. Y yo, soy Sabrina. Pero eso seguro que ya lo saben, dijo. Miró a otra mesa. La estaba llamando una pareja para pagar. Te la dejo, me dijo. Voy a arreglar la mesa esa y empezar a ordenar todo para ir cerrando.

La foto era efectivamente un autorretrato. Era, como todas las demás, en blanco y negro. El padre se había tomado la foto frente al espejo. El espejo tenía un marco que parecía de un metal verde claro o amarillo con varias lamparitas. La luz de las seis o siete lámparas daba un efecto especial, una especie de calma continua. Tal cual había dicho Sabrina, su padre se había hecho la foto mientras se afeitaba. Tenía la cara con crema de afeitar. Se veía la mitad de su rostro ya que la otra parte estaba cubierta por la cámara de fotos. Tenía el pelo lacio bastante claro. Era flaco y se lo notaba en buen estado. Solo se alcanzaba a ver que tenía una camiseta blanca ajustada. El hombre en la foto, detrás de la cámara y la crema de afeitar era mi tío. Era un autorretrato de León Wraumansky.

Si cuando estaba sumergido en la pileta no podía sacarme de la cabeza esa foto, mucho menos pude olvidar el cuadro de Rafaeli que vi unos minutos después del autorretrato. Fue esa la primera vez que escuché hablar de él, de León Wraumansky así, con el nombre de Braunm con tanta claridad. Pero en ese momento, cuando Sabrina nos dejó el autorretrato, todavía no sabía nada ni de la pintura ni del pintor, Rafaeli. Nada de nada. Pagamos y fuimos hacia la puerta. Salimos. Todavía en la puerta le dije a Camille que si no le importaba me gustaría tener una charla con la chica que nos atendió. Hace cinco minutos te querías ir a dormir porque estabas cansado, me dijo irónicamente, y ahora te querés quedar. ¿De qué querés hablar? me preguntó, supongo que de pura curiosidad. Supe en ese momento que allí se abría una nueva dimensión. Hablar con Sabrina generaría problemas. Era evidente. Pero era un riesgo que tenía que correr. Dejar pasar esta oportunidad era, tal vez, dejar pasar la única oportunidad que tendría.

Le dije que no se lo podía decir, que ya se lo explicaría más adelante cuando pudiera. Tal vez ese fue el error de la noche. No sé. O uno de los errores. Había bajado mucho la temperatura. Debía hacer quince grados, veinte menos que durante el día. Yo estaba en manga corta y bermudas. Camille también tenía frío aunque estaba con pantalones largos y tenía consigo una chaqueta liviana. Estábamos en la puerta y no nos movíamos. Imaginé cómo nos verían desde adentro. Pensarían que no sabíamos el camino o que nos habíamos olvidado algo dentro. Entonces Camille hizo la pregunta que no podía faltar. ¿Por qué tenés que hablar en privado con ella? Era simple. Precisa. Una pregunta que nadie podría decir que la hacía porque estaba loca. Era la pregunta de una persona que no tenía poderes adivinatorios.

El cielo era perfecto. Estaba estrellado con la luna bien blanca casi en el cenit. Casi perfectamente redonda daba suficiente luz para ver que el Cañón Triásico se recortaba como si fuera de cartón. Recordé que una de las cosas que más le había sorprendido a Camille en nuestro viaje había sido que las constelaciones que se ven en el hemisferio sur son distintas a las del norte. Incluso la forma de la luna era diferente. Nunca vi la luna así, me había dicho. Tengo una cabeza tan europea, incluso para esto, había agregado. Ahora Camille, dejame por favor, le dije. ¿Sabés cómo volver al hotel?, le pregunté en un tono imperativo. Yo vuelvo en un rato, le dije. Ella se dio media vuelta y se fue. Se detuvo a abrir la tranquera. La sostenía un alambre que sin luz no era fácil ver. Fui hasta allí a ayudarla. Probablemente pensó que me iría con ella. Cuando salió y yo quedé del lado de adentro me despedí. No entiendo, dijo y se fue. Noté que estaba no solo enfurecida sino, sobre todo, triste. Ahora entiendo todo, me gritó. Ahora entiendo todo, repitió. ¿Qué entendés?, le pregunté. ¡Todo!, gritó. Se fue corriendo. Creo que lloraba. Tal vez tendría que haber ido tras ella, pero la tentación era gigante. Sabía que esto no me volvería a pasar nunca.

La segunda parte de la noche empezó justamente en ese momento. Sentí cómo me palpitaban el corazón y las sienes. Dudé si no estaría cerca de tener uno de mis mareos. Pensé qué haría Camille, si todo esto valía realmente la pena. Volví a entrar al restaurante. Sabrina me preguntó si me había olvidado algo. No, no me olvidé nada, le dije. Vengo a hablar de esa foto, el autorretrato. Ese hombre es mi tío, León Wraumansky. Con una calma que me sorprendió, Sabrina agarró una botella de vino tinto que tenía en el mostrador del bar y me pidió que nos sentáramos en la mesa. Seguro que me tenés que explicar varias cosas, me dijo. Lo hizo con naturalidad, como si estuviera esperando toda la noche ese momento. Como si toda la vida hubiera ensayado la escena dijo que ella se prepararía algo de té. Fue a la cocina. La esperé pensando qué le diría. No entendía muy bien porqué estaba haciendo esto. Tenía algo de irracional y el mismo tiempo me resultaba imposible levantarme e irme. Era muy fácil terminar con todo: solo tenía que salir por la puerta y nunca más volver por allí. Pensé que todavía podría ir detrás de Camille. Seguro que llegaría a *Casa Chakana* antes de que se hubiese metido en la cama. Le explicaría brevemente el asunto y quedaría terminado. Siempre habría algunas dudas sobre esta noche pero se irían difuminando en el tiempo hasta ya no ser más que una noche en un remoto lugar en un viaje que nunca se recordaría. Pero no fue así: me quedé.

Sabrina volvió un par de minutos después con una tetera. Es tilo, dijo señalando con la mirada el recipiente. Si no, después no puedo dormir. Hubo un silencio. Se sirvió una taza y empezó a tomar. Me sirvió una copa de vino. A ver, a ver, primo Ariel, contame, me dijo con un tono que me pareció irónico. Bebí medio vaso de vino casi de un sorbo. No sabía qué decir. Nunca había pensado qué algo así ocurriría. Decidí empezar por mi familia. Con la mayor claridad posible describí toda la historia de los Wraumansky y cómo había yo llegado a saber los últimos detalles sobre León. Salté al presente y le hablé de mi vida en Londres y del viaje que habíamos hecho con Camille. Me daba cuenta que todo era confuso. Este viaje había sido, le expliqué, para terminar algunos trámites. Y aprovechamos para venir acá. Me dejaba hablar sin interrumpirme. Sentía cómo me enredaba en lo que estaba contando. Le expliqué que había empezado a salir con Camille hacía solo unos meses. Sabrina solo se movía para servirse su tilo y tomar pequeños sorbos. Le mostré las fotos en mi teléfono. Coincidimos en que indudablemente habían sido tomadas por la misma persona. Le pregunté si no le había sonado cuando le dije mi nombre y me respondió que era la primera vez que escuchaba el nombre Tauber. Me dijo que no sabía nada ni de la familia Tauber ni de la Wraumansky. Solo sabía que ella tenía un hermano. Yo no entendía muy bien lo que me estaba diciendo. De la cocina salió una señora y sin acercarse mucho dijo que ya había terminado con todo. Váyase Doña Remedios, le dijo, yo me ocupo de todo esta noche. Tengo acá para largo con el caballero porteño. La señora se despidió con un lacónico hasta luego y se fue.

**

Sabrina me dijo que además de las fotos, tenía un cuadro que le había dejado su padre. Ofreció mostrármelo. Me dijo que estaba en la casa y que podíamos ir para allá. Al levantarnos me pidió que llevara la botella de vino conmigo. Salimos al jardín y fuimos al mismo lugar adonde había ido a buscar la foto de mi tío. La casa estaba muy desordenada. Tenía un ambiente adelante que era una mezcla de cocina, living, comedor. Había una mesa vieja de madera pero de buena calidad. Sobre ella había papeles, vasos, platos, cubiertos, un rollo de papel de cocina, una computadora plegada. Hace unas semanas que mi pareja me abandonó, me confesó. Descubrí que tenía una amante. Peleamos esa noche. Me pegó un poco, no mucho. No sé si volverá. No parecía muy preocupada. Hizo un silencio antes de volver al tema que me había sorprendido. A mi hermano lo crió su abuela. Mi madre había muerto y mi padre se fue. Mi madre murió joven.

Disculpá pero creo que no entiendo, le dije. ¿Por qué decís que tu hermano fue criado así? Acaso no fue también tu caso, le pregunté. No, me dijo. Mi hermano fue criado por su abuela. Se fueron a México cuando él tenía seis años. Pero mi vida no fue así. ¿Cómo fue?, le pregunté. ¿No sabés?, me preguntó. No tengo ni idea, le contesté. Se acomodó el pelo descubriéndose la cara. Tenía un hermoso rostro. En la mano tenía una de esas gomitas para el pelo. Era roja. Camille tenía una exactamente igual. Se la había comprado el primer día que habíamos salido a pasear por Buenos Aires en el quisco de la esquina de lo de mis padres. Se había olvidado las suyas en Londres. Pensé qué estaría haciendo ella en ese momento. Dudé si se habría metido en la cama o estaría, por ejemplo, sentada en una de las sillas de afuera mirando la luna.

Mi padre me dio en adopción a otra familia, siguió Sabrina. ¿Tu padre? ¿Estás hablando de Braunm?, le pregunté. Asintió. Yo era un bebé, continuó. Fui adoptada por otra familia. ¿Los Pavón?, pregunté. Efectivamente, dijo. Qué inteligente que sos Ariel. ¡A que no sabés que siempre me gustaron los hombres inteligentes! Le pregunté si había sido una adopción normal. Tan normal como pudo haber sido en esas circunstancias, me dijo. Yo con ellos tengo la mejor onda. Pero me enteré de adolescente de mi caso. Yo sabía que era adoptada pero mis padres nunca me hablaban de Braunm. Eso, me dijeron después, les había pedido él. Todo esto ocurrió cuando las madres y las abuelas de Plaza de Mayo hacían mucho ruido. Yo sospeché que tal vez era uno de los hijos de desaparecidos. Me hice todos los análisis pero no. No era uno de esos chicos. Fue entonces cuando me enteré de la historia de mi padre. Y cuando los Pavón me dieron sus cartas. Fue ahí cuando me puse en contacto con mi hermano, que vivía en Suecia. Y mi abuela materna que después de más de veinte años en el exilio, había vuelto acá. A su lugar. Hizo una pausa. Yo bebí de mi copa. Ella me sirvió más.

Mi hermano me ayudó, dijo señalando a la pared. Miré para ver si estaba tratando de mostrarme algo pero no había nada. Tal vez se refería a toda la casa, a toda la vida. No sabía a qué se estaba refiriendo con ese dedo apuntando a la pared. Él sabía toda la historia pero había decidido no contactarme hasta ese momento. Vino una vez a verme. Fue muy extraño ese encuentro, como te podés imaginar. Como este que estamos teniendo ahora nosotros. Pero él decidió ayudarme. Volvió unos meses más tarde y me ofreció plata para abrir este restaurante. Acepté y empecé a trabajar acá. Él se encargó de muchas cosas y hace lo que puede para mandar a gente que conoce. En verano está lleno de europeos esto. Si las cosas siguen bien, vamos a ver si con Micaela de *Casa Chakana* intentamos abrir nuestro propio *hostel*.

Entre las cosas que tenía en esa pequeña habitación estaba el cuadro. Lo tenía envuelto en unas telas. Una roja; la otra negra. Medía, aproximadamente, un metro y medio por un metro. Era un óleo sobre tela que estaba montado sobre un bastidor. Estaba firmado con iniciales en el ángulo inferior derecho con pintura blanca que resaltaba muy bien sobre el fondo oscuro: U.R. 1976. Tenía un poco de tierra. Los colores estaban un poco apagados pero todavía estaban muy bien. Detrás en tinta negra estaba escrito el nombre del cuadro.

La historia de esta pintura es muy particular, me dijo Sabrina. No sé muy bien de dónde viene pero mi padre siempre quiso que yo me la quedara. Eso es lo que al menos supongo porque la verdad es que yo nunca hablé con papá de esto. Bueno, no hablé con papá de esto ni de nada. Como te imaginarás, dijo, nunca hablé con mi padre biológico. Yo ya no podía imaginarme nada más, mi cuota de imaginación estaba cubierta. Pensé que efectivamente pudo haber sido así o que había podido haber sido todo lo opuesto. Ellos habían decidido, pensé, que así fuera, dijo. Hizo una pausa y tragó saliva. Cuando fuimos a limpiar la casa de mi abuela un tiempo después que muriese, hace unos pocos años, encontré este cuadro. Ni siquiera sé cómo llegó a su casa. Cuando lo encontré estaba así, tal cual lo encontraste vos: envuelto en unas telas. Puede ser que estas sean incluso las originales. Estaba con una carta dirigida a mí. Un sobre chiquitito con mi nombre contenía la única hoja escrita a mano, de su puño y letra. Papá tenía una letra chiquita, muy difícil de leer. Decía que cuando tuviera una casa lo colgara. No sé si ahora tengo una casa. Tal vez cuando éste nazca, lo dijo señalándose la panza. No sé, dijo. Como ves, no está colgado. ¿Qué te parece a vos? ¿Lo debería colgar? Después hizo un silencio. Yo también hice un silencio.

No significaba mucho el retrato, decía papá en la carta, me dijo Sabrina. Era, explicaba, una escena en que estaba su padre, es decir mi abuelo y unos amigos tomando algo en la casa de un pintor. A mí nunca me quedó clara la escena, agregó. Además con esos trazos es obviamente imposible distinguir a los personajes pintados. No sé: es uno de los mil agujeros que tengo en la vida de mi papá. Pero de papá nunca supe nada. Muy pocas cosas llegué a saber de su vida, de su familia. Sé alguna más que otra. ¿Qué más sabés?, le pregunté. Traté de pensar si el *zeide* había estado en La Rioja. Al menos yo nunca lo había escuchado hablar de su vida aquí, ni siquiera de un viaje. Nada, nada más, me respondió. O nada que te pueda resultar importante. Le pregunté si había intentado contactarse con el pintor del cuadro. Me dijo que no, que el pintor había muerto. Murió hace unos años, me dijo. Iba a Chilecito y chocó en el camino con un caballo que se le atravesó en el camino, aclaró. Noté que movió la cabeza en forma extraña como si intentase que cambiásemos de tema.

Me pidió que lleváramos el cuadro a la sala que ella llamaba el comedor. No era pesado pero había que moverlo con cuidado para no golpearlo. Dijo que lo apoyara contra la pared. Me dijo que me sentara y ella se sentó frente a mí. Trajo la botella de vino y me sirvió otra copa. Ella se sirvió una también. El médico me dijo que de vez en cuando me puedo tomar una copita, dijo. Empezó, entonces, a hablar de lo que era vivir en La Rioja, de su ex pareja y de lo que esperaba del futuro. Habló de eso por unos minutos. Probablemente notó que lo que estaba contando no me interesaba tanto y cambió de tema. Logró hacerlo casi como si lo tuviera ensayado. Empezó a hablar de lo que suponía había sido la difícil vida del padre. Me habló de las cartas que fue recibiendo a partir del momento en que se enteró de la verdad, de sus viajes, de su huida, de su vuelta, de su nueva huida. De su muerte. Todo era novedad para mí. Y sonaba como una historia fantástica, casi imposible de creer. ¿Podía una historia así, de novela, haber ocurrido en mi familia? ¿Podía una historia así nunca haber salido a la superficie? ¿Cómo era posible? Yo la escuchaba sin hacer preguntas. No quería interrumpir su relato. Quería entender todo lo que me decía. Yo alteraba la mirada entre Sabrina y el cuadro. De todas formas, me dijo, quiero que te quede claro una cosa: odio a mi padre. Lo odio por todo lo que me hizo. Puede ser que no haya tenido mucho margen de acción en su vida pero, incluso así, lo odio. Destrozó mi vida varias veces: cuando dejó morir a mi madre, cuando me separó de mi hermano, cuando me entregó en adopción, cuando quiso ser invisible por años, cuando volvió con sus cartas, cuando apareció este cuadro. ¿Qué sabía esta mujer de toda la historia?, me pregunté. ¿Qué sabía esta mujer que me había llamado hacia un rato primo en forma irónica? Esa cara y ese cuadro se me estaban quedando grabados en la memoria de una forma ambivalente: tanto con distancia como con cercanía. Con necesidad y con odio. En un par de oportunidades se le llenaron los ojos de lágrimas. Pensé que no sabías nada de tu padre, le dije. Bueno, te mentí: algunas cosas sé. Quería ver qué te interesaba y qué no, me contestó y sonrió. A veces hago estas cosas, dijo.

Sabrina miró el cuadro. Lo señaló. Me pregunté si no era mucho más resguardado el espacio que me ofrecía Camille. Era un espacio mucho menos hostil, más amigable, más estable. ¿Y a vos, entonces, quiénes te parece que son los del cuadro?, me preguntó. Me tomó medio de sorpresa la pregunta. Me quedé en silencio. ¿Justamente esa es la gran pregunta, no?, me dijo. Yo miré la pintura. No sabía. No conocía ni al pintor, ni a los que podían ser los retratados. Era muy difícil para mí lanzar una hipótesis así, de la nada. No sé, la verdad no sé, contesté. Pero si tu papá te escribió que era su padre y amigos por qué no le creerías, le pregunté. ¿Cambia en algo que sepamos quienes son los retratados?, pregunté. No me imagino que mi abuelo haya estado acá, me dijo. Tal vez es solo un cuadro en que las personas que aparecen ni siquiera hayan existido. Tal vez el valor que tiene es simbólico. ¿No te parece? Hice un corto silencio. ¿Importa de verdad que tu abuelo nunca estuviera por acá?, le pregunté. Puede ser, agregué, una simple licencia poética. Yo creo que hay alguna mentira acá, dijo. Tan simple como eso. Siempre lo pensé. Creo que papá miente cuando describe al cuadro. Es más: tengo la intuición que en esta familia todos mienten.

Hizo un silencio, como si pensara. Para mí ese cuadro es un retrato de mi padre y alguna amante, agregó. No sé. No supe qué decirle. Tenía muchas dudas, no sabía por dónde empezar a preguntar ni a contestar. Quién, pregunté entonces, te parece que es el que está dibujado en el cuadro chiquito. Y por qué te parece, agregué seguidamente, que los tres en el centro lo miran. Sabrina fue directa, rápida como si tuviera estudiada la respuesta. Es más, como si tuviera estudiada toda la situación. Para mí que es mi abuelo. Fijate bien, Ariel: el abuelo le está diciendo algo a mi viejo. Le dice que se cuide. Que no se meta en quilombos innecesarios. Que mienta si de eso depende su vida. Que nadie lo va a juzgar. Que estar vivo es lo más importante. Que estar vivo es estar, no ser un fantasma. Que los milicos no perdonan. Que si se la juega puede perder. Que no sea un boludo. Que si se manda muchas cagadas nunca verá crecer a sus hijos y que alguna vez se preguntarán por que los dejó. Terminó de hablar y se tomó otra copa de vino. Esta es la última que me tomo, lo juro, dijo. ¿Algo de esto te escribió tu viejo en alguna de sus cartas?, pregunté. No, respondió sin dudarlo. Nunca. Todo sale de acá. Se señaló la cabeza. Tengo mucha imaginación. No te podés dar una idea de la imaginación que tengo. Aunque, bueno, un poco sale también de esos conocidos de mi viejo que con los años fui descubriendo. Esos que solía frecuentar en San Juan. ¿Sabés de quienes te hablo?, verdad. Negué.

El tiempo pasaba. A esa altura ya sería imposible volver a lo de Camille como si nada hubiera pasado. Hice un esfuerzo por pensar en los nombres que me había mencionado. No conocía a ninguna de las personas que me nombraba. Ella los había dejado caer con la fluidez y seguridad del que da por descontado que el interlocutor sabe de lo se está hablando. Yo no sabía quién era ninguno de ellos. Nunca había escuchado esos nombres. Recuerdo ahora que me habló de la madre de una francesa que había sido tapa de la revista *Gente*. También me habló de un polaco Portnoy, o algo parecido y de su esposa. Y mencionó a Reszinsky. Pero lo hizo como si le tuviera bronca. Sentí que se arrepintió de decir ese nombre. Le pregunté si se refería el padre o al hijo. A Rodolfo, el hijo, me dijo. ¿Lo conocés?, le pregunté. De ese hijo de puta no quiero hablar. La segunda vida de papá fue como fue por él. Estaba claro que esa parte de la conversación estaba terminada. Cerrada. Y probablemente para siempre.

Quería seguir hablando con Sabrina. Tuve que improvisar algo que nos sacara del lugar en dónde estábamos. Cualquier cosa, lo primero que me viniera a la cabeza sería útil. Yo creo, dije entonces, que nuestro abuelo no era tan rubio. Lo dije con una sonrisa, como para relajar el ambiente. Pero todo lo demás puede ser que tengas razón. Hubo un silencio. Yo no sabía qué más decir. Ella hacía como que pensaba. Había puesto cara de estar pensando. ¿Sabés qué?, preguntó. Me gusta que seas de la familia. ¿De cuál?, le pregunté. Ves cómo sos divertido e inteligente, dijo sonriendo. Se calló. Se pasó el dedo índice por el labio inferior. Después abrió ligeramente la boca y se puso el dedo en la boca. Tenía unas hermosas manos. Los dedos eran largos. Tenía varios anillos. Sentí una agradable sensación. Le miré bien la cara. Era una hermosa mujer y, casi sin conocerme, me estaba halagando. Y probablemente un poco más. Me arrepentí instantáneamente de haber pensado eso. Recordé en la última vez que había hecho el amor con Camille, unas horas antes en el cañoncito.

¿Te dije que soy intuitiva, no?, me preguntó. Dudé si me lo había dicho pero moví la cabeza afirmando. Creo que sí, dije. Se puso de pie y se me acercó. Yo seguía en mi asiento. Tengo la intuición de que te voy a chupar la pija. En ese momento tuve una erección. Fue en un segundo. Se acercó y me besó. Se sentó sobre mis piernas y me besó apasionadamente. Pero qué hacés, le pregunté. ¿Te cogiste alguna vez a una embarazada?, me preguntó por respuesta. No, respondí. ¿Y una embarazada que es tu media prima?, me preguntó mientras me bajaba la bragueta. Tampoco, dije. Se lo vas a contar a esa francesita que trajiste, me preguntó. ¿Ya le contaste todo o como siempre, será todo silencio?, me preguntó. ¿Silencio como hacen los Wraumansky?, me volvió a preguntar. No, por favor, le pedí. ¿Silencio como hacen esos putos Wraumansky? Y le repetí el *no*. Y se lo volví a repetir.

Ahora me resulta imposible saber cuánto tiempo estuve en la pileta pero al sentarme en la galería frente a mi ventana a escribir eran las dos de la mañana. Lo sé porque me fijé en el teléfono en ese momento y lo primero que escribí fue la hora. Solo estaba cubierto con la toalla y escribía sin parar. Llené diez páginas y de repente sentí que no tenía nada más que escribir, que lo había puesto todo. Estaba agotado y quería irme a dormir. La cabeza me dolía y sabía que tarde o temprano con la altura y el calor los mareos provocados por el oído comenzarían. Me quejé del vino. Maldije esa cena. Puteé contra la recomendación de Micaela. Me odié por quedarme escuchando a Sabrina. Me reproché por haber hecho ese viaje. Me arrepentí de haber seguido el consejo de Jaime de venir a conocer Laguna Brava para el libro que él nunca escribiría.

¡Jaime, la puta que te parió!, dije mientras entraba a la habitación en *Casa Chakana*. Tiré todo sobre la cama extra de una plaza que teníamos junto a la puerta. Y me metí en la cama cerca de Camille. ¿Volviste? Ya tendrás que contarme qué pasó, dijo con un tono violento que nunca le había escuchado. Acabo de tomarme una botella de vino con mi prima, contesté. Es una larguísima historia. Mañana te la cuento. Creo que ni el Zonda puede explicar esto, dije para cerrar la noche. Sentí que Camille giró en la cama para darme la espalda y traté de dormirme sabiendo que el día siguiente sería una pesadilla. La cabeza me empezó a dar vueltas. El mareo, finalmente, había llegado. Empecé a ver cómo los colores del aguayo se movían como si estuvieran en un remolino.

Laguna Brava

Esta nochecita volviendo del trabajo, ni bien el *tube* salió a la superficie en Earls Court, me entró un mensaje de alguien desconocido. Fue lo primero que leí en el teléfono, antes incluso de hojear los diarios argentinos como intento hacer cada tarde. No lo conocía al remitente y el mail venía con un documento adjunto. Sabía que esa noche Camille no cenaría en casa así que yo andaba sin mucho apuro. Me ubiqué en la parte final de andén y esperé pacientemente el tren con destino a Wimbledon. En horas pico venía cada tres o cuatro minutos; a la noche la frecuencia se reducía y no era infrecuente esperar diez minutos. De allí, Parsons Green era la tercera parada, después de West Brompton y Fulham Broadway. Cinco minutos de tren más otros diez de caminata. Era una noche fría y oscura. No tenía ganas de cocinar y decidí pasar por *Pizzica* para comprar, como en los viejos tiempos, un par de porciones de rústica.

En *Pizzica* el ambiente estaba medio apagado. Nada hacía sospechar que en pocas semanas el espíritu navideño invadiría cada uno de los rincones de la ciudad. Pedí un negroni para esperar mientras Gianluca calentaba mi pedido. En dos mesas cenaban clientes que yo no conocía. En otras dos mesas había habitués con los cuales nos saludamos. Luigi, italiano de padres brasileños, trabajaba en Heathrow cargando valijas, estudiaba negocios por internet y soñaba con irse a vivir a Brasil. Me solía preguntar cómo era la vida en Argentina y cuáles eran los negocios que se podían hacer en América Latina. Carlo Iachino, el otro cliente frecuente, había sido marino mercante y detestaba todos los deportes excepto la Fórmula 1; su ex-esposa y madre de su hijo eran del Congo. Levanté el brazo y les sonreí como saludo. No quería entablar una de esas largas conversaciones. Me ubiqué, entonces, en una pequeña mesa, aislándome de ellos.

Leí nuevamente el mensaje que había recibido unos minutos antes. En el correo enviado desde una casilla de Gmail, el encargado de *Un rincón de Napoli* pedía disculpas por la tardanza en contestarme. Yo le había escrito estando todavía en la Argentina pero el mensaje de respuesta me llegaba recién ahora. Explicaba que le había llevado un tiempo dar con la información correcta. No había querido, aclaraba, contestar hasta estar seguro de lo que diría. No me quería mandar una macana, había escrito. Veo el archivo adjunto y reconozco la foto a la cual yo le había hecho referencia. Pero ahora estaba completa y se veían todos los que posan en ella. El encargado del restaurante, al que habíamos ido la primera noche en San Juan, me explicaba en el mail que él no había estado cuando esa foto fue tomada, ni siquiera trabajaba allí entonces. Decía en el mensaje que sin embargo, había hecho todo lo que podía por ayudarme. Confesaba que a él mismo le había picado la curiosidad. Se contactó, entonces, con el encargado del local en esos años, Don Santiago Villafranca. Está muy viejito ahora, explicó, pero se acordaba que buena parte de las fotos se perdieron en una pequeña inundación que tuvieron en el local como consecuencia del terremoto del 77. Villafranca reconocía en la foto obviamente a William Sill, a la Marie-Anne Erize y recordaba que el de su izquierda era su novio. También había logrado identificar al Polaco Moroy, a Margarita Camus, al Chacho Pavón y a Rafaeli. El primero de la izquierda, decía, era Leopoldo Braunm. Este es un pueblo chico, decía que Villafranca le había dicho, y por lo tanto todos se conocían. De todos esos se sabía vida y obra, decía. Pregunte lo que necesite, ofrecía.

La foto entera que me acababa de llegar por correo era, en líneas generales, buena. Era mucho mejor de la que yo tenía. La foto que yo tenía hasta ese momento era la que había salido en el fondo de una de las fotos que Camille se había sacado con el equipo de fútbol. Ahora tenía una versión mucho mejor de ese mismo retrato Pero aunque era mejor, Braunm no había salido tan bien en ella. Estaba con los ojos cerrados y con lentes. Además tenía un peinado diferente del que yo le había visto en la otra foto. Miré la foto del casamiento de mis padres con atención y la comparé. Estaban, además, en diferentes poses y con otro tipo de ropas. Me quise sacar la duda. Tenía que confirmar si Leopoldo Braunm y León Wraumansky eran la misma persona. Sabrina me había mostrado evidencia que sí eran la misma persona pero yo no podía confiar en ella. De todo lo que ella me había dicho, nada podía sacar en limpio. La foto era la pieza de evidencia más robusta.

Se me acercó Gianluca con las dos porciones de pizza envueltas en papel de aluminio ya puestas en una bolsa de papel marrón. Seguía engordando y trabajaba incansablemente. Pensé en hacerle algún chiste sobre su salud pero era obvio que él amaba lo que estaba haciendo. Se tomaba el tiempo que hiciera falta para hablar con cada uno de los clientes. *Caro*, Ariel, listo: una de *zucchini* y una de jamón. ¿Hoy cenas solo? Abandonado, nuevamente. Mi destino, le dije. Dejé el paquete sobre el mostrador. Te quiero hacer una pregunta, le dije. Te voy a mostrar dos tipos en dos fotos y quiero que me digas si te parecen la misma persona o no. Gianluca accedió. Creo que ya nada le sorprendía. Le mostré primero la foto que me había llegado desde *Un rincón de Napoli*. Fue inmediata su reacción. ¡Pero este tipo es el que me mostraste antes! Te dije: ese era el culpable de todo, dijo. Sonreí y le dije que efectivamente era ese tipo, el mismo que había visto hacía unos días. Esta pregunta es parte de la investigación que estoy haciendo, le dije. La duda estaba resuelta. Había sido fácil. León Wraumansky y Leopoldo Braunm eran la misma persona. ¡Qué investigación, *caro*! ¡Qué misterio!, agregó Gianluca. Quedémonos cien por ciento seguro, dijo como si él estuviera realmente interesado en el asunto. Escuchemos otra opinión. ¿En las películas policiales siempre se busca otro testigo, no?, me preguntó sonriendo. Vale, Vale, gritó hacia la pequeña cocina. Ella vino de la cocina secándose las manos en el repasador. Le explicó la tarea y le mostré las fotos. Miró sin siquiera acercar la cara a las fotos. Sí Ariel, es el mismo tipo, dijo sin dudarlo. ¡Mira la forma de la cara!, agregó Vale con una seguridad total. Y el mentón. En ese momento alguien de otra mesa llamó a Gianluca quien se excusó y fue a atender a los comensales. Si Vale lo dice, seguro que es el mismo tipo. ¿Pero quién es este fantasma?, me preguntó para irse a atender la mesa.

Fue entonces cuando se nos aproximó Carlo. Carlo Iachino, el hombre de Mortola Inferiore que todos los días iba a *Pizzica* a tomarse un cappuccino a las 7 de la tarde y se tomaba el segundo a la 8 de la noche. Después seguramente tomaba algo de alcohol pero eso no lo puedo afirmar con certeza. Era amable y cortés a pesar de que era un poco desaliñado. Hablaba babeándose y como si le costara pronunciar bien las palabras. Me había enterado que era seropositivo de HIV una de las primeras tardes que yo andaba por allí. Su madre, me dijo esa vez, lo había llamado para contarle la terrible novedad. Todo el pueblo estaba conmocionado. No podían salir del estupor. Murió esta mañana Elisa, me dijo mi madre, me había contado Carlo. Murió de SIDA, me agregó. Mi madre lloraba desconsoladamente y me preguntaba si yo también moriría como Elisa. Y acá me ves: estoy vivo. Viajé por todo el mundo, estuve por años embarcado en decenas de diferentes barcos, llegué a centenares y centenares de puertos, me acosté con miles de mujeres. Fueron de todos los colores, razas, estaturas. Hablaban todos los idiomas. Pero me agarré el virus en casa, en la casa de mi compañera del liceo, ya cuando estaba dejando de navegar. Ese día yo solo atiné a preguntarle si estaba bien. Estoy bien vivo, me dijo.

Nunca entendí cómo pero Carlo se había casado con una mujer de la República Democrática del Congo. Solo sabía de ese país que había estado en guerra, en una de esas guerras africanas por décadas. A esa guerra, averigüé en algún momento, se la llamaba la Guerra Mundial de África porque participó cada uno de los países, ejércitos, facciones y grupos que estaban por ahí cerca y no tan cerca. Carlo había contado cómo fue la primera vez que había ido a visitar el país de su esposa. El avión se había detenido en la pista del aeropuerto de Kinshasa. Abrieron las puertas, me había contado, en el medio de la pista. Debo reconocer que había Carlo logrado mantener mi atención.

La azafata nos vino a buscar a mí y a mi esposa, había contado. Nos llevaron a la puerta abierta, siguió Carlo. Unos hombres acercaron una de esas escaleritas. Vi que había una limusina negra y un par de jeeps con soldados esperando. Estaban vestidos con diferentes uniformes pero todos con boina roja. Como en las películas. De repente de la limusina se baja alguien. Era un jovencito, un chico. La azafata nos hace bajar por la escalerilla. Yo estaba bastante asustado. Ni bien puse un pie en el primer escalón sentí como un golpe en todo mi cuerpo. Era el clima: había un sol tremendo y una humedad asfixiante. Mi esposa empieza a bajar. Ni bien pone un pie sobre la pista se le acerca ese chico. Veo que se abrazan. El chico tiene un uniforme formal, muy elegante. Tal vez de gala. Tiene medallas en el pecho. Muchas. De todos los colores. Tiene una gorra verde, grande, imponente. Del jeep salta otro chico. Está vestido con un uniforme de fajina, camuflado con manchas azules, grises y blancas. Uno de los soldados que estaba en el jeep toma algo y se lo pasa. Es una bazuca. El chico viene hacia nosotros con una bazuca. Su figura se recorta perfectamente sobre el pavimento hirviente. Éste también abraza a mi esposa. En el uniforme no tiene medio metro cuadrado de medallitas chiquitas como el otro sino que tiene dos medallas grandes, como las cucardas que se le ponen a las vacas ganadoras de los concursos. Tú como argentino, entenderás bien de que te hablo. Una de las medallas es una cruz de San Juan que en el centro dice R.Z. y la otra una esfera dorada en que se ve un mapa del mundo rodeado por laureles y la leyenda UN. Entonces, mi esposa me los presenta. Carlo, General Emmanuel Ntkunda, Carlo, Coronel Raoul-Baptiste Ntkunda, me dice mi esposa. Eran los hermanos de mi esposa. Los dos eran unos chicos, dieciséis, diecisiete años y eran coronel y general. Me animé a mirarlos a los ojos. Tenían miradas de los que están acostumbrados a dar órdenes, a mandar, a obligar a hacer cosas que aunque fueran terribles nadie, nunca, se opondría. Tenían miradas de coronel, de general, dijo Carlo. De coronel, de general del Congo en guerra.

Carlo había vivido allí una temporada, unos pocos meses. Pero como él decía, había sido suficiente. Las cosas se habían tranquilizado un poco, explicó. Estaban tranquilas como pueden estar tranquilas en un país como ese. Vivíamos en una mansión en las afueras de la capital. Empecé a trabajar un poco con el hermano menor, el coronel. Trabajaba escribiendo y leyendo cartas. Buena parte de esas cartas eran para enviar a periodistas europeos describiéndoles las mejoras que se habían logrado en esos años, según ellos, de estabilidad, paz y orden. Otras eran para los negocios familiares. Tú no te imaginas las ofertas que reciben estos personajes para hacer negocios. Pero mucho más difícil es imaginarte los personajes que aparecen ofreciéndoles cosas. E imposible, Ariel, es imaginarte las cosas que hacen para que algunos de estos negocios se logren llevar adelante. Pocas veces, me dijo, vi alguien tan decidido como el Coronel Raoul-Baptiste Ntkunda.

¿Qué está pasando por acá?, le preguntó Carlo a Vale. Acá andamos, investigando quién es este tipo, dijo Vale. Carlo agarró la foto del casamiento y lo miró bien. ¿Quién es este tipo?, preguntó. Carlo puso el dedo sobre León Wraumansky. No había llegado a ver si Vale se lo había señalado o no. La uña de Carlo estaba comida. Le dije que no lo sabía, que me gustaría averiguarlo. No sé si me fallará la memoria, dijo, pero me suena conocida esa cara. ¿Puede ser que sea un israelí?, preguntó. La verdad que no sé, dije. No sé nada de él, en verdad, dije. Un tipo parecido apareció alguna vez por Kinshasa cuando yo vivía ahí. No lucía tan joven, pero se parecía mucho. Estaba haciendo negocios, turbios obviamente, con algún contacto de algunos de mis cuñados. Vale hizo un gesto como para indicar que ya había escuchado varias veces historias así. Carlo lo notó. No, Vale: esta vez es de verdad, le dijo. Decía que había trabajado con el famoso Roberto Calvi, siguió. El coronel Raoul-Baptiste Ntkunda me había pedido que leyera algunas de las cartas que este tipo había aportado como prueba de la relación que había tenido con Calvi. El famoso Calvi que terminó colgado cerca de aquí, en Blackfriars. Recordé el episodio: se rumoreaba que estaba vinculado con una deuda no paga durante la Guerra de Malvinas. Estaban en italiano y cayeron, obviamente, en mis manos, siguió Carlo. Eran raras. Bueno, todo era raro. Las cartas hablaban de algo anterior. ¿De qué? le pregunté. No me acuerdo muy bien, dijo. Mencionaban México, unos seguros de vida y una empresa que exportaba granos. Pero, la verdad, nunca supimos si las cartas eran falsas. Nunca nos parecieron del todo creíbles. ¿Tú te imaginas los tipos que se acercaban, no? Me imagino, respondí.

Volví a señalar a mi tío en la foto. ¿Te parece que era él?, le pregunté. Hizo una pausa. No sé, dijo Carlo, si será el mismo tipo; pero si es ese, sí que la pasó bien. ¿Por qué?, le pregunté. ¿Me contás? El coronel me llamó ni bien este tipo llegó a Kinshasa y me dijo que lo cuidara bien. Que como extranjero y europeo yo sabría lo que a él le gustaría. No era muy difícil de adivinar, dijo Carlo. Lo llevé con la mejor de la ciudad. Probablemente del país. Se pasó allí toda la noche. Ella se aseguró de conseguir otras dos o tres mujeres. Yo no hice nada, estaba felizmente casado y si me encontraban con otra mujer seguramente me despedazaban. Literal, lo digo. Esperé pacientemente a que todo terminara. El hombre la pasó bien. Bastante bien esa noche. ¡Que linda gente, Carlo!, dijo Valeria. ¿Por qué te crees que me divorcié?, preguntó él. Sí, claro, estando en Londres es muy fácil decirlo, dijo Vale y agregó que tenía que volver a la cocina. Antes de irse, Carlo le pidió una cerveza a Vale. Ella le dijo que se agarrara una de la heladera. Se agarró una Moretti. ¿Sabés algo más de este tipo, Carlo? No nada. Ahora que lo veo bien, ni siquiera sé si es el de la foto. No importa, dije. Decime lo que sepas, lo que sea. No sé nada, Ariel. Recuerdo que el hombre al salir de lo de la mujer estaba cansado, muy borracho y estaba tan mareado que no podía ni caminar. Me decía que tenía mareos fuertes, que después de una acción peligrosa había quedado herido del oído y tenía problemas de equilibrio. La verdad es que se iba cayendo al dar cada paso. No sé las razones pero se iba cayendo a cada paso. Debía tener experiencia en fiestas pero esa noche había sido mucho para él, siguió contando. Lo llevamos a su hotel. Al otro día se fue a Israel. Creo que ese negocio no se hizo porque nunca más lo vi por ahí. Yo tampoco estaba muy metido en los negocios de la familia. ¿Por qué te interesa tanto, Ariel? No, por nada, le dije. Gracias de todas formas, Carlo. De todas formas, creo que no era el mismo tipo. Vaya uno a saber. ¡Pasó tanto tiempo! Levantó la botella de cerveza como brindando.

Le agradecí a Vale con un grito y dejando un billete de veinte libras sobre la mesa salí del local. Al llegar a casa guardé la foto que había recibido de *Un rincón de Napoli* en mis archivos para poder mostrársela a Camille cuando volviera de ese encuentro de franceses en Kentish Town. Me serví la pizza en un plato y con la libreta roja abierta sobre mi escritorio me puse a escribir lo de ese día, el día que finalmente visitamos Laguna Brava. A esa altura habían pasado tantas cosas que ya no me resultaba posible seguir procesando más nada. Buena parte de lo que había pasado me parecía irreal. Y si *irreal* no era la palabra adecuada, tal vez de otro tiempo. Todo lo que había pasado y lo que seguiría pasando iría a ocurrir en solo pocos días. Pero en verdad, toda esa información que yo iba e iría recibiendo era información que se había recolectado y sedimentado por décadas. Después de haber estado en reposo por casi cuarenta años, empezaba a salir a la superficie. Me parecía una metáfora de mal gusto después de haber visto los gigantescos descubrimientos de William Sill. Pero, sin embargo, no era muy diferente a esos animales fosilizados que por obra del azar salen nuevamente a la superficie. Lamentablemente me sentía con algo de experiencia: había visto varios de esos dinosaurios en los parques que habíamos recorrido en el viaje.

**

El cansancio y el leve mareo me jugaron una mala pasada esa mañana. No tengo de ese día muchas más notas que algunas frases dispersas y no siempre logro identificar cómo están conectadas. Estaba agotado y con la sensación constante que tendría un mareo de los grandes en cualquier momento. Fue una verdadera pena porque si había un día importante en esa aventura, era ese día justamente. Todo el viaje, las quince horas de avión desde que habíamos salido desde Londres, y las decenas de horas que habíamos pasado recorriendo los desiertos era para esto, para llegar a Laguna Brava.

Como habíamos acordado, nos pasaron a buscar a la mañana temprano. La tarde anterior me parecía que había sido en la prehistoria, en la época en que los dinosaurios todavía caminaban por allí. Cuando llegaron a buscarnos yo estaba todavía desayunando. Iba por la tercera taza de café. Estaba destruido. La resaca me estaba matando. Camille había desayunado por su cuenta, probablemente una hora antes que yo. Se había despertado, salido de la cama, duchado, vestido e ido al comedor sin que yo me diera cuenta. Creo que mi despertador sonó por media hora sin parar. Lo tenía a quince centímetros de mi cabeza pero aun así no podía moverme.

Apuráte, que nos tenemos que ir, me dijo Camille al entrar al comedor. El guía hoy no es Nicolás. No le entendí bien cómo se llamaba. Esa mañana, ni bien había logrado llegar al comedor, había buscado a Micaela. En el comedor estaba solo Camille pero al verme llegar, agarró su bolso y se marchó. No me dijo ni *hola*. Me serví un café y en ese momento entró la familia de La Pampa. Era el matrimonio y los tres chicos. Era el día franco de Micaela y no vendría por unos días. El chico que estaba a cargo de *Casa Chakana* me ofreció el teléfono para llamarla pero decidí que no lo haría. Sería muy complicado preguntarle lo que le quería preguntar. Le dije, en cambio, que nos iríamos a Laguna Brava y volveríamos tarde. Ya vería qué hacía al volver.

El guía nuevo se llamaba Mariano. Al llegar al auto, Camille ya estaba en el asiento delantero. Mariano nos explicó que tuvieron que hacer un cambio a último momento. La señora Reszinsky había tenido un problema y no iban a venir con nosotros. Explicó que él era un experto en la región, que hacía este camino dos o tres veces por semana. Camille preguntó qué es lo que le había pasado a la señora y él contestó que se había descompuesto. Había sido la noche anterior. Después de cenar. Llamaron a un médico pero después tuvo que ir una ambulancia, dijo Mariano. La señora pasó la noche en el hospital. Nicolás se quedó con ellos. Mariano nos reafirmó que él iba muy seguido a Laguna Brava así que no habría ningún problema. Quédense tranquilos, están en buenas manos, nos dijo. Conocía todo, cada metro del camino. Nos advirtió una sola cosa: no habla inglés tan bien como Nicolás así que si no me molestaba, tal vez, tendría que traducir un poco.

Nos pusimos en marcha. Mariano nos explicó el plan del día y el trayecto. Sería largo a pesar de que eran solo 200 kilómetros en cada tramo. Desde Banda La Florida llevaría todo el día, cerca de cuatro horas de ida y otras cuatro de vuelta. Se avanzaría por la Ruta Provincial 76 cien kilómetros hasta Jagüé. Los últimos 80 kilómetros, a partir de Jagüé serían en camino de ripio. Se subiría cerca de 3000 metros en esa última etapa. El ascenso sería lento y el descenso rápido. De esta forma el cuerpo no sufriría tanto. El coche ya estaba cerca de la ruta y Mariano nos preguntó si teníamos algún problema de salud. Cualquier cosa que la altura nos pudiera afectar. Enumeró: problemas para respirar, taquicardia, mareos. Dijimos los dos que no. Entre la resaca y el oído sabía que la cabeza en algún momento me terminaría estallando pero no valía la pena decirlo.

Pararemos en Vinchina. Allí podremos comprar provisiones si quieren. Y después de ahí ya vamos directo hasta el final, dijo nuestro nuevo guía. Mariano hablaba y yo sentía cómo la cabeza me reventaba. Conocía bien el proceso que empezaba con el oído tapado, luego sentía que la cara se me inflaba como un globo y terminaba en una sensación de presión en toda la cabeza. Debía hacer grandes bostezos para alivianar, aunque fuera por unos segundos, esa desagradable sensación. Aunque no siempre, algunas veces los síntomas terminaban en un corto pero intenso mareo que me dejaba debilitado como si hubiera peleado cinco rounds con Mike Tyson. Una que otra vez, incluso, perdía el equilibrio y me podía caer si no lograba sostenerme o apoyarme en algo. Con el tiempo había aprendido a entender qué me pasaba y a estimar cuán lejos estaba de llegar al punto de mareo. La primera vez que me había ocurrido, ya hacía unos años, había sido bien distinto. Me había levantado de la cama y había perdido el equilibrio. Intenté ponerme de pie nuevamente y volví a caer. Teresa me ayudó bastante en esa época. A partir de ahí navegué el laberíntico NHS en busca de una solución que solo llegó a medias. Y mientras llegaba creo que fue cuando se arruinó mi relación con ella. Le dije que no querría tener un hijo hasta no estar curado o, al menos, con un diagnóstico preciso. En ese momento me parecía una imprudencia tener un hijo sin estar seguro de estar sano. Ahora solo puedo pensar que es una reverenda estupidez. Si hubiéramos tenido un hijo tal vez la relación no se hubiera roto. Y seguramente ese viaje nunca lo hubiera hecho. Camille miraba en silencio hacia adelante. Noté cómo me miraba de reojo por el espejo retrovisor. Pude sentir el rencor que tenía. Sabía que ni bien pudiera sacaría todo. No podría contenerse.

Ahí va una pequeña procesión, dijo Mariano indicando un grupo de personas que caminaban por la ruta. Hoy es el día de las ánimas. Toca ir a ver a Miguelito. Nos preguntó si conocíamos la historia. Le dijimos que no. Nos describió la historia de Miguel Ángel Gaitán, el niño que después se me apareció en el sueño. Era uno de los últimos santos populares. Había muerto de bebé. Milagrosamente el cuerpo se mantenía intacto. La madre fue a cambiarle la ropa en forma regular hasta que ella murió. Cada día. Varias veces por día. Miguelito recibe obsequios y ofrendas que se acumulan en un par de habitaciones que se construyeron alrededor de su nicho. Mirá, ahí en la guantera tengo una postal de Miguelito, dijo Mariano. Si querés llévatela y contá la historia en Londres, dijo riéndose. La foto muestra el ataúd transparente del niño. Camille me la pasó y la guardé en mi libreta. Me la dio sin siquiera girar la cabeza. Creo que nos hablaron algo sobre este niño, dijo Camille. Pero no llegamos a ir al cementerio, explicó ella. Tal vez deberíamos haber ido, agregó. A veces hace falta un poco de misticismo para entender algunas cosas, hizo el comentario al aire, a nadie en particular pero en ese momento me miró nuevamente por el espejo. Yo sin ser creyente pienso lo mismo, se apuró a contestar Mariano.

Anduvimos en silencio por los más de sesenta kilómetros hasta Vinchina. Estacionamos en la plaza central, frente a la iglesia, y Mariano nos acompañó al mercadito que estaba en la esquina. Era el único de la ciudad. Aprovechamos a comprar un par de botellas de agua, algunos caramelos, cuatro bananas y unos chicles. Todos esos eran los productos que él nos había recomendado que comprásemos. El mercadito era muy simple. Tenía un par de góndolas y no más de una veintena de productos. Una anciana nos esperaba en la caja. Cuando estábamos a punto de pagar, una vecina apareció de no sé dónde y se nos coló. Pidió crédito, dijo que se lo anotaran a la cuenta. Los Agner me conocen bien, dijo la clienta. Es un pueblo chico: todos conocemos a todos, me dijo mirándome. Se volvió para hablarle a la anciana cajera. Mandale saludos al Luis, dijo mientras la cajera anotaba en su cuaderno. Pensé que probablemente sería buena pagadora; si no lo era no se podría ir muy lejos. Pensé en Sabrina y si ella podría escapar alguna vez. Recordé el cuadro que había visto la noche anterior.

¿Por qué volviste tan tarde anoche?, me preguntó Camille ni bien apoyamos los productos en el mostrador de la caja. Su tono no era del todo amigable aunque sin duda mostraba cierta verdadera curiosidad. No era solo un reproche. O eso pensé. La cajera miró a Camille. Pensé en el tipo de cosas que escucharía cada día, sentada allí sin hacer ningún tipo de esfuerzo. Tal vez no se necesitaba vivir en París o en Londres para escribir una novela. Tal vez no se necesiten a Bolaño y Cercas sentados en una mesa con Jaime. Tal vez ni siquiera uno se tenía que ir a ningún lado, nunca. Tal vez bastaba con una sola frase, con una sola foto.

Miré alrededor mío y me vi solo. Mariano había ido a una oficina de la municipalidad a comprar los boletos para poder entrar a la zona. Nos explicó que unos años antes el municipio había impuesto una tarifa para atravesar el pueblo si se iba camino a Laguna Brava. Me pareció que nos estaban robando, que algo estaba arreglado con alguien. Nada era como te decían que era. Nada de nada. Supuse que volvería con unos papeles con un sello ilegible que hacía referencia a una resolución municipal con débiles fundamentos constitucionales. Miré a la cajera. Estaba vestida con un delantal verde. Dijo una cifra. El número aparecía en el visor de la caja. No podría evitar darle una respuesta a Camille excepto que fuera claro diciendo que no respondería. La cabeza me empezaba a molestar. La señora repitió el número: el precio no era bajo pero no era exorbitante como esperaba. Antes de terminar de pagar abrí una de las botellas de agua y empecé a tomar un poco.

No me siento bien. Voy a ir al baño un segundo, le dije a Camille. La señora me señaló donde estaba el baño. Vi que Camille también tenía extendido el dedo en la misma dirección. No lo había notado pero ella había ido antes de entrar al supermercadito. Le pagué a la señora. Le pedí a Camille que juntara el vuelto y fuera al auto con las cosas. La chica de anoche es mi prima, le dije al salir rumbo al baño. Lo dije en voz baja, y probablemente poco clara, pero sin duda fue suficiente para que me entendiera. Avancé unos pasos y me di vuelta. Camille estaba saliendo del local. Me enteré de eso ayer, dije levantando un poco la voz para asegurarme que me escuchara.

Al salir del baño, vi que Mariano y Camille ya estaban ubicados para partir. Seguimos nuestro camino hacia el noroeste con rumbo a Jagüé por la ruta 76, la misma que habíamos usado esa mañana. Mariano, al igual que Nicolás, era un parlanchín. Le gustaba hablar y lo hacía sin importarle en que estuviéramos o no interesados. En Londres había empezado a enamorarme del silencio de las personas. A Uds. que vienen de ciudades grandes les resultará raro pero acá, en estos pueblos chicos, muchas cosas son muy raras, dijo Mariano. La gente se conoce. Se sabe quién hizo qué en cada momento. Por generaciones se van contando las cosas. Sean verdad o mentira, las cosas van quedando grabadas a fuego en cada una de las familias. Y después es muy complicado borrarlas. Se sabe cómo cada uno llegó a donde llegó, quién le debe qué a quién. Hizo un silencio. Supuse que todo el viaje sería así. Pensé que eso haría más difícil el diálogo con Camille. Sin ir más lejos, siguió, todo el mundo sabe cómo se portó cada uno cuando se cayeron los helicópteros con los franceses hace unos años y la mirada de todo el mundo se posó acá, en esta zona. O qué es lo que pasó con esos presos que se fugaron y terminaron refugiados, nadie sabe muy bien cómo, en el supermercado en que estuvieron hace un ratito.

No sabía que tenías una prima, espetó Camille en inglés, ignorando lo que estaba diciendo Mariano. Nunca me habías hablado de tu familia, además de tu hermana. Y muchos menos de tu prima, dijo. No quise cambiar al castellano para que ella se sintiera más cómoda. Es una larga historia de la familia, le dije. No sabía cuándo ni cómo hablarte del tema. Hace varios días que vengo rumiando cómo contártelo y cada uno de estos días se fue haciendo más evidente que te lo tenía que contar. Y cada vez que quería conversar con vos sobre eso, aparecía algo que aunque lo hacía más necesario, también lo hacía más complicado. Durante este viaje, aunque no me creas, apareció mucha información sobre mi tío, el padre de esta chica. Mi miró intensamente por el espejo retrovisor. Tenemos ocho horas de viaje hoy, me dijo. Estoy segura que nos puede alcanzar el tiempo, al menos para la introducción, Ariel. Lo dijo con fuerza. La voz estaba firme. Sonó irónico pero yo sabía que no era eso lo que ella perseguía con esa frase. Sabía que tarde o temprano se lo tendría que contar. Pero para mí no era urgente. ¡No te imaginás cómo tengo la cabeza!, le dije. Además me gustaría disfrutar un poco del paisaje en vez de estar explicándote toda una historia que te la puedo contar en el avión o en Londres.

A partir de cierto momento la ruta ya no estaba más asfaltada, se hacía de ripio. Atravesamos la Quebrada de la Troya. El río Bermejo allí hace una vuelta en *u*, dejando una montaña de varios colores en el medio. El río en ese momento casi no tenía agua. Pero engaña: cuando tiene crecida, se lleva todo lo que encuentra a su paso: animales, carteles, autos, puentes. Vimos un puente arrancado de lleno por la crecida del río, su última víctima. Paramos finalmente en Jagüé. Estacionamos frente a un terreno que parecía una cancha de fútbol. No tenía césped. Los arcos estaban sin red. Dejamos el auto frente a unas señoras que con un horno y una olla preparaban pan y empanadas. El atractivo del pueblo era que la calle principal estaba construida sobre el lecho de un río. La mayor parte del año el río no tiene agua. Pero cuando hay deshielo el caudal crece desaforadamente. Las casas están construidas a una altura superior que el lecho del río, tal vez dos metros, para evitar que se vean afectadas cuando baja con agua y todo lo demás que traiga.

Fuimos a caminar por allí. Había encontrado hacía unos pocos días que esos ríos se denominan *uadi*, el término árabe que se usa para referirse a los ríos estacionales. Esta historia, la de León Wraumansky, era justamente un *uadi*. Durante décadas solo había un lecho vacío y ahora, repentinamente, empezaba a bajar todo con una fuerza infernal. Este lecho también se iba llenando con todo lo que encontraba a su paso. Y así, cada vez lograba arrastrar más cosas. Todo el miedo empezaba a bajar y lograba arrastrar cada vez más y más desperdicios y basuras. Mirá Ariel, me dijo Camille con tono amenazante, vos me pediste que te acompañe a este viaje y resulta que una noche de las seis que pasamos juntos no volvés a dormir al hotel porque te quedás emborrachándote con una mujer que está embarazada. Esto ocurre a miles de kilómetros de Londres y de Buenos Aires y justo pasa que esta chica es tu prima que es la primera vez que ves en tu vida. Es una casualidad enorme que justo en el lugar en que caímos esté tu prima esperándote con una botella de vino. Además, como si faltara algo, su padre que según vos es tu tío, tiene otro apellido.

Iba a seguir pero la interrumpí. Sabía que todo era increíble pero se lo tenía que decir. ¡Sí, es una casualidad enorme!, le dije. La probabilidad de que esto ocurra, me imagino, es bajísima. Pero ocurrió. En este viaje están ocurriendo cosas de muy baja probabilidad. Nadie podría pensar que estas cosas ocurrirían. Es más: si ahora cuento a alguien todo esto, seguramente no lo creería. Me dirían que es increíble, que hay tantas casualidades que es imposible. Y sin embargo, están ocurriendo. Y están ocurriendo todas juntas. Necesito que me creas. Si queremos construir juntos algo, nos va a ayudar mucho si me creés en esto. No es una amenaza ni una extorsión: es una realidad. La historia de esta familia es una mierda, eso ya te lo había dicho. Bueno: acá la mierda está apareciendo, no sé cómo ni por qué, toda junta. Y con todo. Hice una pausa. Tomé un poco de agua. Tenía conmigo una de las botellas de medio litro que había comprado. Me estaba empezando a sentir raro. No me quiero marear, le dije. No me quiero desmayar. Tengo que tranquilizarme un poco.

Caminamos hasta la entrada de la iglesia y nos sentamos en el umbral. Había una imagen de la virgen de Andacollo. El sol era fuerte. Tomé otro sorbo de agua. Vamos adentro mejor, le dije. Entramos y nos sentamos en unos bancos, los de la última fila. Nos quedamos unos minutos allí sentados. La iglesia era como otras miles en América Latina. Sencilla, con paredes blancas. Había sido de adobe pero después fue revestida con cal. Varias imágenes consagraban el trono. Saqué mi teléfono del bolsillo. Te quiero mostrar algo, le dije más calmado. Busqué las fotos. Era fácil buscarlas por fecha: las había tomado el 26 de octubre. Mirá estas fotos. Cuando estuvimos en Buenos Aires revisando en los cajones de la casa de mi madre encontré estas fotos. Le di el teléfono para que vaya pasando una por una. Las fotografié para tenerlas siempre conmigo. Cuando volvamos allá las vas a poder ver donde te digo que están, porque decidí dejarlas donde estaban. ¿Ves?, le pregunté. Son las mismas que estaban colgadas ayer en el restaurante. Estas fotos fueron sacadas por mi tío y, probablemente, enviadas a mi madre. No sé, tal vez fueron enviadas a mis abuelos y mi madre las encontró allí una vez que ellos murieron y se las llevó a casa. O tal vez una parte fueron enviadas a mi madre y una parte a mis abuelos. No sé. No sé nada y ya no sé qué pensar. Nos levantamos y salimos. Nos volvimos a sentar en el umbral.

¿Cómo sabés que fueron sacadas por tu tío?, me preguntó. No entiendo cómo deducís eso. Hizo un silencio de unos pocos segundos. Puede ser que aquel que fotografió las que están en la casa de tus padres, sea la misma persona que sacó las que están en el restaurante. Pero eso, me parece a mí, no lo hace ser tu tío. Cualquier persona del mundo pudo haber sacado esas fotos y habérselas enviado a tu familia, ya sea tu madre o tu padre. O a tus abuelos como vos mismo decís. Camille hizo un silencio. Se la notaba entusiasmada con la explicación pero, al mismo tiempo, cautelosa. Nada de esto convierte a esa chica en tu prima sino en la hija del mismo tipo que envió las fotos a tu familia. Y ni siquiera. No sé si eso la hace la hija. ¿Y por qué un desconocido enviaría fotos a mi familia?, le pregunté inmediatamente. No sé eso, contestó Camille.

Sentados allí estábamos protegidos del sol. Hacía calor pero era soportable. En la calle del *uadi* pegaba fuertemente el sol. Se veía que la tierra estaba bien seca. ¿Hay que saber todo?, preguntó. Probablemente no, contestó ella misma. Pero se me ocurren muchas explicaciones. En la vida no todo tiene explicación y muchas cosas pasan sin que sepamos por qué. Imagináte, por ejemplo, si las fotos iban dirigidas a tu padre. Porque como vos mismo decís no está claro el destinatario. O, digo cualquier cosa, había un concurso de fotografía y le estaban pidiendo a tu familia que dieran algún consejo y esas fotos, vaya a saber uno, terminaron en las manos de tu prima. O tu madre tenía un amante que fue el que sacó las fotos. Esto sentí que lo dijo con un poco de bronca, de mala leche. Sentí que lo dijo haciendo hincapié en la idea de amante, en la idea de sospecha. Camille agarró la botella de agua y tomó un sorbo. Vi cómo al tomar chorreaban unas gotas del pico. Tenía un poco de transpiración en el cuello. Ahora elaboraba una hipótesis más fantástica, incluso: tal vez no era un desconocido, tal vez era alguien que lograba algo si enviaba esas fotos. Tal vez de esa forma dejaba pistas falsas a alguien. Eso: tal vez era alguien mandando algún tipo de mensaje pero no a tu familia sino a otros, usando a tu familia como instrumento.

Yo, simplemente, no sabía qué decirle. Había pasado lo que supe que pasaría: el diálogo se iría hacia unos rincones muy oscuros de los cuales sería extremadamente arduo rescatarlo. Cualquier hipótesis ya era válida. Todo era ya posible. Todo se estaba yendo a la mierda: la historia de mi familia se me aparecía como un rompecabezas indescifrable, el viaje estaba siendo una tortura, esta relación se estaba rompiendo a pedazos por una conversación delirante sobre unas fotos que hasta hacía una semana no sabía que existían y que me hubiera dado lo mismo nunca enterarme de su existencia. Muchas historias de misticismos, de leyendas, Camille, le dije. Fue lo único que se me ocurrió. Veo que le prestaste mucha atención a la historia que pelotudos como Mariano cuentan.

No me había dado cuenta pero Mariano estaba ahí cerca de nosotros. Se había acercado a la Iglesia para decirnos que nos deberíamos poner en marcha. No sé si me había escuchado o no. La verdad es que tampoco me importaba. Sólo quería que todo terminase. Empezamos a caminar hacia el auto que estaba estacionado a quinientos metros. Caminando, le dije a Mariano que a Camille le gustaría ir algún lugar para hacer una ofrenda a la Difunta Correa. Se ha vuelto bastante mística en este viaje, le dije. ¿Conocés algún lugar?, le pregunté. Sí, Mariano, agregó ella. La que más me gusta de todos estos personajes es la Difunta Correa. Disculpá pero me gusta más que Miguelito. Quiero hacerle un sacrificio. Quiero yo también darle algo, dijo Camille. ¿Quién no estuvo alguna vez en su situación?, preguntó él. Obviamente, te entiendo: si mañana van a la Rioja por el camino de Chilecito, allí en la montaña hay uno, contestó el guía. Nicolás lo conoce y suele parar allí. ¿Va venir mañana Nicolás?, preguntó Camille. Me imagino que sí, respondió. Y seguramente con la señora si ya está recuperada porque tiene también como Uds. el vuelo a Buenos Aires desde La Rioja.

**

Pocos minutos después comenzamos el ascenso. Los oídos se me empezaron a tapar, primero lentamente, después más rápido. Los montes, en el distante horizonte, descubrieron poco a poco sus nieves eternas. Mariano puso música. Un grupo local, Los Huayra. *La noche sin ti*, dijo, una de mis preferidas. También me gusta mucho Leandro Lovato. Después pongo un poco. A 2550 metros de altura, entramos al Parque Laguna Brava. La composición de las piedras cambió. Se fueron haciendo más duras, se dejaron atrás las sedimentarias. El paisaje cambiaba constantemente, aparecieron dunas que desaparecieron casi instantáneamente.

Creo que en todo lo que decís tenés algo de razón, le dije a Camille. Había, efectivamente, alguien mandando mensajes. Y era mi tío. Era mi tío el que mandaba los mensajes. El mensaje de que había empezado una nueva vida, lejos de su familia pero que no podía abandonar la vieja. Imaginate la situación. Ponete en su lugar. ¿Es posible, acaso, empezar una vida nueva sin tener nada de la anterior? ¿Qué te parece, Camille? ¿No se puede escapar algo que devela la vida anterior? ¿Algo, cualquier cosa, una palabra, un nombre, una sonrisa, un recuerdo? Miré con atención por la ventana. Vi el cielo de un color bien celeste. Tan celeste como si hubiera sido pintado con un color artificial.

Había algunas nubes. Tenían formas extrañas. Me hubiera gustado preguntarle qué formas veía en esas manchas blancas en el cielo. Me parece que la vida está hecha de miles, cientos de miles, millones de detalles que no son fáciles de ocultar, le dije. Uno, después de todo, habla de una forma, usa unas palabras, entona de cierta manera, pone el cuerpo en una posición determinada. Tu voz, por ejemplo, cambia de acuerdo a lo que contás, cambia en función a aquello que se evoca, a lo que se imagina, a lo que se sueña. Traté de pensar cómo estaba poniendo mi cuerpo, mis manos, mi cabeza.

Camille miraba por la ventana. Tenía la mirada clavada afuera. No había movido la cabeza desde que nos habíamos puesto en marcha en Jagüé. Teníamos más de una hora por delante hasta llegar finalmente a Laguna Brava. Yo quería seguir explicando. Tenía la necesidad de poder entender lo que pasaba. Tal vez podía servir también como explicación para ella. Sentía que las palabras me venían como el agua que traía el *uadi* en la temporada de deshielo. Todos estos gestos son los que nos pueden delatar, continué. ¿Cómo te explico esto? Pensé por un par de segundos cuál era la mejor forma de decir lo que quería decir. Vos lo dijiste en algún momento, creo que estábamos en la ciudad de San Juan, dije. Este es el lugar perfecto, el mejor del mundo tal vez para escaparse. Vos misma dijiste que vendrías aquí y empezarías una nueva vida. Una vida que rompa con todo lo anterior. Sí, lo dije. Pero era solo una idea, dijo ella. Justamente eso, era una idea: no pensaste en los aspectos prácticos de eso. Recordé que éramos inmigrantes. Inmigrantes favorecidos, ciertamente. Pero inmigrantes, al fin. Vivís en Londres, le dije. Sos de otro país. ¿Estás rodeada de cientos, miles de extranjeros, no? Sí, me contestó. De muchos. Seguía sin mirarme.

Las nubes iban cambiando rápidamente. Pensé en esa idea que uno tiene de chico de que las nubes son pedazos de algodón. Algo maleable. ¿Quién no conoce, acaso, a alguien que ha empezado su vida nuevamente?, le pregunté. Repetí la pregunta. Todos tenemos alrededor alguien que de una forma u otra se ha reinventado. Vos misma, yo mismo. Benny, Gianluca, Carlo Iachino, mis vecinos polacos, la gente del grupo de lectura. Todos. Conocemos a mil personas así. Vi cómo Camille tragaba saliva. Tenía el rostro serio. Seguía con la mirada fija en el camino. Bien, no hay problema con eso, dije. ¿Pero no ha habido en cada uno de ellos, en cada uno de nosotros algo que nos ha sugerido que hay algo oculto?, pregunté. ¿A dónde querés llegar, Ariel?, me preguntó.

No sabía cómo seguir. La pregunta me había desconcertado. No sabía, efectivamente, cómo seguir. Pensé, y todavía no sé muy bien por qué, en mis compañeros de primer grado del colegio primario. Recordé la foto que había visto en la casa de mis padres. Todos ordenados para la foto. Los sentados en el centro sostenían el cartel que decía 1° B y un renglón más abajo 1981. Me pregunté qué será de cada uno de ellos. ¿Se habrán quedado en sus casas haciendo sus vidas normalmente o estarán como yo teniendo que explicar lo inexplicable en un perdido rincón del mundo? Dejame seguir, le dije. Pensemos en una persona, en alguna que se ha reinventado. Seguramente hemos pasado junto a esa persona en infinidad de oportunidades pero una vez, por la razón que sea, nos topamos con eso. ¿Qué es eso?, preguntó. Con algo, respondí. Lo advertimos primero sin ser conscientes de qué es. Es simplemente eso: *algo*.

Mariano había apagado el aire acondicionado porque la temperatura había empezado a bajar. Sentía que a medida que hablábamos la temperatura seguía bajando. Camille sacó su chaleco fucsia Uniqlo de la mochila y se lo puso. A *eso*, a ese *algo* lo miramos mejor, seguí. Incluso, podemos llegar a decir *no sé qué es esto, pero no importa, ha estado aquí siempre, sigo mi camino* y uno, la mayoría de las veces, sigue su camino. Pero no siempre es así. Hice un silencio. Con que una vez no sigamos nuestro camino y nos abalancemos sobre aquello que nos parece sospechoso, abrimos un nuevo universo. Vi cómo Camille se pasaba un dedo por el ojo. Temí que estuviera llorando. Agarró la botella de agua y bebió un poco. Tiramos, entonces, un poco de ese hilo con la esperanza de que éste tenga solo unos milímetros más, uno centímetros más a lo sumo, seguí diciendo. Porque claro, a pesar de tener esa esperanza de encontrar algo, también tenemos la esperanza de que no aparezca nada. Lo mejor que nos puede pasar: que nada pase, que todo siga tal cual estaba. Miré las nubes. Que nada aparezca, dije. Volví a recordar a mi madre y a la *bobe* esas tardes en que me iban a buscar al colegio. Sentí que se me estaba secando la garganta. Temí que yo también empezara a llorar. Lo mejor que puede pasar, dije con la voz cortada, es que el hilo, ese hilo que tenemos agarrado de una punta sea corto, se acabe inmediatamente así podemos volver a nuestras vidas como si nada hubiera ocurrido.

Mariano nos interrumpió para preguntar si quería que pusiera un poco la calefacción. Seguro que había percibido algo en mi voz. O tal vez había logrado entender algo de lo que estaba diciendo aunque fuera en inglés. Le dije que no. Que me salía esa voz porque estaba hablando mucho. Ya termino, no te preocupés, le dije. Mirá, la verdad es que no me molesta. Además no te entiendo nada, me dijo sonriendo. Vi la sonrisa por el espejo. Vi cómo me miró. Tenía anteojos oscuros puestos pero incluso así distinguí que me miraba. Seguí tranquilo, me dijo. Tenemos un buen tirón hasta llegar, todavía. Finalmente Camille se dio vuelta. Creí ver una lágrima en sus ojos. Me miró con ansiedad. Le agarré la mano. Estamos ansiosos, Camille, porque el hilo se acabe, le dije. Y podamos volver a nuestras tareas que nos ordenan la vida: trabajar, ir al gimnasio, comprar el pase mensual del *tube*, leer un libro que compramos en el aeropuerto o Amazon, copiar una receta de cocina, planear un viaje como este, incluso, preparar una valija. Pero al mismo tiempo no, no es así. Estamos ansiosos también por la mierda. Nos atrae. Tiramos y tiramos y empieza a salir el hilo. Y el hilo no para de salir. Vemos, entonces, en la cara de ese amigo, compañero, vecino, amante o lo que sea, que hasta ese momento era alguien más, uno más entre los siete mil millones de humanos, un cambio en su rostro. Un cambio que nos parece mínimo, es tan pequeño ese cambio que tenemos que estar muy convencidos para pensar que efectivamente ocurrió. Porque claro, el rostro, ese mismo que usamos para engañar, ese mismo que usamos para ocultar, ese mismo que usamos para teñir la realidad, es el que nos delata. Mariano seguía conduciendo a una velocidad estable entre 50 y 60 kilómetros por hora en el camino de ripio.

Miré a mí alrededor para prestar un poco de atención. Todo el paisaje cambiaba rápidamente. De una escenografía saltaba a la otra y volvía a la anterior. Me daba bronca que no estuviera prestando tanta atención como había pensado que haría. Pero todo había cambiado muchísimo desde que habíamos hecho los planes. Desde que había hablado con Jaime y escuchado hablar de este camino. Miré a mi mochila que estaba cerrada. Imaginé la libreta roja allí cerrada. Las últimas anotaciones eran las del día anterior. No sabía cuándo podría seguir escribiendo en ella. Pensé si podría recordar algo para escribirlo después. Me pareció estúpido pero me pregunté cómo le contaría todo esto a Jaime. Salió una minúscula risa de mi boca.

Cara de piedra, *cara de póquer*, dicen los refranes, le dije a Camille siguiendo con la idea. Vi cómo Mariano me miró por el espejo retrovisor cuando dije esas palabras en castellano. ¿Lo conocés en castellano, Camille? Me dijo que no. Pero el *no* ni le salió. Bueno, existen, le dije. Usamos esos refranes porque se sabe, porque sabemos que nuestros rostros no son de póquer ni de piedra, sino que son humanos. Son rostros de carne y hueso. Rostros que reaccionan ante las palabras, que se mueven antes los gestos, que se tensan o se relajan ante las críticas o los halagos, que se transforman ante las mentiras que se develan. Pensé en las fotos que había visto de León Wraumansky. ¿Tenía la misma cara siempre?, me pregunté. ¿Había otras fotos en que se lo pudiera ver distinto? Me hice una pregunta muy tonta: ¿hay un momento a partir del cual uno se ve distinto? Y después otras: ¿uno se ve distinto cuando está con otras personas? ¿Cómo luciría León Wraumansky en las fotos en que se lo viese solo con el *zeide* o solo con Rodolfo Reszinsky? Y es entonces, seguí en voz alta, cuando nos toca a nosotros entender nuestro rol, la parte más difícil: ¿qué hacemos ante la tragedia de los otros? Creo que me apretó la mano pero la soltó rápidamente. Se dio media vuelta y se puso a mirar con suma atención el horizonte.

Las nubes habían cambiado. Mucho. Como si efectivamente fueran algodón en las manos de un chico.

El río, que a esa hora del día tenía el caudal de un simple arroyo, era puro salitre. A la tarde, tal vez cuando volviéramos, tendría más agua. Camille estaba muda. Avanzamos varios kilómetros en silencio. La música seguía sonando. No sabía si era el mismo grupo o había cambiado. Mariano no había tocado nada pero la *playlist* podía lógicamente incluir a varios artistas. Esto que te digo, el descubrimiento fortuito, no es nada de nada comparado con el caso, como pienso que ha ocurrido, de mi tío en que él mismo ha querido develar lo que estaba pasando. Si no, no se entenderían las fotos. Camille seguía viendo para adelante, para el camino. Pensé que estaba pensando en el futuro. ¿Cómo se construye un futuro con estas bases?, imaginé que pensaba. Sabía que le interesaba lo que le decía pero no sabía cómo usaría todo esto. No quise especular con nada y quise seguir diciéndole lo que pensaba. Porque un accidente es un accidente, un hecho ocurre sin que uno lo quiera, sin que uno pueda medir las consecuencias, le dije.

**

Atravesamos la Quebrada de la Vaca. Mariano nos lo anunció y nos señaló un par de cosas pero no llegué a entender lo que decía. Unos segundos después siguió hablando de otro tema, de algo distinto. Creo que habló de un refugio en el camino. Alguien se había muerto congelado. Y que en verano se alcanzaba a ver el esqueleto. ¿Cómo se llama eso?, le preguntó Camille. Pircas Negras, contestó. ¿Pircas?, repreguntó ella. Mientras

Mariano le explicaba lo que la palabra significaba en quechua, metí la mano en el bolsillo que estaba detrás del asiento del conductor. Noté que había algo. No era húmedo así que, afortunadamente, descarté que fuera un chicle. Pensé que sería un ticket de una compra. Uno como el que nos habían dado en el supermercado del pueblo, olvidado por algún turista anterior. Quise ver de cuándo era y qué habían comprado los anteriores. Al sacarla me di cuenta que no era lo que pensaba. No era un ticket de compra de supermercado. Era una figurita, de esas que se pegan en los álbumes que coleccionan los chicos. Era un fotograma de la serie de la *Guerra de las Galaxias*.

Mariano había terminado con la explicación del quechua y los dos estaban en silencio. Miré la figurita. Me di cuenta que era de la película *El Imperio contrataca*. Recordé que la había visto con la *bobe* y el *zeide* en un cine en el centro, en la Avenida Corrientes. En ese momento su hijo ya se había alejado. Seguramente hacía años. Si no te molesta, dejame terminar la idea, le dije a Camille. Ella hizo un silencio que entendí como una autorización para que siguiera. La figurita tenía a *Luke Skywalker* y *Darth Vader* luchando con sus espadas de rayos láser. En el ángulo derecho inferior tenía el número 92. Una cosa es que las pistas se develen; hacerlo intencionadamente es otra cosa, dije. No solo porque esa intencionalidad haga, seguramente, más fácil la búsqueda que el destinatario del mensaje emprende. Sino porque obliga al destinatario (así como a todas las potenciales personas que se terminan convirtiendo en testigos) a preguntarse las razones que llevan a la persona que es un *escapista* a mandar un mensaje develando lo que con tanto esfuerzo ha tratado de ocultar. ¿Me entendés?, pregunté. La verdad, no sé, dijo.

La nieve se fue haciendo más presente. Una opción, seguí, es qué haya en la cabeza del *escapista* que ha cambiado su vida, en ese caso mi tío, una clara división de las personas. Algunas, seguramente la mayoría, son meros espectadores pasivos cuyo rol es simplemente asistir a la representación sin preguntarse muchas cosas. Otros (llamémoslos por el momento hasta que se me ocurra una palabra mejor), los *confidentes*, tienen como papel no solo saber sino y, sobre todo, explorar las razones. Cuando dije la palabra *confidentes,* Camille se dio vuelta. No tenía ahora los ojos húmedos Aquella persona, seguí, que ha comenzado esa nueva vida dejando evidentes rastros a sus confidentes sabe que el simple hecho de dejar una marca hará que esa prueba, ese testimonio, esa evidencia, esa información circulará sin poder controlarla. Sabrá, imagino, que primero ocurrirá en forma lenta y sosegada como si se hablara de una enfermedad o de una maldición. Me di cuenta de que Camille había visto la figurita que tenía agarrada con la mano apoyada sobre mis rodillas. Veo que te inspiras en fuentes muy relevantes para decir todo lo que decís, me dijo señalando con su dedo la imagen. Sonrió. Yo también sonreí. Pensé que podía bajar la guardia.

El camino se hizo más inestable: nos inclinamos, enderezamos, doblamos, subimos, bajamos. No le contesté. Cualquier respuesta sería vista como irónica y, por lo tanto, contraproducente. La acabo de encontrar, le dije simplemente. Y si me dejás seguir ahora viene lo importante: una persona cercana al *confidente* se enterará de la evidencia. No importa cómo: tal vez pidió un consejo, una recomendación; tal vez por una torpe acción. Lo que sea. No importan las promesas o juramentos que éste haga sobre mantener el secreto porque en el momento que hay una prueba que puede ser pasada de mano en mano, el secreto no es más un secreto. Es cuando todos los recursos del *difusor* de la información se ponen en marcha. Puede ser intencionado o no. Es irrelevante.

Pensé qué hacer con la figurita. Podía sacar, de una vez, la libreta roja de la mochila y guardarla en el sobre que tenía al final. Estaría con otros papeles que había ido acumulando. O podría no hacer nada. Podría dejarla nuevamente donde estaba con la esperanza que en el futuro alguien como yo la encontrara y construyera una historia a su alrededor. Recordé la escena en que Luke ya para siempre sabrá que su enemigo es su padre. *I am your father*, le dice Darth Vader mientras él, después de haber perdido una mano, está en una plataforma cuya superficie es minúscula y que pende sobre el vacío. Pensé en lo que sería ser padre y cómo se deberían decir los secretos a los hijos. Imaginé cómo el *zeide* le pudo haber dicho, en caso de haberlo hecho, algún secreto a León Wraumansky. Pensé si acaso Jacobo Reszinsky le habría dicho alguna vez algún secreto a su hijo, Rodolfo.

Mariano apretó algunos botones en la radio. Cambió la música. Observé el GPS que tenía. Lucía mucho más sofisticado que los normales. Marcaba altitud, temperatura, presión. Es entonces, le dije a Camille, cuando todo se empieza a transformar en un elemento de un mito; en una parte esencial de una historia que a pocos interesa pero a la que todos quieren agregar su impronta. En poco tiempo, todos hablan del asunto sin nombrarlo unívocamente ni dando grandes precisiones. No se entienden muy bien si lo que ha ocurrido es que alguien ha recibido una carta, o una noche ya tarde cerca de la medianoche hubo una llamada telefónica que en un principio asustó a la persona que estaba en su cama, o una extraña noticia aparece en un diario, publicación, revista incluso de mínima tirada y alguien cree ver una conexión con el caso. No se entiende y no importa: de hecho, es mejor que no se entienda porque es así, justamente, como toda la trama asciende a este estado de intriga, duda, especulación y, por qué no juego, que tiempo después, años y décadas incluso, sigue viva. Que sigue viva como lo sigue estando ahora.

Unos kilómetros después vimos carteles que anunciaban trabajos en el camino. Pero el rol del confidente, seguí, al menos este personaje que yo llamo confidente, no solamente es explorar y difundir. Por el contrario, y es en esta instancia donde entro yo y vos sin quererlo también o queriéndolo, hay un nuevo aspecto que es el que le da a todo lo que está ocurriendo el valor de trascender: la construcción de la historia. Ya los mensajes, pruebas o evidencias no son más herramientas que le dan vida a alguien haciendo que el confidente no pierda las esperanzas de un potencial encuentro o que desesperadamente intente buscar a dónde esas pistas lo conducen. De no sé dónde apareció un hombre que nos advirtió que anduviéramos despacio. Hace meses que están arreglando esta parte, dijo Nicolás después de haber dejado atrás al hombre. Bueno en verdad hace bastante más tiempo. Y puede ser que tarden un par de años. No me extrañaría, dijo, que empiecen el camino y no lo terminen. Siempre hacen lo mismo: lo empiezan antes de las elecciones y después de que los eligen paran las obras diciendo que el estado nacional no les manda la plata. Creo que Camille no entendió ese comentario.

¿Y qué pasa con esa pistas?, me preguntó. Lo hizo en voz baja. Ahora son marcas, huellas, rastros antiguos que indican que algo ocurrió y que al mismo tiempo ayudarán a que alguien, como vos o como yo, se pregunte qué fue ese algo, le contesté. Pero esa pregunta es mucho más desinteresada que la del *confidente*. Es una búsqueda como, digamos, la que vimos que William Sill hizo en el Valle de la Luna. Es difícil pensar que él soñara o pensara que alguna vez entendería los porqués de las cosas, probablemente entender el qué le habría bastado. Pero este investigador, sea Sill para los dinosaurios o yo para León Wraumansky, sabe que la mayoría de la información que irá recolectando, buena parte de la evidencia que reúna, puede ser peligrosa. Los peligros que acarrean esas evidencias son amplios: pueden traer una confusión cronológica, provocar una lectura errónea de eventos, generar un malentendido, llevar a inventar algunos actos o a suprimir otros. Incluso puede ser víctima de una trampa que el *escapista*, en este caso mi tío, o el confidente o los difusores de la información han tendido. Esto en un caso que se aplica a nuestro problema, no al de Sill cuyos dinosaurios no pensaban, pienso, cómo los rastrearía un profesor de la Universidad de Texas en una desolada provincia Argentina.

¿Por qué alguien tendería esa trampa?, te preguntarás. Bueno, yo me pregunto lo mismo, y sospecho que la única respuesta es paradójicamente que aquel que tiende la trampa es en otras instancias, en otro mundo paralelo, un *escapista* y, por lo tanto, actúa siguiendo las reglas de éste. Estamos, creo Camille, ante un mundo en que todos tienen algo de *escapista*, algo de *confidente* y algo de *difusor*. Incluso, nosotros mismos entramos en ese mundo. El problema es que nunca sabemos qué papel juega cada uno en cada momento. ¿Es acaso mi prima una confidente o un difusor o simplemente es un escapista que está haciendo sus primeras armas en esa compleja vida de confundir a todos? Yo, sinceramente, no lo sé.

Le mostré las fotos en el teléfono, aquellas que había tomado en la casa de mi madre. Es obvio que no tengo todas las fotos. Al ver las que están colgadas en *La de Pavón* me di cuenta que me faltan muchas. ¿Encontraste estas fotos recién en este viaje?, me preguntó. ¿Cómo es que no las habías visto antes? Incluso en el viaje en que viniste hace pocos meses cuando murió tu madre las pudiste haber visto, me dijo. No sé, respondí. Sinceramente no sé. Tal vez cuando yo era chico estas fotos estaban bien guardadas o no estaban en casa. Y de más grande, por una razón u otra, nunca las vi. Me preguntó, entonces, si mi hermana no habría visto nunca nada. Mi hermana, le contesté, vive en otro universo. O hace como que vive en otro universo. Ni siquiera sé si alguna vez se preguntó qué le había pasado a nuestro tío. Creo que a Laura la historia de León Wraumansky nunca le importó. Y la ignoró por completo. Ella siempre quiso construir su familia tranquilamente, sin ningún ruido que la molestase. Y la historia de León Wraumansky agrega mucho ruido. Logró construir su familia y abracadabra pata de cabra: desaparece todo lo que molesta.

**

El paisaje era absorbente. El cielo, claro. Había mucha luz. Me parece, de todas formas, dijo Camille, muy extraño. Todo es muy extraño. Esto me incomoda. Me parece que hay muchas cosas muy difíciles de entender. Entendí la preocupación de ella. Sabía que tendría que aclarar más y más. En este viaje, empecé a decir entonces, aparecieron dos claves fundamentales para la misteriosa historia de León Wraumansky. Dejame empezar por la conclusión. Seguíamos marchando a la misma velocidad. Lo voy a decir en orden inverso a cómo ocurrió porque creo que así te va a bien quedar claro. Camille seguía mirando para adelante. Lo principal es que León Wraumansky estuvo acá y todo el mundo lo conoce, dije.

Miré la figurita que tenía sobre mis rodillas. Como si me fuera a dar coraje. Primero, tal cual él mismo dijo, el señor Rodolfo Reszinsky había venido a San Juan a visitar a un amigo, seguí. Ese amigo, sin duda, era mi tío. El padre de Reszinsky, Jacobo, era íntimo de mi abuelo. Estoy seguro que él o su hijo, sin duda, seguían en contacto con mi tío. Yo asocié su nombre con historias de mi familia ni bien lo mencionó hace unos días. Mi *zeide* y el de Rodolfo fueron socios. El otro día, de casualidad, encontré un aviso en un diario alemán con un aviso de la sastrería que tuvieron juntos. Hay algo raro en esto: es imposible que Rodolfo no supiera la relación entre los Wraumansky y los Tauber. En el teléfono busqué la foto de la boda, esa en que están todos juntos. Este es el señor Rodolfo Reszinsky, dije. Nuestro compañero de viaje ¿No te parece que es él?, pregunté dándole el teléfono. Está igual, es como si los años no hubieran pasado. Como te dije ayer: él sabía que mi madre se había casado con un Tauber. Mirá, Rodolfo Reszinsky está ahí en la foto de la boda de mis padres. Pero él se quedó callado. Por algo debe ser, dije.

¿Y la segunda? Cuál es la segunda de las claves, preguntó rápidamente aparentemente sin procesar lo que yo le había dicho. Necesito que prestes atención, le dije. Ahí se dio vuelta. No está muy claro pero si hacés un esfuerzo vas, probablemente, a entender. Le pedí que me devolviese el teléfono. Busqué entre las fotos que nos habíamos tomado el primer día. Mientras yo buscaba la foto, Camille estiró la mano y agarró la figurita de *El Imperio contrataca*. Ayer a la noche le escribí a *Un rincón de Nápoli* para pedirles ayuda. Le señalé la foto en la que ella, Camille, posaba junto a los jugadores del equipo juvenil. Mirá en la foto de atrás, la que está colgada en la pared, le dije. Le alcancé el teléfono nuevamente. No se alcanza a ver bien, dije, pero ese, el primero de la izquierda, es mi tío. Camille no llegaba a verlo bien. Miré por la ventana. El paisaje era bien árido. El cielo seguía estando celeste. Ya no había tantas nubes.

Él vivió acá, dije mirando por la ventanilla. Esta es la prueba. Es irrefutable. La tenés entre tus manos. Nadie que no vive en la ciudad se toma esa foto con tanta naturalidad. No posa como un turista, sino con el aire de quien conoce a todos, con el aire de que sabe lo que pasa, con el aire de que sabe la vida y obra de los que tiene a su lado y del que está detrás de la cámara. ¿No te parece?, pregunté. La miré. ¿Qué te parece? Ella no contestó. Le pedí nuevamente el teléfono. En mi teléfono busqué la otra foto, la que le había mostrado hacía un instante, la del casamiento. Le señalé en ella a mi tío. ¿Ves que son el mismo?, le pregunté. Me dijo que era muy chiquita la foto del restaurante para verla bien y estar segura, respondió. Seguro que en algún momento los del restaurante me mandan la foto y la vamos a poder ver mejor. Pero te lo digo yo: es el mismo. Ese es mi tío cuando según mi familia estaba con una *goi*, y según mi versión estaba escondido.

No entiendo nada, dijo Camille. Estás hace una hora hablando de cosas que no sé si tienen sentido. Me estás contando muchas cosas que no entiendo. Grandes marcos teóricos, grandes hipótesis pero yo no entiendo nada. En su voz se notaba nerviosismo. Estaba cansada de esto, era evidente. Yo tenía que ser más claro, más conciso. Ir al punto. Vi como doblaba en dos la figurita de los personajes principales de *El Imperio contrataca*.

Marcó fuertemente el doblez. Tal vez todo tiene más sentido, le dije, si te cuento la historia desde el principio. Vamos a probar de esta otra manera. Y empecé a contar lo que nunca en mi vida había contado, lo que acababa de pensar, aquello que este viaje me había obligado a articular.

Mariano preguntó si prefería que bajara la música. Le dije que no. De hecho le dije que queríamos escuchar más. Entonces pongo a Lovato, me dijo. Adelante. Por mí, no hay problema. Mi madre, comencé a explicarle a Camille, tenía un hermano, León. La familia funcionó perfectamente bien hasta un momento en que dejó de hacerlo. La historia oficial es clara: a León no le gustaba mucho el esfuerzo y decidió seguir un camino más fácil, lleno de disgustos para la familia. Primero dejó la carrera de ingeniería y se puso a trabajar. Empezó a ganar plata, se volvió ambicioso. Esto enojó mucho a mis abuelos. Después empezó a salir con una *goi*. Esto desesperó totalmente a sus padres, en especial a mi abuela, mi *bobe*. La relación ya nunca fue la misma. De un día para otro León decidió abandonar la familia. Aunque las fricciones habían sido siempre con mis abuelos, también se distanció de mis padres que recién se habían casado. Por años no hubo contactos.

Ayer, me contestó Camille, la chica dijo claramente que su padre era Leopoldo Braunm. No León Wraumansky. Eso es, justamente, la clave de las claves. La tercera y más importante de todas las claves, dije. ¿No te llama mucho la atención que los dos apellidos sean tan parecidos?, le pregunté Si a Wraumansky lo pronuncias correctamente el principio es una *B*, le dije. Y si tratas de hacerlo menos polaco, menos judío le sacás el *ansky*. Eso es lo que hizo mi tío. León y Leopoldo son los dos Leo. Entre las cosas que hizo mi tío para separarse de mi familia, se cambió el nombre. No podía seguir llevando el mismo apellido. Tenía que hacer como en la revolución francesa: empezar de cero. Braunm es Wraumansky. Leopoldo Braunm es León Wraumansky. Es simple. Y al mismo tiempo muy complicado. Lo simple lo hace, justamente, complicado.

Avanzamos un poco más en silencio. Me di cuenta que ella estaba pensando cuidadosamente. Debía estar desarmando cada una de las porciones de información que le había dado. Repentinamente Camille, volvió a hablar. Espera, Ariel, espera un minuto, dijo como si fuera una avalancha. ¿Qué pensás que soy?, preguntó. ¿Vos pensás que yo te puedo creer todo esto? ¿Te parece que alguien, cualquier persona puede creer que esto que estas contando es verdadero o, al menos, que puede parecer verdadero? Mi respuesta fue simple: nos guste o no es la verdad. O lo que pienso que es la verdad. A mí no me gusta, pero lo tengo que aceptar, dije.

La temperatura exterior descendía. Bajó de los diez grados. Se veía hielo en el lecho del río que corría a la vera del camino. Surgieron formaciones que parecen lomas y de repente la vegetación se hizo amarilla. Había una cantidad enorme de esas plantas amarillas que parecían absolutamente secas. De repente el desierto apareció nuevamente. Se veían musgos y líquenes en el lecho del río. Era como un video juego en que se iban pasando las pantallas con diferentes fondos. Vimos unas vicuñas. Nos tratamos de acercar. Se quedaron quietas un tiempo, después huyeron. Había precipicios. Algunas piedras del camino saltaban a medida que avanzamos.

Hicimos una parada para ver las figuras que la arena había esculpido en las piedras. Nos tuvimos que abrigar. Había mucho viento. Sacamos algunas fotos. No era cómodo: la arena pegaba con fuerza. En la cara, en los ojos, en las manos. Mariano nos mostró algunas de las imágenes que fueron esculpidas en las piedras. Había que forzar la imaginación. El hielo se agrupaba en el lecho del río y se formaban estalactitas. Se veían manchas blancas por doquier. La paleta era más homogénea. No era aburrida, era más violenta, era más descarnada. Menos humana. Volvimos al auto. Seguimos nuestro camino sin música.

Ahora te voy a decir lo que pienso yo de todo esto, dijo Camille. Pienso dos cosas. Primero: que a la chica de anoche la conocías. La conocías de antes. Era obvio por cómo te miraba. No sé qué habrá pasado ayer, pero te voy a decir que es lo que pasó antes. Vos estuviste con esa chica hace unos meses, la última vez que viniste a Buenos Aires y ella quedó embarazada. Vos armaste todo este viaje para verla a ella. ¿Pero qué estás diciendo? ¿Cómo se te ocurre todo esto?, le pregunté. Antes de llegar a la laguna propiamente dicha, justo en ese instante Mariano nos empezó a dar información, vamos a subir esa pequeña loma. Desde allí se tiene la mejor vista. Es la parte más alta de la zona. No se puede salir, ni abrir la puerta: hay muchísimo viento. Vamos a poner un poco de música primero. Vamos a necesitar mucha fuerza, ahora. Apretó el botón y *Sweet Child O'Mine* empezó a sonar.

Esperó cerca de medio minuto y solo cuando la voz de Axel Rose se escuchó puso primera y arrancó. Nos inclinamos y empezamos a subir. Había cielo celeste por todos lados. Las montañas con sus nieves eternas estaban frente a nosotros. Llegamos a la cumbre de esa loma o pequeña colina, unos treinta o cuarenta metros más arriba. La vista era excepcional. La canción de *Guns N'Roses* seguía sonando. Se sentía el viento pegar contra el coche. Tenía miedo. Empecé a marearme un poco. ¿Cómo se me ocurre?, me preguntó Camille en voz baja, como intentando no arruinar el momento del todo. La pregunta es cómo se te ocurre a vos todo esto, se respondió ella misma. Y ahí viene lo segundo que pienso: tu amigo Jaime, obviamente, no existe. Nunca me lo mostraste, nunca vi una foto de él, ni sus libros. Sus famosos libros de viajes de los que tanto hablas. Es obvio todo: lo inventaste como excusa para poder hacer este viaje. Todo es una invención. Él fue el que aconsejó, él fue el que esto, lo otro y aquello. Y yo lo creía. Y todo era para poder venir acá, como si no pudieras haber venido solo sin mí. Creo que sos un hijo de puta. Simplemente eso. Hay una sola cosa de lo que decís que es verdad, Ariel: tu familia es una mierda. Y vos sos parte de esa mierda. Se escuchó la última palabra de la canción y esos últimos discos de la batería. Y ahora yo estoy acá como una estúpida, siguió Camille. En este desierto de mierda. A 4000 metros de altura, con vicuñas que ni siquiera puedo fotografiar yendo a una laguna en el medio de los Andes que tiene flamencos. ¿Sabés que son para mí los Andes? ¿Qué?, le pregunté. La más puta de las mierdas en el último agujero del mundo. Simplemente no sabía que decir.

Mariano maniobró cuidadosamente y descendimos esa colina. Hicimos poco más de doscientos metros y empezamos a andar por un suelo blanco. El espectáculo se presentaba ante nosotros con todo su esplendor. Estábamos ahí, habíamos llegado a la Laguna Brava. Mariano detuvo el auto. Estábamos muy cerca de ese espejo de agua en el medio de la nada. Bajamos acá, anunció Mariano. ¿Qué les parece?, preguntó. Miren: allá están los zorros. Y si miran para allá van a ver los flamencos. Efectivamente, tal cual lo había dicho Camille, era una laguna con flamencos en el medio de los Andes a 4000 metros de altura. Era tan espectacular como eso. Y la conversación que habíamos tenido no podría tener una escenografía más dramática que este paisaje. Todo lo que Jaime había dicho, había recomendado desde esa primera charla estaba frente a mí. Estaba ahí y sentía que todo era un error. Sentía que la vida era un error, un error muy difícil ya no de enmendar, sino de explicar. Era una mezcla de algo increíble que transcurre en una montaña rusa mientras cae mierda en pequeñas dosis.

Bajamos del auto. El viento y el frío eran insoportables. El agua lucía helada. Una centena de flamencos rosas estaban a menos de cincuenta metros. Los Andes nevados se recortaban perfectamente contra un cielo celeste, impoluto. Todo lo que hacíamos era susceptible de convertirse en un error. La inmigración, la familia, el amor, las esperanzas, el recuerdo, una idea, un viaje. Todo este viaje era para esto, pensé. Y no sabía si esto significaba la Laguna Brava o la historia maldita de León Wraumansky.

Sacamos fotos cada uno por su cuenta y emprendimos el viaje de vuelta. Ya habíamos alcanzado lo mejor de nuestro viaje. Al subir al auto busqué la figurita de Luke Skywalker luchando con su padre pero no la vi. No estaba ni en mi asiento, ni en el de Camille. No le quise preguntar dónde estaba. Pensé que tal vez la había cortado en mil pedacitos y dejado volar en la laguna. Pero me dije que no era posible. Supe que por un largo tiempo no sabría qué había pasado con esa figurita. Descendimos en silencio. Ninguno de los tres abrió la boca. Después de unos kilómetros nos detuvimos en un refugio que había en el camino. Lo había hecho construir Sarmiento durante su presidencia en la segunda mitad del siglo XIX. El objetivo era tener una buena ruta con Chile. A pesar del paso de los años, la ruta nunca se había terminado. Habíamos pasado una parte del camino en que había gente trabajando realizando mejoras. Vimos un par de camiones y una máquina de esas que tienen una pala.

Yo tenía una de esas de chico, le dije a Camille para descomprimir un poco el aire. Era de Fisher-Price, buenísima. Hace décadas que no la veo, le dije. Ella no se dio por aludida, ni siquiera se movió o pestañeó. En el refugio había tres ciclistas. Nos explicaron que estaban allí hacía dos días. Esperaban que calmase el viento para poder seguir. Cargaba cada uno más de veinte litros de agua más carpa, ropa, comida y no había forma de avanzar. En un tramo los habían ayudado los que construían el camino. Los habían traído hasta el refugio. No se entendía muy bien si necesitaban que los subieran hasta la laguna para seguir o que los llevaran para abajo para definitivamente abandonar el proyecto. Mezclaban al hablar lo que querían con lo que podían.

Entendí que tenían planeado hacer el mismo recorrido que Jaime me había dicho que le encantaría hacer pero ya no podría por su paternidad. Desde que había nacido Rocío todo había cambiado. El circuito al que se referían los ciclistas era con el que él soñaba. Todo había sido por ese circuito. Ese circuito que parecía imposible. Era esa parte final del viaje que él quería hacer la que había llevado a que me comprara la libreta roja y tomara notas. Todo había comenzado ahí. Empieza por San Juan, me había dicho. Sigues para La Rioja, luego me cuentas. Tal vez en el futuro lo hago o, al menos, esas notas que me pases me sirven para un libro, me había dicho. No podemos esperar mucho más acá, dijo uno de los ciclistas. Si mañana no para el viento, volveremos. Por cada minuto que nos quedamos acá, no podemos hacer otras cosas. Tenemos un circuito que hacer y todos nuestros planes se están yendo al carajo, dijo.

Efectivamente, pensé, esto se está yendo al carajo. Me corregí: esto ya se fue al carajo. Este es un lugar magnífico, pero también hay otros que merecen la pena ser visitados, me dijo. ¿No te parece?, me preguntó. Me quedé mudo. No sabía qué contestar. ¿Acaso siempre hay lugares que merecen ser visitados?, me pregunté. ¿Acaso siempre hay experiencias que merecen ser vividas?, me pregunté seguidamente, sin darme pausa. Siempre hay cosas que se descubren al viajar, dije. Mariano, entonces, nos dijo que debíamos seguir. Les deseamos suerte. Los vimos cómo se quedaban en el refugio mientras nosotros nos alejábamos.

**

Volvimos a hablar con Sabrina esa tarde, al regresar de Laguna Brava. Vayamos a ver a Sabrina, había dicho Camille. Había sido para lo único que ella había roto su silencio en el que volvió a *Casa Chakana*. Vayamos los dos juntos, dijo. Yo había insistido que no fuéramos, que toda la información que nos podría haber dado ya nos la había dado. Le dije que dejáramos todo así. Fue imposible convencerla. Lo primero que voy a hacer al llegar a La Banda es ir a ver a Sabrina a *La de Pavón*, había dicho. Abrimos la tranquera del lote. Al entrar a la propiedad salieron unos perros a nuestro paso. Salió la señora Remedios, la cocinera de la casa. Se aseguró de cerrar la puerta. Se acercó a nosotros para saludarnos. Se mostró distante. Le dije que habíamos cenado la noche anterior allí, que tal vez se acordaba. Me había visto perfectamente cuando se había despedido la noche anterior.

No reaccionó ante mis palabras. Le dije que queríamos cenar nuevamente allí esta noche. Nos dijo que hoy no atendían, que estaba cerrado. Es una pena, dije, la comida nos había parecido buenísima. Agachó milimétricamente la cabeza como para agradecer. En la de Chakana, donde Uds. se hospedan hacen unas muy buenas cosas, dijo la mujer. Era tosca de por sí pero sospeché que estaba sobreactuando. Estaba siendo intencionadamente agresiva y distante. Quería evitar que Camille percibiera eso porque pensaría que estaba todo arreglado. Pensaría que yo habría arreglado todo ante la eventualidad que ella quisiera volver ahora, como estaba ocurriendo. Camille pensaba, de alguna manera, que yo era un pequeño dios que podía planificar todo. Pensé un segundo en eso y sonreí. ¿De qué te reís?, me preguntó.

¿Podemos verla a Sabrina un segundo?, preguntó Camille. La señorita salió, respondió Remedios. Se fue por unos días. Creo que recién vuelve el martes. Miré al interior y vi una camioneta. Supuse que era la de Sabrina. La mujer se dio cuenta lo que estaba mirando y creo que vio a Camille mirando en la misma dirección. La llevaron, la pasaron a buscar, dijo la señora. Y la van a traer de vuelta. Dejó su auto acá porque no está funcionando bien y acá no se puede ir muy lejos con coches que no estén bien, dijo. Bueno, muchas gracias, dije. Creo que vamos a tener que apurarnos para ir a *Casa Chakana* para pedirle si pueden cocinar para nosotros. Vamos a ver si tienen algo para cocinarnos, dije despidiéndome de la señora. Mándele saludos a Sabrina. Y la felicito porque la comida de ayer estuvo exquisita. La señora volvió a entrar a la casa. Nos pusimos en marcha hacia la salida de la propiedad.

Estaba abriendo la tranquera cuando Camille dio media vuelta y regresó a la casa. Volvió corriendo a donde estaba la mujer. No sabía qué hacer: dudé si seguirla o quedarme parado donde estaba. Creo que intenté decir su nombre pero, o bien, no me salió de la boca o si llegué a decir algo ya estaba demasiado lejos y no me oyó. O no le importó. Entró a la casa y cerró la puerta. Me resigné a esperarla. Intenté especular de qué hablarían pero me di cuenta que no tenía sentido. La suerte estaba echada. ¿Qué sabría esa mujer? Me pregunté si habría alguna vez hablado con Sabrina de algo que no fuera el menú. ¿Le habría contado a ella la misma historia que a mí? Traté de imaginar cómo se lo habría dicho. Una tarde horneando berenjenas le habría pedido el aceite y al dárselo le habría dicho que pensaba que su padre era un hijo de puta. Le habría dicho que tenía un primo que alguna vez vendría. ¿Podía haber ocurrido así? Me pareció absolutamente ridículo. Pensé qué es lo que esa señora Remedios le estaría contando a Camille. No tardó mucho en salir pero me pareció una eternidad. Fueron solo cinco minutos, tal vez seis. Menos que diez, seguro.

Cuando salió de la casa Camille caminó rápidamente hacia mí. Se paró frente a la tranquera. Le quise preguntar qué había hecho pero ella se adelantó. ¿No me vas a abrir?, preguntó. ¿Me querés dejar acá? Vamos que tengo hambre. Me dijo la señora que le parece que en *Casa Chakana* prepararon una sopa de pepino y queso de cabra. Me encantaría comer eso, dijo con amabilidad, como si estuviera realmente interesada en saber si yo tenía hambre. Empezamos a caminar por el camino que nos llevaba a nuestro hotel. Que linda luna llena, me dijo agarrándome la mano. Me gusta mucho ver la luna desde otra perspectiva. Miró al cielo. La mano estaba fría pero incluso así me reconfortó.

Hay algo más sobre mi tío, le dije mientras caminábamos hacia nuestro alojamiento. Te lo quiero decir así sabés todo lo que pasó o todo lo que yo pienso que pasó. En verdad lo que contaban mis abuelos, es decir la pelea por el trabajo y la pareja *goi*, fueron siempre, para mí, mentiras. Se me hace muy difícil justificar esto que estoy diciendo pero estoy seguro de que tengo razón. Todo fue una fachada para algo más serio: mi tío se cambió de identidad, se mudó acá a esta parte aislada del resto del país y después no estableció más contacto no porque se había peleado o porque salía con una *goi*. Era porque estaba en la clandestinidad, luchaba en la guerrilla en los 70. Fue la mejor forma que encontraron para protegerse mutuamente mientras mi tío lograba exiliarse. Después se fue a México. Seguro que trabajó con Gravier. Esta parte es muy complicada, en algún momento ya te la explicaré. Sin duda pasó un tiempo en Cuba y después emigró a Israel. Cuando vi las fotos del DF, de La Habana y de Jerusalén fue la confirmación que siempre había buscado. Yo lo había sospechado toda la vida pero fue ahí cuando ya no me cupo más duda. Esto también explicaría porque la hija ni lo conoce. En algún momento se fue y la abandonó dejándola con la familia Pavón, tal cual ella dice.

¿Y la mujer, la madre de Sabrina?, preguntó Camille. La madre es desaparecida, respondí. Era otro combatiente de la guerrilla. No tengo duda. Y Nicolás me dio esa punta. En un momento él habló de ella, de la esposa de Braunm. Dijo, no sé si te acordás, de la desgracia que le había pasado a la mujer. ¡Qué va a ser, si no fue eso! dije. ¿Te parece?, me preguntó. Nadie que se cambia la identidad va diciendo por ahí a cualquiera que la mujer fue asesinada en una acción terrorista, me detuvo Camille. Pero si vos querés pensar así, me parece muy bien. Miré el cielo. Mirá la Cruz del Sur le dije. ¿Es lindo

222

pensar que las estrellas nos indican el camino, no? Creo que aunque hablemos y hablemos, nunca llegaremos a la verdad, dije ya cerrando la idea. Tratando de cerrar la idea para nunca más hablar de ella. No tenía nada más que decir. Se acercó a mí y me besó. Vamos a comer, me dijo. Tengo mucha hambre. Toda esta historia de detectives, agentes secretos y guerrilleros me abrió mucho el apetito. No seas tonta, Camille. No, no: lo digo en serio, dijo y empezó a correr hacia *Casa Chakana*.

Esa noche cenamos la sopa que Camille había anticipado. No hablamos más. Estábamos agotados y además habíamos hablado todo el día. Creo que era obvio que los dos queríamos un poco de silencio. Entramos a la habitación y encendimos el ventilador. Nos metimos en la cama. Quise leer un poco pero no quería alterar la tranquilidad que daba la oscuridad. Me quedé mirando el techo con los ojos cerrados. Me acordé del cielo hermoso que estaba afuera, sobre nuestras cabezas. Podía adivinar que Camille no estaba dormida. Pasaron varios minutos hasta que sentí que poco a poco me dormía. Sentí que Camille se había movido pero no sabía si ya estaba dormida. Hay una sola cosa que no me cierra, dije en voz baja sin saber si ella me escuchaba o no. El nombre del barco, el nombre del barco, repetí. ¿Cómo entra ese barco, el Alcántara, en la historia? No hubo respuesta y entendí que Camille dormía. Tal vez no importa, me dije en voz baja. Creí escuchar que Camille respiraba como si durmiera. Fue entonces cuando hice esa pregunta que no me podía sacar de la cabeza, en voz no tan baja: ¿qué es una media prima?

**

Cómodamente recorrí sentado en mi escritorio una vez más las frases cortas que tenía en mi libreta. *Aparecen dunas. Arroyo con salitre. Azufre, hierro, cobre. Hielo. Musgos, líquenes en el lecho del río.* Tenía planeado ir a dormir temprano. Repentinamente, sin esperar a nadie, escuché golpes en la puerta. Al abrir me lo encontré a Carlo. Estaba babeando más que habitualmente. Estaba borracho también. Se disculpó por venir tan tarde a casa. Pidió que lo disculpara una vez más. Me dijo que la dirección se la había dado Gianluca. Espero que no te moleste. No, no, no me molesta, le dije. Le ofrecí pasar. No aceptó. Dijo que sería rápido, que no llevaría más de un par de minutos. Hacía frío. Le dije que pasáramos aunque fuera al pasillo de la casa. El pasillo comunicaba a dos departamentos, el mío en la planta baja y el de unos chicos polacos al que se accedía subiendo la escalera. Mi habitación en el fondo de la casa estaba debajo de la habitación de la pareja. Los oía hacer el amor todas las noches. Dos o tres veces por noche. Todo empezaba cuando ponían un poco de música.

Cerré la puerta que daba a la calle pero incluso así entraba frío. Era un chiflete que se colaba por debajo de la puerta. Nunca me acordaba de poner una goma o algo para evitar eso. Al irte me acordé de algo, dijo Carlo. Tal vez sea un detalle que no importe, pero tal vez sí. ¿Te lo cuento o prefieres que me vaya?, me preguntó. Contálo, por favor. ¿Seguro? Realmente disculpa que haya venido hasta acá para contarte esta estupidez: ahora me da un poco de vergüenza. Se balanceó como si perdiera el equilibrio. Se apoyó con el brazo derecho sobre la pared. Casi tiró el cuadro de una reproducción de una urna funeraria romana. Era de la misma colección de las otras que habían estado colgadas en el resto de la casa. Al mudarnos con Teresa habíamos quitado todas menos esa. Creo que el tipo era artista, dijo. Te sirve saber eso, preguntó. ¿Artista?, pregunté. ¿Quién era artista? El israelí que te comenté hoy en *Pizzica*. ¿Qué tipo de artista?, pregunté. Artista, respondió. ¿Fotógrafo?, pregunté. No, no, no, fotógrafo no. No creo, dijo. ¿Pero qué tipo de artista era este israelí? Era caricaturista, retratista, pintor, dijo. No sé muy bien. Me lo dijo como si estuviera cansado de darme explicaciones. Qué raro, dije. La luz se apagaba cada treinta segundos. Varias veces le había pedido al *landlord* que cambiara ese botón pero nunca lo había hecho. Nos quedamos a oscuras. ¿Seguro que no querés pasar?, insistí.

Carlo empezó entonces a contar la historia. Uno de los que trabajaba conmigo como asistente personal y chofer, Baldène, solía visitar a la mujer con que este tipo, el israelí, había estado. Era hermosa, un tigre. Y peligrosa. Obviamente la usaban como espía y para algunos trabajos sucios. La calma del país, aprendí entonces, no se mantenía solo con pactos de caballeros. Lamentablemente, no eran mis cuñados los únicos que usaban los servicios de la mujer. Finalmente, el coronel Raoul-Baptiste dio la orden de matarla. Y de quemar todo. Le dijo claramente a Baldène, me contó un tiempo después. No quiero que quede nada de ella: que aprendan cómo sufre el coronel Ntkunda y futuro presidente de Congo cuando lo engañan, había dicho mi cuñado. Y lo tuvieron que hacer. Baldène tuvo mucho miedo pero desobedeció: salvó una única cosa cuando la quemaron con todas sus cosas en su casa de Kinshasa. Salvó un retrato. ¿Un retrato?, pregunté. Según lo que me contó este hombre, la mujer recibía en forma esporádica cartas del israelí. Ella tiraba las cartas por miedo a que alguien pensara que era informante o porque efectivamente tuvieran la certeza de que lo fuera. Sin embargo guardó un retrato. Según me contó Baldène, la mujer había guardado ese retrato porque el israelí se lo había enviado diciéndole que lo había hecho para ella. Ella le contó esto a Baldène en una de esas visitas que le había hecho. Miraron el retrato y se rieron. Habían hecho el amor un rato antes. Baldène le preguntó si pensaba que era efectivamente un retrato de ella y ella respondió que sí, que el israelí lo había hecho para ella.

¿Pero no te das cuenta que es de una mujer blanca?, le preguntó Baldène. ¿No te das cuenta, bruto, que es en blanco y negro?, le preguntó ella. Baldène se siguió riendo, un poco por bronca. La mujer, me contó Baldène, le dijo que no fuera tonto, que sabía que se reía porque estaba celoso. El israelí, le dijo la mujer, está enamorado de mí y me trata bien. Tú no lo puedes aguantar eso: el problema es que eres una bestia que solo puede ser violento. Esa noche no terminó bien. Pero este hombre sabía que era verdad. Unos meses después participó del asesinato de su amante. No sintió remordimiento e, incluso, sintió un poco de satisfacción. Pensó que tal vez la mujer tuviera razón y él fuera una bestia. Fue, entonces, cuando decidió hacer algo para mostrarse a sí mismo que no era una bestia. Quiso salvar algo que la recordara a ella como una mujer sensible. Y entonces, antes de quemar la casa, buscó el retrato. Él sabía dónde la mujer lo guardaba y lo encontró sin dificultad. Lo dobló y se lo puso en el bolsillo. ¡Quemad todo!, ordenó, entonces. Cuando los otros tres hombres esparcieron gasolina y encendieron la mecha, él se fue. Qué historia, por Dios, le dije. El hombre estaba enamorado y celoso, dijo Carlo, en eso tenía razón la mujer. Pero no era una bestia. Yo lo conocí, dijo Carlo. Te aseguro que no era una bestia. A veces uno hace lo que puede. Solo lo que puede.

¿Te explicó Baldène cómo era el retrato?, le pregunté. No, nunca me lo explicó. Qué pena, dije. ¿Seguro que no querés tomar algo o pasar?, le pregunté. Me quedé con la curiosidad de saber cómo dibujaba. La historia era rara y me imaginé que el personaje también. A esa altura ya sabía que todos los personajes eran raros, muy raros. Ver cómo dibujaba podría darme ideas, dije. Carlo levantó, entonces, su mano derecha. Tenía un fuerte aliento a alcohol. Un momento Ariel, dijo, el hombre nunca me explicó cómo era el retrato. En ese sentido, sí era una bestia incapaz de describir un retrato. Pero yo lo vi. Digo: vi el retrato. Debo haber abierto los ojos exageradamente porque Carlo me miró en forma inusual. Algo había notado a pesar de su borrachera. Me lo mostró una noche, lo tenía con él, me aclaró. Fue justamente cuando me contó esta historia y me mostró el retrato. Lo tenía doblado en cuatro, lo llevaba en el bolsillo. Le dije que lo cuidara mejor, que lo extendiera y lo pusiera en un libro. Pero claro, te imaginas que este estilo de tipos no es de los que tienen muchos libros en la casa. A lo sumo una biblia. En África se lee mucho la biblia. Yo hubiera pensado que el nuevo Papa iba a ser un africano, de verdad. El Vaticano está realmente en problemas, dijo. En algún momento van a tener que poner un Papa negro. Eso lo sabe todo el mundo. Por mí que la Iglesia, el Vaticano se vaya a la mierda. Ya bastante mal han hecho. ¿Tú qué opinas?

Lo interrumpí pidiendo que describiera el retrato. Me daba lo mismo el Vaticano, y si Bergoglio había alguna vez leído en su vida la Biblia o no y si Ratzinger estaba preso en su residencia y tocaba el piano o salía cada noche. Quería que volviese a Baldène y al retrato. Lo vi cinco segundos y fue hace veinte años, respondió Carlo. ¿No te acordás nada de nada?, le pregunté. Poco, dijo. Era una hoja del tamaño de un cuaderno chico. Ni siquiera llegué a tocar el papel porque siempre lo sostuvo Baldène en sus manos. Recuerdo que parecía una página arrancada de un cuaderno pero no sé si el original que había recibido la mujer era así o se habría roto posteriormente. ¿Qué más sabés?, le pregunté. Estaba en blanco y negro. Sí, eso ya lo sé: lo dijiste antes. Tenía trazos gruesos y otros más finos. ¿Qué más?, le rogué que hiciera un esfuerzo por recordar. Era raro: como si fuera un Picasso. No, no, se corrigió, como un Picasso pero mejor definido. Se parecía más a un retrato, no una caricatura. Más bien como si hubiera sido pintado para esos murales de protesta social, esos murales de la época comunista.

Le dije, entonces, que esperara un poco. Quería que hiciera una sola cosa. Te voy a traer unos dibujos y quiero que me digas si te parece que fueron hechos por la misma persona. No hay problema, dijo. Pero apúrate que empiezo a tener frío. Dejé a Carlo apoyado contra la pared, tenía miedo que se cayese cuando se apagase la luz. Si se apaga la luz, no te asustes, solo apretá el botón con la luz roja, le dije. Entré a la casa y fui como loco a mi habitación. Busqué en el cajón y saqué el sobre de madera. Volqué todas las cosas sobre la cama y agarré el cuaderno con los retratos hechos por Rafaeli con el título *Café con el mensajero-1976* que me había dado la tía Silvia. Antes de ir a la puerta serví en un pequeño vaso un poco de whisky. Volví a la puerta y lo encontré a Carlo de rodillas. Me puse de rodillas junto a él. Levantarlo sería imposible e inútil. Le di el vaso. Para el frío, le dije. Agradeció y bebió un sorbo. Le mostré el cuaderno. Pasé varias páginas. Mientras lo hacía, miraba la expresión de Carlo. No me estoy sintiendo muy bien, dijo. Creo que tomé de más esta noche. Trataba de distinguir algún gesto, aunque fuera mínimo en su rostro, que pudiera ser una pista. No sé siquiera si veía bien las hojas. La luz no era muy buena. Carlo movió la mano para decir algo. En ese momento se escuchó un ruido en la puerta. La pareja de polacos entró. Se detuvieron de inmediato cuando nos vieron. Saludaron amablemente a pesar de encontrarnos a los dos de rodillas en el pasillo. Ni se inmutaron. Era obvio que llevaban mucho tiempo viviendo en Londres. Pasaron sin que nos moviéramos. Volvían de cenar. Nos despedimos amablemente. Ya les explico mañana que pasa, les dije. Era inútil. A nadie le importaría.

Había entrado bastante frío al pasillo. Habíamos perdido el clima. Pero yo tenía que seguir, tenía que llegar al final. ¿Te parece que este artista es la misma persona que dibujó el retrato que me mencionaste?, le pregunté. ¿Era así el retrato que tenía Baldène? Carlo pensó la respuesta. Ese silencio se me hizo eterno. Pensé que estaba a un "sí" de entender parte de la historia de mi tío, de poder explorarla y descubrir algo. Pensé que ese retrato, el que Carlo había descrito era uno de los bocetos hechos por Rafaeli para el cuadro. Pensé que por alguna razón cuando ese cuaderno estuvo en las manos de mi tío le habría obsequiado esa hoja a esa mujer. En mi cabeza, con la historia que me estaba creando, que Carlo reconociera ese dibujo era la demostración que ese hombre, el que él decía que era un israelí, en verdad era mi tío.

La respuesta tardó en llegar. Estaba esperando de un borracho que había vivido en Congo junto a una manga de asesinos que me dijera si los trazos de un dibujo que había visto eran los del artista que había conocido a mi tío. Y esperaba ansiosamente que me dijera "sí". Estaba como nunca a una palabra de poder, ya no imaginar, sino saber con certeza el personaje que había sido mi tío. Un hombre que nunca se había recuperado y por lo tanto nunca había podido volver a una vida normal. Estaba a punto de saber, y ya no sabía para qué me serviría, que mi tío anduvo tratando de engañar en negocios turbios a tipos que habían terminado juzgados en La Haya por crímenes contra la humanidad.

Carlo bebió de dos sorbos el contenido que le quedaba al vaso. La verdad, dijo, me parece que no. Cerré los ojos. Me invadió una desazón. Sentí cómo se me aceleraba el corazón. ¿No?, pregunté. ¿Estás seguro, Carlo? Pensé que lamentablemente lo estaría. Ni había dudado al responderme. Pero había dicho que *le parecía*, tal vez no estaba tan seguro. Mantuve un poco de esperanza. Le volví a preguntar si estaba seguro. Como te dije antes, respondió, fue hace más de veinte años y lo vi durante unos pocos segundos mientras tomábamos algo en un bar que no tenía mucha luz. ¿Por qué te interesa tanto?, me preguntó. Por nada, le respondí. Me levanté y sosteniéndolo de los brazos lo puse de pie. Se tambaleó un poco. No podía mantenerse en pie. Así, me dijo, justamente así estaba el israelí esa noche. Me reí y le agradecí por su tiempo. Me pidió nuevamente disculpas por la visita y yo le agradecí que hubiera pasado. Si te acordás cualquier otro detalle de este israelí, decime. Ahora me enamoré de ese personaje, le dije para decirle algo, cualquier cosa. Cuando salía se tropezó. Estaba muy borracho. Estaba mucho más borracho de lo que yo me imaginaba. Lo acompañé hasta la calle para esperar un taxi. Antes de que apareciera uno, vomitó en la acera, junto al cordón. La noche, por suerte, está llegando a su fin, pensé. Pasó un taxi y me aseguré que Carlo supiera a dónde iba. Le puse en la mano un billete de veinte libras y le dije que descansara. Y por favor, le repetí, cualquier cosa que te acuerdes vení a contarme. Aunque no creo que haya escuchado eso. ¡*Ciao* Ariel!, me dijo asomando la cabeza por la ventana como solo ocurre en las películas. ¡No sé: tal vez sí era!, me llegó a gritar. Era como un cuento de la buena pipa gigante, en tamaño vida real. Volví a mi habitación y me puse a escribir. Los vecinos pusieron música. Sonó tres o cuatro veces *Don't look back in anger* de Oasis. Empezaron a hacer el amor. Siguieron otras canciones que no reconocí.

Hace solo unos minutos entró Camille. Yo estaba ya casi terminando con estas notas y a punto de irme a acostar. Camille se metió en la cama después de saludarme con un tierno beso. Al recibir el mail del encargado de *Un rincón de Napoli* me había puesto a buscar quién era quién en la foto. Solo conocía a Rafaeli y había oído la noche anterior el nombre ese de Pavón. Tal vez era el que había criado a Sabrina, aunque no lo sabía y seguramente nunca lo fuera a saber. A todos los demás los fui encontrando en búsquedas de internet. Fui leyendo la historia de cada uno. Sus ideas, sus acciones, sus pasiones, sus muertes. León Wraumansky o cómo se llamara entonces, había estado con aquellos que terminaron siendo víctimas de la represión. Ahí estaba la prueba, frente a mí. Y él había sobrevivido. Había logrado sobrevivir a pesar de no ser del lugar, a pesar de cargar con su familia, a pesar de ser judío, a pesar de no venir de un hogar de ideas revolucionarias o, simplemente, de ideas. Ahí estaba él: el único que ni siquiera había pisado una cárcel en esos años. El tío León había sido, después de todo, un perfecto *escapista*. Tío, maldito tío, qué pistas raras nos has ido dejando, dije al acostarme y apagar el teléfono. El cuerpo de Camille ya estaba tibio, apetecible.

La Rioja

Esa última noche del viaje cenamos en el centro, en un lugar sobre la Plaza Facundo Quiroga. Seguro que vas a usar la libreta roja, dijo Camille ni bien entramos y vimos el lugar. Lo más esperable del mundo, dijo, es que algo pase. No quiero nada más, le dije. Ya tenemos suficiente, creo. Habíamos tenido un día muy distinto a los anteriores ya que habíamos recorrimos la ciudad caminando de punta a punta. Había amanecido nublado y llovió por momentos. A veces, incluso fuertemente. La excursión que habíamos pensado hacer, una caminata por el Cerro de la Cruz, se había suspendido por miedo a que el cauce del río se inundara y resultase peligroso. Después de cinco días en auto, atravesando enormes distancias, sumergiéndonos en abruptos paisajes y siendo solo testigos, tuvimos que desentumecernos, salir y recorrer la ciudad por nuestra cuenta.

Estábamos en el postre cuando entró al salón un hombre de avanzada edad. Pasó junto a la mesa que estaba en la entrada, la única que estaba ocupada además de la nuestra, y se dirigió hacia donde estábamos nosotros. Caminaba erguido aunque en forma lenta, como si tuviera un problema en una de sus piernas. Era flaco y canoso aunque todavía mantenía una abundante y atractiva cabellera. Vestía una camisa blanca y un pantalón celeste claro que le daba una elegancia que no había visto en nadie durante todo el día. Un pañuelo de seda azul con pintitas rojas le cubría el cuello. En la mano llevaba una carpeta de color beige de esas que tienen tiritas negras en dos de los ángulos. El hombre nos miró como si nos conociera. ¡Buenas noches, Juancito!, saludó al mozo que nos estaba atendiendo mientras se dirigía hacia nosotros. ¿Les molesta si me siento con Uds.? No era por falta de espacio que ese hombre había ido a nuestra mesa, pensé. Le extendimos la mano para que se sentase. Estábamos en una mesa para cuatro y se ubicó junto a Camille sin dificultad. ¿Qué tal el cayote de por acá?

En el ángulo en el que estaba nuestra mesa había un televisor colocado en un estante. Se la veía a Mirta Legrand hablando con sus invitados. No se llegaba a escuchar la conversación porque el sonido estaba muy bajo. Yo miraba asombrado, no la había visto por años y me preguntaba cómo podía seguir no solo trabajando en la TV, sino en pie. *Bonsoir mademoiselle*, dijo suavemente el hombre. Camille le respondió con un saludo en francés. El hombre empezó, entonces, a recitar un poema en francés. Lo hacía con suavidad, precisión y buen ritmo. Pronunciaba muy bien. Se lo notaba cómodo hablando en francés. Evidentemente había usado la lengua en forma cotidiana. ¡Qué bien que habla francés Ud., señor!, dijo ella. Y qué hermoso: me encanta Pierre de Ronsard. *Donc, si vous me croyez, mignonne* volvió a recitar él y Camille se sumó. Recitaron juntos esos últimos versos. Al terminar tomó la mano de Camille y le dio un suave beso. Estoy muy halagada, *monsieur*. ¿Pero cómo sabe que soy francesa? Seguramente Uds. no me reconocen o ni siquiera se fijaron en mí, explicó el hombre. Pero hoy estuve sentado al lado de Uds. en *La Aldea de la Virgen*. El locro de ahí es muy bueno. Espero que lo hayan disfrutado. Allí la escuché a Ud. hablar con ese acento tan dulce que tiene. Hice un esfuerzo por recordar los detalles del almuerzo pero no logré ver al hombre en las escenas que me venían a la cabeza. El locro sí que había estado muy bueno, pensé. ¡Qué linda casualidad!, dijo ella.

No sabía que había mucha gente que hablara francés por acá, dijo Camille. Algunos quedamos todavía, contestó el hombre. Algo de civilización todavía queda. Hablando de francés señorita, dijo el hombre señalando el televisor, ¿sabe Ud. que la señora Mirta Legrand estuvo casada con un francés? Daniel Tinayre, siguió el hombre sentado en nuestra mesa, creo que era de un pequeño pueblo en lo que Uds. llaman el *Sud-Ouest*. Ella siempre contaba que le gustaba ir mucho a Francia. Pero que en parte sufría. Contaba que iba a las Galerías Lafayette y no podía creer que las empleadas no la reconocieran y no le hablaran como lo que era: una estrella. Las mismas chicas que acá en Argentina se arrodillarían a su paso, allí la trataban como una más. Era una clienta más. La señora Legrand sufría mucho el anonimato, aunque éste durara unos pocos días. Hizo una pausa. El anonimato, el anonimato, dijo y se detuvo en seco. Pero qué personaje más exquisito es Ud., señor. ¿No te parece, Ariel?, me preguntó.

Disculpen mi mala educación: yo sentado aquí y todavía no saben quién soy. ¿Qué pensarán de mí?, dijo. Mi nombre es Rafaeli, Umberto Rafaeli. Umberto sin hache, como en italiano. Aunque sospecho que tengo algún que otro antepasado judío. Creo que originariamente mi familia provenía de Grecia y fue a Roma. Los asentamientos de judíos de Roma fueron tan temprano como en la primera república, hace más de dos mil años, dijo. De todas formas, estoy seguro que el apellido de mi familia cambió muchas veces. Y no descarto que en forma seguida para ocultar sus verdaderos orígenes. Mi familia es sefaradí, dijo Camille. Del norte de África, aclaró. Es una noche de coincidencias, dijo él.

Nosotros nos presentamos solamente con nuestros nombres de pila. Nos preguntó qué nos traía por acá. Le explicamos que estábamos de visita. Habíamos recorrido por unos días la región y hoy nos tocaba la ciudad. Anduvimos todo el día paseando por la zona del centro, le dije. Nos preguntó qué nos había parecido. No es Londres, ni París, ni Roma, agregó. Nos gustó mucho, dijo Camille. Justamente por eso: porque es diferente a Europa. Rafaeli se quedó en silencio como esperando que siguiéramos. El mozo que estaba en la barra le trajo un vaso de whisky. No había notado que hubiera pedido nada. Gracias, Juancito, dijo Rafaeli. Juancito volvió a la barra. Visitamos varias cosas muy interesantes, le comencé a explicar. Fuimos al templo de San Expedito. Estamos teniendo un viaje místico, se puede decir. Con muchos santos, apariciones y demás yuyos, le dije. También vimos las esculturas de Facundo y la del Chacho, me interrumpió Camille. Me parecieron muy impresionantes, agregó. ¡Cuánta violencia en este país!, dijo ella. Vimos interesantes cosas en el museo de la ciudad, incluido algunos dibujos de Dávila, expliqué yo. Y un par de cuadros del asesinato de Facundo Quiroga en Barranca Yaco, dije. Seguro que los de Belloq y Guilbourg, dijo acotando en voz baja Rafaeli. Fuimos después al museo histórico en la casa de las hermanas Ozán donde tienen el carro en que asesinaron a Facundo, continué. Como se imagina, desde chico que escucho de ese carro y me gustó mucho poder verlo. Está un poco desordenado ese museo, me interrumpió Camille. Hay muchas cosas de distintas colecciones pero está muy bien, agregó. Fue muy divertido porque en algunas salas tienen cosas de cultura precolombina y en otras tienen las máquinas que se usaron para acuñar moneda en la provincia y en otra los uniformes usados en la guerra. Además al principio la persona que nos hizo de guía fue el señor de la limpieza. No sabía mucho. Nos pidió un bono contribución para los elementos de limpieza. Y después se nos acercó la directora del museo quien nos terminó de pasear. Fue muy raro, dijo, ella.

Me gustaba mucho como decía *raro*. Camille tenía un obvio acento francés y marcaba las erres pero en la palabra raro esa marca me resultaba más pura, casi inocente. Rafaeli seguía sin hablar, como si estuviera pensando en otra cosa. Hay también en una minúscula sala uniformes usados en la Guerra del Paraguay, siguió ella. Hay algo también donado por Urquiza, agregué con entusiasmo. Rafaeli no hablaba. Pensé que hacía esos silencios a propósito para que nosotros habláramos. Tenía la impresión que de alguna manera nos estaba "midiendo" Me empezaba a incomodar. Vimos, seguí, también las, llamémoslas, instalaciones sobre el Papa Francisco en la plaza central, incluido el momento en que sale a saludar cuando fue entronizado. Vimos la otra instalación también, dijo Camille. Esa en que Francisco está con el rebaño de ovejas, incluida una negra. Y conocimos la historia del perro que cuida la casa de gobierno, dijo Camille. Raúl, agregó. Como ve, hicimos muchas cosas. Como se imagina, estamos agotados, dije.

Rafaeli seguía en silencio. Miró como Camille tomaba los cubiertos y se preparó el último trozo del postre. Aquí reposan los restos de una criatura que fue bella sin vanidad, fuerte sin insolencia, valiente sin ferocidad y tuvo todas las virtudes del hombre y ninguno de sus defectos, recitó repentinamente Rafaeli de memoria.

Lord Byron, nada menos que una frase de Lord Byron buscaron para la placa de Raúl, para el perro Raúl. ¿Qué les parece?, preguntó. Al ver que Camille se terminó el postre saqué dinero y lo dejé sobre la mesa para pagar. Me quería ir. Yo no aguantaba a ese viejo que se nos había sentado en la mesa. Era difícil de leer: primero hablaba diciendo cosas sin mucho sentido y de repente callaba. Y después volvía a hablar sobre cosas que parecían de otro mundo. Este viaje, pensaba, ya tenía colmada la cuota de gente rara. En mi cabeza, la palabra me había sonado como la hubiera pronunciado Camille. Al fin y al cabo, gente rara, repetí para mí mismo. Con mi pronunciación o con la de Camille, pensé. Me puse de pie y le dije que nos estábamos yendo.

Fue un gustazo conocerlo, le dije a Rafaeli. Nos vamos a la peña. Queremos escuchar un poco de música folclórica. ¿Van a la del Patio? Le dije que justamente a esa. Quédense tranquilos, no empieza hasta dentro de un rato. Se los aseguro. En el programa dice que empieza a las once pero no arranca hasta medianoche o más tarde, incluso. Vamos a dar una vuelta, entonces, hasta que empiece, le dije haciendo un gesto para ayudar a Camille a levantarse. No sea zonzo hombre, quédese quieto un rato que le voy a contar algo que le va a interesar. Hizo un gesto para que me sentara, y me di cuenta de que me senté sin oponer mucha resistencia. Me pregunté si no debía insistir y ser más contundente diciéndole que realmente nos queríamos ir. Pero vi que Camille estaba disfrutando la presencia del hombre. Además, pensé, si la peña estaba todavía cerrada no tenía sentido ir para allí.

¿Ustedes saben dónde están? Nos quedamos los dos callados. Así como lo ven y aunque no lo crean, este es el lugar de encuentro de la élite riojana. Me detuve a mirar alrededor con atención. El salón comedor en que estábamos era realmente feo. Nos habíamos quedado porque nos habíamos tentado con el plato del día, vacío al horno con papas a un precio más que razonable, y porque tenía, justamente, un aspecto decadente. Habíamos leído algunas recomendaciones y teníamos ganas de venir desde la mañana. Habíamos hablado de eso en el almuerzo. Incluso así, al lugar lo habíamos encontrado de casualidad porque se llegaba a él solo después de atravesar desde la calle de la plaza un largo pasillo difícil de encontrar. En ese pasadizo se encontraba una puerta que conducía a la radio La Red. Desde la puerta de la emisora había que recorrer otros diez metros sin buena luz y, recién allí, aparecía una puerta de vidrio oscuro con el nombre y el ícono del lugar con calcomanías. Faltaban algunas letras al nombre pero la cabeza del caballo, una de esas que parecen de fichas de ajedrez, estaba en perfecto estado. El mobiliario no solo tenía más de treinta años sino que sin duda había sido comprado en una liquidación de un comedor popular o de una escuela. Las mesas tenían un mantel negro cubierto por un plástico que seguramente se limpiaban con un detergente con fuerte olor que había sido comprado al por mayor. Los respaldos y asientos de las sillas tenían una protección también de plástico: al moverse uno se quedaba pegado y producía un incómodo ruido.

Me corrijo: de los caballeros de la élite riojana, dijo Rafaeli. Acá se juntan desde la fundación del club los prohombres de la provincia para entretenerse. No se permiten damas como socias. Acá es donde las esposas saben que sus esposos vienen antes de ver a su amante. Acá es donde las amantes saben que sus amantes vienen antes de ver a su segunda amante. Se juega a las cartas por plata, pero nunca desde su fundación hubo una pelea. Son unos caballeritos ingleses, mi querido Tauber. Escuché que había dicho mi apellido y no entendía cómo lo sabía. Estaba seguro que unos minutos antes cuando nos habíamos presentado yo no lo había mencionado. Camille no pareció percatarse de eso. Lo seguía mirando con mucha atención y con algo de fascinación.

Es por eso, seguía Rafaeli, justamente, que se llama como se llama: *Jockey Club*. No es para cualquiera. ¿Entienden lo que les digo? Los dos movimos la cabeza afirmando. Yo a veces no entiendo todo, dijo Camille. Si me pierdo un poco, disculpe. No te preocupés: trataré de ser claro: acá está la *crème de la crème*. ¿Eso se entiende no?, preguntó mirando a Camille y sonriéndole. Ella le devolvió la sonrisa. Gente distinguida, agregó él. Terratenientes, abogados, políticos. ¡Juancito!, gritó Rafaeli. No me dejes mentir, dijo en voz alta para asegurarse que el hombre en la barra escuchase bien. ¿No es cierto que acá los cocineros tienen que saber cómo le gusta exactamente el lomo a cada uno de los socios? Sí señor, se escuchó a Juan responder desde la barra. ¿Y si no lo sirven como corresponde se lo manda de vuelta y no siempre sin un reproche en voz muy alta? Así es, Don Umberto. Es tal cual como Ud. dice. Gracias, Juancito, dijo Rafaeli. Gracias por no dejarme mentir. ¿Entienden lo que les digo? Nos quedamos en silencio.

¿Vieron lo que hay detrás de estas paredes?, preguntó. Le dijimos que no, que solo nos habíamos levantado para ir al baño. Nos invitó a que nos asomáramos a ver. Este es solo el comedor, ya van a ver. Atravesamos la puerta corrediza donde nosotros creíamos que terminaba el lugar y nos metimos en un gigantesco salón de juego.

Unas siete u ocho mesas de juego estaban dispuestas con jugadores. Cerca de treinta personas estaban jugando. Solo se veían hombres. Volvimos a nuestra mesa. Impresionante, realmente, dije cuando volvimos a nuestros asientos.

Rafaeli tomó un sorbo de su trago. Se preguntarán, me imagino, si acaso yo soy también socio de este selecto club. Es una pregunta natural. Efectivamente lo soy. Soy el socio número 14. Pero no soy como ellos: no tengo tierras, no fui a la universidad, no me gusta el poder. Soy pintor. Soy simplemente un pintor. Soy un simple pintor. ¿Y qué es un pintor?, preguntó él mismo. Un tipo que mira y cuenta lo que ve. Un tipo que habla a los demás sobre lo que ve. Tomó otro trago. No soy un buen pintor, agregó, para nada. Pero en este desierto, el tuerto es rey. Hizo una pausa. Me invitaron a ser parte de este grupo, de este club hace décadas. Me acuerdo todavía hoy, miren que han pasado años y me he convertido en este viejo que soy ahora, cómo me vinieron a buscar. Me rogaban que fuera miembro, que participara de las actividades que acá se organizaban. Cuanto más me negaba, más interés mostraban en tener en sus casas mis obras. Llené en poco tiempo las paredes de todos estos con mis pinturas.

Yo, paradójicamente, no quería que les gustara mi obra. Pero el gusto es subjetivo, dijo Camille. Sí pero, si no le molesta que la contradiga, al mismo tiempo, no. Yo sabía que mi obra estaba incompleta, que no estaba bien definida, que no había encontrado un lenguaje. No me subscribía a ningún estilo de los que estaban imponiéndose pero tampoco yo tenía un estilo propio. Sufrí mucho en ese momento. Me esforzaba por llegar a algún lugar pero no podía: vacilaba, dudaba, probaba. Volvía a probar. Volvía a dudar. Todos esos estúpidos debates no ayudaban para nada. El más estúpido de todos era si el arte debía ser abstracto o figurativo. ¿Te das cuenta qué estupidez, no? Bueno, en eso estábamos atrapados. Y algunos más que otros. Dávila, el que pintó algunas de las cosas que Uds. vieron hoy, nos lo decía bien claro. Yo lo escuché acá en Argentina y después en París diciendo lo mismo. Que él no pertenecía a ningún grupo, que convive en solitario, en el silencio de su taller con sus obras, que no hay que traicionarse ni condicionarse por lenguajes que no son propios. Etc., etc., etc. Él lo tenía muy claro. Por eso fue lo que fue. O justamente porque él era lo que era, o asomaba aquel que sería, podía decir eso.

Fue, de todas formas, una etapa de mucho trabajo: durante años pinté día y noche. No paraba. Me levantaba temprano para pintar y no paraba mientras tuviera buena luz. Horas y horas. De todas formas, yo les decía que buscaran otras obras, otros pintores que eran mucho mejores que yo. Otros artistas que entendían mejor lo que pintaban. Les decía que buscaran artistas maduros o que sabía que madurarían. Los intenté conectar con los paisajistas de Chilecito. Ese estilo sabía que les gustaría. Les hablé de Anganuzzi, de Alice, de Osmán Paez. Les recomendé que compren obra de Ruiz Olmedo, incluso del maestro Dávila. Les dije que se iría a valorizar mucho. No sé qué habrán hecho con esos consejos. Tal vez me escucharon y tienen las paredes llenas de esos artistas. Lo cierto es que a mí me pedían mucho. Era dinero, mucho dinero que me entraba. Pero claro, yo era muy joven y ambicioso: no me daba cuenta que me estaban agarrando por los huevos.

Yo no sabía por qué este Rafaeli nos estaba contando esa historia. Era obvio que no éramos simplemente unos turistas que había encontrado en la calle y a quienes refería pintorescas anécdotas de su juventud en La Rioja. Me preguntaba qué era lo que este hombre, ese tipo que se había presentado así, quería. ¿Acaso solo quería pasar tiempo con nosotros o con alguien porque no tenía nada más que hacer? Si no les molesta voy con Uds. a *La Peña del Patio*. ¿Por qué no?, preguntó Camille. Rafaeli se tomó el último trago del whisky. La respuesta de Camille me dejó sin posibilidad de contestar y de intentar escapar del hombre. Tenemos que ir lentamente: a los 82 años, y después de ese accidente con los malditos caballos, ya no puedo andar al mismo paso que Uds. No se preocupe, Don Umberto, dijo Camille, tomándolo del brazo. Nosotros tenemos mucha paciencia. Yo salí detrás de ellos. Cariñito, me dijo Camille girando la cabeza y sonriendo, ¿querés tu libretita?

**

La Peña del Patio era efectivamente en un patio. El edificio era bajo y en el centro tenía un enorme patio embaldosado. Había cerca de veinte mesas y no menos de cien personas. En el perímetro oeste del patio, es decir en el edificio propiamente dicho, había servicio de pizzas y empanadas. Entre el edificio y el patio corrían unas amplias galerías cuyos techos tenían vigas de madera que los atravesaban a lo ancho. Telas de colores colgaban sobre el patio, que contrastaba muy bien con las baldosas blancas y negras ubicadas trazando formas simétricas. En las esquinas se veían grandes jarrones de barro conteniendo cactus que debían tener décadas.

Sin duda, Rafaeli era conocido allí también. Al llegar a la peña, la mujer de la puerta lo saludó muy cariñosamente. Su mesa está lista para Ud., maestro, dijo la mujer. Rafaeli agradeció y dijo que éramos sus invitados. Unos amigos de afuera nos visitan. La señorita es una delicada francesa que se va a enamorar de nuestra música. Camille sonrió. El señor es pariente de un viejo amigo, dijo. Me quedé en silencio sin saber qué responder. Esto ya era distinto: no era que supiera mi nombre, le había dicho a esa mujer en la puerta que sabía algo de mí, algo que no me había dicho. Buenas noches, fue lo único que se me ocurrió decir. ¿Le decís que me lleven una botellita del tinto que me gusta, por favor? Muy bien, maestro. Que tengan una buena noche. Rafaeli nos llevó a su mesa. Anduvimos unos metros por el pasillo. Me puse al lado de nuestro anfitrión. Camille se ubicó frente a mí. ¿Por qué dijo que me conoce?, le pregunté al oído. Ya te vas a enterar de todo. Quedáte tranquilo, me dijo. Tené un poco de paciencia.

La mesa no está tan cerca de los artistas pero, de todas formas, desde acá se ve bien, nos dijo Rafaeli. Vamos a poder hablar más tranquilos. Es una mesa para hablar, para sacar las cosas, para contar historias, secretos. Camille sonrió mientras se ponía de pie para ir al baño. Cuando ella ya se había ido, me preguntó si ella sabía todo o tenía que ser discreto. Me tomó por sorpresa. Le dije que no sabía de qué me hablaba. Para serle sincero, desde que se nos acercó que no sé qué quiere, le dije. Cuénteme, Rafaeli ¿de qué se trata todo esto? Creo que ya estamos grandes para jugar a los detectives, le dije.

Vos que vivís en Europa debes tener el ojo bien entrenado, me respondió. Te pasarás buena parte de tu tiempo yendo a museos y mirando obras magníficas. Me di cuenta que yo tenía apretado el puño derecho con fuerza. Sentía que el tiempo no pasaba. Quería lo antes posible una respuesta a mi pregunta. Y eso, siguió Rafaeli, te habrá hecho hacerte buenas preguntas. Las preguntas adecuadas. Cuando yo viví allí, ese corto tiempo, gasté todo el dinero que tenía y el que no tenía yendo a ver cuadros. Me volví un loco, un fanático. Y empecé a hacerme preguntas. Muchas. Una que todavía hoy me altera es muy sencilla. ¿Cómo se pinta mejor la epifanía de San Pablo? No sé si te la habrás hecho vos. ¿Se lo hace como Luca Giordano, mostrando que San Pablo está cayéndose del caballo? ¿O se debe mostrar, como Murillo lo hace, a San Pablo tirado en el suelo con claros signos de estar en éxtasis? ¿O el que da en el clavo es el genio de Caravaggio inmortalizando el instante en que San Pablo se tapa los ojos? Desde que vi esas pinturas me pregunto qué es una epifanía, dijo Rafaeli. No es joda esta pregunta. Ya estoy muriendo y todavía no lo sé. No recomiendo que nadie tenga este tipo de duda. No entiendo, le dije. ¿Por qué me dice esto, Rafaeli?

Claro: entiendo, me dijo. Entiendo perfectamente que me hagas esta pregunta. Hace muchos años, en el momento en que vendía cuadros, yo fui amigo de un muchacho, un muchacho como vos. Era más joven que yo. Era muy buen mozo y ambicioso. Tenía muchas ideas. Nos hicimos muy amigos. Yo en ese entonces me hacía amigo de todos, como ya te dije antes. Me parece que él también. Así que no fue difícil, dijo. Se acercó una chica a la mesa trayendo una botella de vino tinto y un plato con media docena de empanadas. La bandeja también tenía vasos. Muchas gracias, Luciana, dijo. Deja tres vasos por favor. Los apoyó sobre la mesa y se fue. Vas a probar unas buenas empanadas ahora. Le dije que ya habíamos comido. Ud. mismo nos vio en el *Jockey Club*. No me vas a rechazar estas empanadas, mi querido. Además para que no se te suba el vino, dijo mientras servía las copas. No sea cosa que después pienses que esta noche fue un sueño. O una epifanía. ¡Salud, Tauber! ¡Salud, de verdad! Sentí que esta vez decía mi apellido para provocarme. Era obvio que me conocía y no me quería contar qué más sabía. Yo ya no tenía paciencia. Quise levantarme e irme pero debía esperar a Camille que todavía no había vuelto.

Rafaeli había tenido razón con el horario de comienzo de la peña. Varios hombres habían estado probando guitarras en el escenario desde que nos sentamos. Finalmente, un hombre tomó el micrófono y comenzó a hablar. Describió el programa. No entendí el primer nombre que mencionó. Anunció la actuación de Gaby Arédes y Los Olivareños. Rápidamente le pasó el micrófono a otro que al subir al escenario recibió una fuerte ovación de los presentes. Kike Álamo, dijo Rafaeli. Dicen que es el mejor músico riojano. El hombre empezó con una voz suave y melódica a hablar. Comete una empanada, vas a ver que son buenas. Seguí su orden porque realmente era eso y no una sugerencia y agarré una. Era realmente buena. Ese hombre, dijo Rafaeli volviendo a la historia que estaba contando, se fue metiendo en problemas. ¿Pero quién no en esa época?, preguntó.

Camille volvió a la mesa. Disculpen. Mucha cola en el baño, dijo. No te preocupes, querida, le dijo el pintor mientras ella se sentaba. Rafaeli le sirvió un vaso de vino y le ofreció una empanada. Ya sé que cenaron pero probá una. Camille aceptó la empanada sin quejarse pero rechazó el vino. Estaba, obviamente, mucho más abierta que yo a pasar un buen momento con Rafaeli. Ariel no puede comer muchas, le dijo a Rafaeli. Está a dieta. ¿No, cariñito?, me preguntó. Me gusta mucho esta música. ¡Qué bueno que hayamos venido! ¿Te gusta?, me preguntó. Sí, respondí. Fue una respuesta seca. Y dígame señor Rafaeli, preguntó Camille, ¿qué pinta Ud.? Decime Umberto, le respondió. Camille sonrió. Hace ya mucho que no pinto. Estoy viejo y me canso muy rápido. Además hace tiempo que esta mano no la tengo del todo bien. Extendió la mano derecha. Era grande con dedos largos. Sé que no es una excusa: miren si no a Cándido López. Cincuenta pinturas de la guerra del Paraguay con una sola mano. Si no lo conocés, andá al Bellas Artes en Buenos Aires y ahí vas a ver algo de su obra. Podemos ir mañana que tenemos un rato, dijo ella. Gracias por la sugerencia. Ahora solo dibujo, siguió él. Y no mucho. De chico hice de todo, como todos los artistas. Hizo un silencio. Como todos los artistas, supongo, he tenido diferentes etapas, estilos y temas. Además, entenderás que con los cambios políticos y sociales de este país, los artistas hemos estado muy permeables a, llamémosle, la realidad. Veía el interés con que Camille escuchaba la historia de Rafaeli. Pensé que si hubiera tenido treinta años menos se hubiera ido con este tipo dejándome en la mesa con las empanadas que habían sobrado.

El hombre del micrófono empezó a cantar. Tocaba la guitarra y junto a él otro guitarrista, mucho más joven, lo acompañaba. Supuse que era el hijo. Rafaeli hizo un breve resumen, principalmente para Camille, de la historia de la pintura latinoamericana y argentina. La historia era compleja. Ella le hacía una pregunta tras otra para tratar de entender cada uno de los detalles. Pero todo era muy cambiante. Cambiaba el escenario político todo el tiempo. Seguramente ella no llegaba a entender todo. Entre el ruido, el acento de Rafaeli y la cantidad de datos, no era difícil perderse. Nuevas escuelas aparecían y con ellos escritores, pensadores y pintores. Las influencias habían sido europeas primero y americanas después. Rafaeli aportó muchos detalles cuando habló de los artistas riojanos. Explicó que Miguel Dávila siempre había sido su maestro. Lo había conocido y llegó a trabajar un poco con él. En su momento más creativo viajó a París cuando Dávila estaba allí con Macció y Deira pero no logró abrirse camino y volvió. Había varias galerías dando vuelta; varios paisanos, algunos sefaradís, dijo, pero yo no tuve tanta suerte. No debe ser fácil, me imagino, dijo Camille. No lo es, te lo aseguro. Tampoco lograba, según explicó, encontrarse del todo cómodo en ese estilo, el que estaban creando Dávila y Macció. De vuelta en Argentina, explicó Rafaeli, hice un giro importante. Me entusiasmé mucho con los muralistas de Espartaco. Exhibían mucho. Nos miró como preguntándonos si conocíamos ese movimiento. Los dos pusimos cara de desconocimiento. Llevaban sus trabajos a lo largo de todo el país y fue relativamente sencillo acercarme a ellos. Nombró a varios del grupo pero veo en mi libreta que solo tengo escrito unos pocos nombres: Bute, di Bianco y Lara.

Comimos las empanadas. Si no les aburro sigo un poco más. Díganme si ya están cansados de estas historias. Sé que algunas veces pueden ser aburridas. Lo eran, pensé. Camille sonrió y dijo que por favor siguiera. Nos está dando una lección de arte argentino, dijo. Ud. es el que debería estar cansado y no nosotros. Yo sabía que todo esto eran los prolegómenos para algo. Él mismo me lo había dicho. Era obvio que quería llegar allí, estaba haciendo todo lo posible por estirar lo máximo posible el momento al que me había dicho que llegaríamos. Tal vez era porque no tenía nada que decirme. Nunca me diría nada. Me quedaría con las dudas para siempre. Nos explicó que fue en un tiempo después de volver de París que empezó a notar que su estilo no terminaba de conformarse y sabía que estaba en un momento peligroso:

debía hacer una apuesta fuerte por lo que haría en el futuro. Y entonces me sentí atraído por los trabajos de esos muchachos y por allí fui. Fue una pésima decisión, dijo. Hizo un silencio. Miró el centro de la mesa. Tomó un poco del vino. ¿Por qué fue una mala decisión?, preguntó Camille. Dudó unos segundos cómo responder. Le pregunto pero no tiene que responderme si le incomoda, dijo Camille. Las razones, explicó Rafaeli, son muy complicadas pero esencialmente todo voló por los aires cuando la situación política se empezó a complicar. ¿Vos sabés todo lo que pasó acá? Sí, le dije en nombre de Camille. Hemos hablado un poco de historia. Algo conoce, me vi obligado a decir. Sé lo que pasó durante la dictadura, perfectamente, acotó ella.

Después de un silencio de unos pocos minutos y algunas pruebas de sonido, un grupo más numeroso subió al escenario. El locutor los presentó. Hubo una pequeña ovación. Subieron al escenario con el apoyo del público. Los Olivareños empezaron a cantar con más ritmo y fuerza que el artista anterior. El patio estaba lleno. Se veía mucha gente caminando por las galerías que rodeaban al patio. Había familias, grupos de amigos. En todos lados se escuchaban conversaciones en voz baja. De alguna mesa venía una carcajada. La gente estaba feliz. Estas peñas eran un éxito, pensé. Noté en la pared a mi espalda un poster anunciando la final del concurso provincial del festival de Malambo cuyo ganador representaría a La Rioja en el Festival Nacional de Laborde. El segundo de los temas que tocaron Los Olivareños fue, probablemente, una chacarera. Una pareja del público se dirigió al espacio que había entre el escenario y las mesas y empezó a bailar. Tenían pañuelos que agitaban al bailar. Después se animó otra y luego otra más. En pocos minutos era una verdadera fiesta. La gente se empezó a poner de pie, seguir el ritmo, aplaudir, canturrear.

Rafaeli pidió otra botella de vino. Se acercó a la mesa Kike Álamo y abrazó a nuestro anfitrión. Nos estrechó la mano a mí y a Camille. Ella aprovechó para ir a pasear por el recinto, quería ver a los cantantes de más cerca.

Cuando el cantante se despidió de Rafaeli, miré el reloj. Era casi la una y cuarto de la mañana. Al otro día teníamos nuestro vuelo temprano. Miré para ver dónde estaba Camille. Estaba en un rincón cerca de la zona donde la gente bailaba. Le dije a Rafaeli que estábamos cansados y nos teníamos que ir. No se preocupe por nosotros, nos tomamos un taxi y volvemos a casa, le dije para dar por terminada la noche y que no se viera en la situación de tener que proveernos asistencia que alargase aún más la noche. Fue un placer conocerlo. Que disfrute mucho la noche con sus amigos. Estoy seguro que lo que me iba a decir puede esperar para la próxima vez que nos veamos.

No creo, dijo. Ahora la zona de baile estaba llena. Las colas para comprar empanadas y pizza eran largas. Se veía a la gente con botellas de vino yendo de un lado a otro. La calma y el orden que el lugar tenía a nuestra llegada se habían transformado en movimiento y vitalidad. Parecía un hormiguero. Yo fui amigo, más que amigo de tu tío, dijo Rafaeli. Vos no me vas a creer porque ni yo mismo le creí a él. Pensé que había tenido un ataque místico o algo así pero me lo advirtió. ¿Sabes qué?, preguntó. Él lo sabía, dijo Rafaeli: me dijo que en algún momento vos vendrías a buscarlo, que no resistirías la curiosidad. Esto Rafaeli me lo dijo cambiando el tono. Se volvió mucho más seco, áspero. Pensé que ya no era más el hombre seductor que había atrapado a Camille. De repente, en dos oraciones, se había transformado en algo distinto. Hiciste muy bien aguantando cuarenta años, me dijo. Calculo que debés tener esa edad. Pero finalmente viniste. Él dijo que eso pasaría, cerró Rafaeli. No sé de qué habla, Rafaeli. Tu tío siempre me habló de vos, Ariel. Con o sin la cuestión mística pero siempre me habló de vos. No entiendo pero solo sé una cosa: no vine acá a buscarlo a él. No vine a buscar a nadie. No sé ni de quién me habla. Vine acá de vacaciones. Pensé entonces si haber venido acá no tenía algo de destino: primero Jaime, después las fotos. Yo siempre me había dejado guiar sin tratar de pensar qué significaba cada cosa que iba viendo. Tomé un poco de vino. Pensé que lo que había pensado era ridículo: todo era casualidad. Elegiste venir acá, elegiste quedarte escuchándome esta noche, estás eligiendo no irte ahora, enumeró Rafaeli. Podrías en este momento levantarte, estrecharme la mano y decirle a tu pareja que se van. Pero te quedás. Y hacés bien. Rafaeli me sirvió más vino. Se tomó su vaso de vino. Dejá de mirar dónde está la chica. No te preocupés: va a estar bien. Concentráte, por favor, en lo que tengo que contarte.

Pensé, entonces, si yo no tenía también en la cabeza una idea parecida a la de Rafaeli. ¿Pensaba yo que todo esto en algún momento terminaría pasando? Estaba, si no convencido, al menos no sorprendido de que toda la historia de la familia no fuera a quedar oculta por siempre. El problema era que no estaba esperando que saliera a la superficie ahora. Y mucho peor: no sabía qué hacer con ella. Otro grupo empezó a tocar en el escenario. ¿Qué sabe de mi tío, Rafaeli? pregunté resignado, ansioso y, sobre todo, temeroso. Nadie, en verdad, supo mucho de él, empezó a explicar mientras yo miraba la carpeta marrón que había apoyado en la mesa. Me costaba mirarlo a la cara. Es como esos personajes de las novelas modernas, dijo. Esos que hasta el último párrafo no sabés quién es. O qué hizo. Hasta el final no sabés si mató o no a alguien. Rafaeli hizo un silencio. Tu tío sabía contar historias, poniéndole ritmo y dando vueltas para que el oyente no perdiese la atención y se entregase por completo al que cuenta. ¿Todo lo contrario a mí, no? No es que yo lea mucho ahora pero alguna que otra cosa, leo. ¿No serás vos uno de esos escritores, no? No, Rafaeli, no soy escritor, le contesté en forma violenta. ¿No irás vos a escribir esta historia, no? No voy a escribir esta historia, dije. Te lo preguntaba porque parecés uno de esos escritores. A mí me da lo mismo si escribís esto o no: yo ya estoy más cerca del arpa que de la guitarra. Tomó su vaso. Vos estás muy lejos todavía pero a partir de cierto momento, mi querido, ya pocas cosas te importan. ¿Te parece que me importan muchas cosas? ¿Te parece que ahora, justamente, debería guardarme a silencio y ser, por ejemplo, sutil? Seguro que a tu tío le hubiese gustado que se escribiera esta historia. Es su historia, después de todo. Además, también es la tuya. Pensálo. ¿Qué es algo si nadie lo ve? ¿Qué es algo si nadie lo conoce?

El nuevo grupo sonaba muy bien. Él fue casi un hombre invisible, siguió Rafaeli. Pero yo sé algunas cosas. Nos pusimos en contacto a través de algún amigo en común. Nos empezamos a ver seguido. Yo entonces estaba viviendo por temporadas en San Juan. Él no hacía mucho que andaba por allá. Las cosas se empezaron a poner difíciles. Los milicos llegaron y mostraron los colmillos sin ningún tapujo. Igual, todo estaba muy feo desde hacía un tiempo. Eso lo sabés muy bien. Algunos boludos seguíamos como pajarones soñando con la revolución cubana. Ni bien nos hicimos amigos, me contó la historia de su familia. La mantenía en secreto o eso parecía. Me pidió mucha discreción. Yo ya sabía que andaba metido hasta el cuello y que algo raro pasaba. Seguro que él sabía que yo sabía que él estaba, digamos, comprometido. ¿Qué historia de la familia le contó?, pregunté. La que todo el mundo repetía, me respondió. Que se había peleado con sus padres por la mujer. Sobre todo con su madre que parece que ella era terrible. Que como eran judíos no aceptaban que la mina no lo fuera. Y que había llegado acá para empezar esa nueva vida que se merecía. El mismo decía *que se merecía*.

Rafaeli tomó más vino. Era un formidable actor, dijo. ¡Qué hijo de puta!, rió. Me contó que al llegar se había cambiado el nombre, se lo había hecho menos judío, más alemán. Me dijo que eso había sido común durante toda la historia, siguió Rafaeli contando. Recitó los movimientos que algunos grupos de judíos habían tenido con los siglos, y cómo algunos apellidos habían cambiado. Yo lo escuché con mucha atención, me dijo Rafaeli, pero obvio que no le creía una palabra. Me llevaba de acá para allá cuando hablaba. Era un encantador de serpientes. Sabía que había gato encerrado. Me describió incluso las jerarquías de la caridad que había hecho Maimónides. Decía que se hablaba mucho de ello en su casa y que no dejaba, ahora, de resultarle paradójico. No conocía el tema y le pedí más detalles. Me explicó que la más básica era aquella en que los que donan lo hacen esperando que sus nombres aparezcan mencionados en algún lugar, que sean puestos en una placa, por ejemplo. En el otro extremo, me explicó, estaba la más pura de las formas de la caridad: aquella que es totalmente anónima. Tradicionalmente la forma más pura se materializaba de la siguiente manera: en los *shtetls* se organizaban colectas anónimas. Se tocaba la puerta y al abrir te daban una bolsa con dinero dentro. Los dueños de casa se iban al interior de su hogar, cerraban la puerta y allí adentro ponían o sacaban dinero. Lo hacían según fueran sus necesidades y sin que nadie supiera.

Yo sabía que me estaba intentando usar para salvarse, siguió Rafaeli. Me estaba mintiendo con todo y yo hacía que le creía y, sobre todo, que no me daba cuenta que él se había dado cuenta que yo no le creía. Había creado una vida falsa para contarme a mí para que yo, a su vez, pudiera interceder por él. No entiendo qué me está diciendo, Rafaeli. ¡Despertáte, Tauber!, me dijo. ¿Tanto te cuesta entender? Los dos, dijo, estábamos hasta las bolas. Sabían en qué andábamos y nos tuvimos que convertir en informantes de los milicos. Él sabía que yo era un buchón pero se hacía el boludo conmigo. Estaba en juego mucho: lo tenían agarrado por las bolas con sus hijos. A la mujer ya la habían borrado y sabía que si no obedecía los iban a liquidar a los tres, a él y sus dos hijos. Me vino a la cabeza Sabrina y todo lo de la noche que había pasado con ella. Recordé la primera vez que había escuchado hablar del primo que tenía. Había sido Laura quien lo había mencionado, había sido al pasar cuando tuvimos que hablar de la herencia. Todos los trámites con los abogados y escribanos habían sido para evitar que recibiera la parte que le correspondía de la herencia. Pero Laura se refería solo a uno, a ese que de chico se había ido a vivir afuera. Ni siquiera estaba presente en la cabeza de Laura un segundo primo. Y yo había oído de boca de Sabrina que ese primo cuyo nombre ni siquiera sabía tenía una hermana: ella misma. Trató de aguantar lo más posible pero no pudo mucho, siguió Rafaeli. Tu tío trató de engañar a todos todo el tiempo pero no lo logró. No era fácil, dijo.

¿Y qué pasó?, preguntó rápidamente para poder seguir desarrollando su argumento sin que yo interfiriera. Miré al escenario y no la vi a Camille. Había gente bailando pero no mucha. Lo peor que podía pasar, siguió Rafaeli: fue entregando uno por uno. Primero a la francesa, después a Moroy, después creo que a Margarita. Incluso lo hizo tan bien, lo fue haciendo tan bien que llegué a pensar que él había logrado engañarme haciéndome creer que yo sabía todo. Fue ahí cuando pensé, incluso, que al llegar a San Juan ya estaba trabajando para los milicos. Que había llegado acá con esa misión. Y todo era una pantalla. ¿Podía ser?, preguntó. ¿Cómo nos imaginamos cosas, no?

No entendía todo lo que me había explicado. No sabía si las lagunas en el relato de Rafaeli eran omisiones deliberadas o simples olvidos. Tampoco terminaba de entender qué era real y qué lo que él había pensado. ¿Y Ud.?, pregunté. ¿Yo qué?, preguntó. ¿Ud. también sobrevivió, no? Volví a mirar al escenario. Hacía unos minutos que no la veía a Camille. La había perdido de vista. Me preocupé por saber dónde estaba. Lo único que faltaba era en este viaje que le pasara algo. También tuve que hacer algunas cosas feas, siguió Rafaeli. Tuve que trabajar para todos. Ahora se hacen todos los demócratas. Esa mierda del *Jockey Club*. Me comí, de todas formas unas palizas. Me mostró la mano. Nunca más pude pintar bien. Ponían música para que no se escuchara nada. Palito Ortega, Sandro. Subían la radio. Esto no se lo cuentes a ella, se va a asustar. ¿Le vas a contar todo esto a ella?, me preguntó, usando un tono más suave, más paternal. No sé, le dije. Como se dará cuenta tengo mucha información que procesar. Y no va a ser fácil. Yo vine acá de vacaciones. Pensé si contarle todo lo que había descubierto esos días a Rafaeli. Y pensé si contarle esta historia a Camille cambiaría algo. A esa altura le había contado algo pero no tenía por qué seguir dándole más información. Esa pregunta me hizo pensar qué es lo que yo quería con Camille. ¿Sería ella, acaso, la persona que finalmente me ordenaría la vida?, me pregunté. Inmediatamente me dio vergüenza estar pensando en eso. En algo que parecía tan pueril, personal, tan egoísta. Pensé que Rafaeli se habría dado cuenta de mi momento de vulnerabilidad y haría lo que quisiera conmigo así. Me llevaría como a un cordero al sacrificio. Pero no. No se había dado cuenta de nada. Estaba muy concentrado en su historia, en su propia historia. Yo vine de vacaciones acá y me encontré con todo esto, dije para reforzar mi punto anterior.

Dejame seguir, me dijo después de un breve silencio. Un poco más, al menos. Estamos llegando al final, a la mejor parte. Y en un momento, voló. El pícaro de tu tío se fue. Se logró ir. Encontró la forma de escaparse. No quise saber cómo, me dijo. No le pregunté tampoco en esa última oportunidad que tuve. Tal vez fue mejor así. Si no todo hubiera corrido incluso más riesgo. Vino una noche y me dijo: Rafaeli, me voy. Sabía que si no se iba lo iban a agarrar de cualquiera de los dos bandos. Para unos era un traidor; para los otros estaba muy junado. Yo, siguió Rafaeli, no sabía qué hacer mientras me contaba eso: no sabía si me lo decía para que lo dijera o para que lo callara. Esa reunión fue en mi casa. Hablamos con poca luz: solo teníamos un velador encendido. Era de noche. Pusimos un disco que escuchábamos seguido. Casi cada vez que venía a casa: el concierto número uno de Béla Bartók. Tenía la versión por Géza Anda de *Deutsche Grammophon* grabada en 1960. Era una joya. Tengo todo arreglado: los chicos van a estar bien, me dijo tu tío. Ya se lograron ir, me confesó. Salieron ayer a la noche. Deberían estar camino a México. Unos amigos me dieron una mano. Y se fue. Yo sabía que al irse, al desaparecer así, me estaba pegando una cuchillada pero ¿qué podía hacer? Yo era, digamos, su garante con los milicos. Géza Anda, el pianista húngaro, había muerto unos meses antes. Nos habíamos enterado por los amigos que yo todavía tenía en Europa. Al irse, tu tío me hizo una pregunta. Una pregunta que ahora, me doy cuenta, es importante ¿Te parece que Géza Anda será recordado como un genio o su figura desaparecerá y en pocas décadas nadie sabrá ni siquiera quién fue? Eso fue lo último que escuché salir de su boca.

Pero lo entendía, siguió Rafaeli. Tenía una vida que vivir, unos hijos que defender. Una historia que escribir. Una historia que nunca, por cierto, fue escrita. Su escape fue triste para mí. Él sabía que yo terminaría sobreviviendo, que excepto que a alguien sin cabeza se le fuera la mano, yo, finalmente, estaría bien. Yo sabía que él se iría a cualquier lado, a Suecia, Francia, Inglaterra, Israel, México...cualquiera de los países que recibían exiliados. Pero torpemente pensaba que estando cerca yo podría defenderlo mejor. Tenía esa sensación que claramente era un error. Yo no podía defenderlo ni bien, ni mal. Simplemente no hubiera podido hacer nada por él. No hubiera podido siquiera lograr que nadie, ninguno de los que yo conocía le pudieran dar una mano. Pero en ese momento no lo sabía. No sabía nada. Incluso pensaba que necesitaba mi ayuda. Era muy inocente yo entonces. Creo que todos éramos muy inocentes.

Yo me había encariñado mucho con él y sabía todo, todo sobre su vida. Sobre su vida de verdad, de la verdadera. Durante esos meses que pasamos juntos, él había hecho todo lo posible para irme contando en forma paralela a la vida inventada, la vida verdadera que había vivido. No solo lo que andaba haciendo por acá, engañando a todo aquel que se le cruzara por el camino, sino lo que realmente había pasado. Y aquello donde más le apretaba el zapato: la historia de su familia. Y, obviamente, la historia de Dunkel, dijo. Me vino como una flecha a la cabeza el recorte con la publicidad de *Sastrerías El Elegante Inglés*. Cuando mencionó eso, no pude dejar de pensar en el cuadro de la noche anterior. Recordé la firma. La U.R. y el año. Eran sus iniciales, Umberto Rafaeli. Y entonces me vino a la cabeza el cuadro en forma bien nítida, cada uno de sus componentes, los objetos, la escenografía. Y la gran incógnita: el hombre rubio dentro del cuadro. Me sentí incómodo con esta historia de Rafaeli. Ahora de la nada, aparecía este Dunkel. Dunkel, me repetí para mí mismo. ¿Por qué aparecía este nombre acá?, me pregunté. ¿Por qué salía de la boca de Rafaeli ese nombre que hasta ese momento solo había visto escrito en un viejo anuncio de diario de la comunidad alemana de, vaya a saber uno, la década de los cincuenta? Creo que todos éramos muy inocentes, había dicho unos segundos atrás Rafaeli. Tal vez tuviera razón.

Ahora, viendo estas notas entiendo algo que esa noche no pude darle forma en mi cabeza. Aunque toda mi vida yo había tratado de escapar de mi familia, de alejarme, de tratar de hacer mi vida por mi cuenta, eso lo hacía porque sabía que había una forma de volver atrás. Existía siempre la posibilidad de volver a casa, de volver a cenar con mis padres. Pero, aunque suene muy estúpido, creo que me di cuenta mientras Rafaeli me hablaba que yo ya no tenía forma de volver. Con la reciente muerte de mi madre esa puerta se había cerrado para siempre. Quería ahora decidir qué es lo que haría con mi familia pero sabiendo que las opciones eran ya limitadas. Y no quería ver que más puertas se cerraran.

**

Camille se acercó de repente a nuestra mesa y me dijo que se quería ir. La vi agitada, nerviosa, un poco desencajada. Le dije que esperara un poco más y al oído me dijo que unos hombres borrachos le habían tocado el culo y la habían intentado manosear. Había logrado escabullirse pero era mejor irse. Me puse muy nervioso. Salté como un resorte de la silla e iba a salir a buscar a eso tipos pero Camille me agarró del brazo. ¿Pasa algo, Tauber?, me preguntó Rafaeli. Camille me dijo al oído que no quería una pelea. Están borrachos, me dijo. Traté de buscarlos con la vista. Miré hacía donde Camille me había señalado. Ella me dijo que quería que nos fuéramos ya. Le dije que sí. No sabía cómo terminar la charla con Rafaeli. Y tampoco quería hacerlo. Quería entender algo. La miré a Camille y al verla nerviosa le tuve que decir a Rafaeli que ahora sí nos teníamos que ir. ¿Te aburriste con lo que te digo?, me preguntó. Pensaba que me había terminado de hartar, de agobiar con su historia. Le dije que no, aunque no sabía qué decirle. En ese momento Rafaeli estaba también bastante borracho. Teníamos que irnos para evitar que todo terminase mal, mucho peor.

Esperá un segundo, me dijo, que te quiero decir algo más, lo último. Ya no tengo tiempo, Rafaeli. Dejá que la chica se vaya a la puerta, ahí va a estar bien. Te quiero dar algo a vos, me dijo. Me hizo una seña con la cabeza como para que la sacara a Camille de la mesa. No sabía qué hacer. No podía pedirle que nos dejara solos después de lo que había pasado. En ese momento pasó Luciana. Rafaeli la agarró del brazo. ¿Luciana, me haces un favor? Acompañala por favor a esta chica hasta la puerta. Y quédate con ella hasta que consiga un taxi. A esta hora hay que empezar a tener cuidado. Ella te acompaña a la puerta, Camille, le dije. Pedí un taxi que ya voy. Esperame dentro del auto. Vi que Camille accedió sin grandes problemas.

Valiente la piba, dijo. Creo que te conseguiste una flor de mina, me dijo. Se intentó levantar. Le costó mucho ponerse de pie. Cuando lo logró hacer, abrió la carpeta y de ella sacó una foto. Creo que era lo único que contenía. Tomá, quiero que la tengas, me dijo. Yo pinté este cuadro y se lo di a tu tío. No soy tan inocente: sé que era pesado emocionalmente. Pero en ese momento, cosas así nos servían. Sé que al escapar no se lo llevó pero que después logró hacerse con él. Sé que el cuadro fue destruido en uno de los viajes que él hizo. Miré la foto. Sentí que un escalofrío me corría por la espalda. Era el cuadro que Sabrina me había mostrado dos noches antes en *Lo de Pavón*. ¿Está seguro, Rafaeli, que está destruido? Sí, contestó. Es una pena porque es hermoso, dije para evitar que sospechara lo que sabía. ¿Cómo sabe que está destruido?, preguntó. ¿Le parece que alguien que escapa, que es un escapista como Braunm va llevando siempre consigo un cuadro de semejante tamaño?, le quise preguntar. Me vino a la cabeza una imagen de Braunm, el hombre que cambiaba de nombre y de país perseguido por tirios y troyanos llevando consigo un cuadro de cinco metros cuadrados con colores y figuras estridentes al pasar por las aduanas. Todo me parecía ridículo. Era como esas obras surrealistas. ¿Podía haber tantas confusiones en hechos tan simples? El cuadro estaba a 200 kilómetros de ese lugar y, quién sabe, tal vez durante cuarenta años puede que hubiera estado a diez cuadras de donde estábamos nosotros.

Me pareció ver a dos hombres que me miraban. Me empecé a poner bastante nervioso. Los hombres mirando y el cuadro que según Rafaeli había sido destruido y que yo sabía existía, me alteraban mucho. Pensé que esos serían los que habían tocado a Camille. Estaban al borde del escenario, a menos de quince metros de donde estábamos nosotros. Estoy seguro: me lo dijo él mismo, me respondió Rafaeli. Me lo dijo tu tío en una de sus cartas. Me mandó una carta explicándome con lujo de detalles cómo se había destruido. Esto, lamentablemente, es lo único que queda del cuadro: la foto del cuadro. Quiero que la tengas. Así como tu tío tuvo el cuadro quiero que vos te quedes con esto. Extendí la mano y agarré la foto. Dudé si decirle que el cuadro existía. Que todo esto era una mentira. Que él mentía o a él le habían mentido. Tal vez mi tío era el que había mentido. Sentí cómo el vino se me subía a la cabeza. Miré hacia el escenario y vi que los hombres se habían movido. Estaban más cerca de nosotros. Temí que me diera un ataque de vértigo. ¿Rafaeli, conoce a esos dos?, le pregunté señalando sin ningún pudor hacia donde estaban los hombres. ¿Quiénes?, dijo. Miró hacia donde le señalaba. Sí, ¡cómo no! Los hermanos Vidaurre, dijo. Deben andar en pedo, nuevamente. Son pendencieros. No son para vos esta noche: ya bastante tenés vos como para andar preocupándote con esos, me dijo. Le di la mano. Gracias por todo, le dije.

Al llegar a la puerta vi que Camille estaba parada junto a un taxi. No quise que viera la foto así que la doblé para que me cupiera en el bolsillo de la bermuda. Metete en el coche. Ya vuelvo, le dije. Tengo que preguntarle algo a Rafaeli. Volví a entrar y fui hacia la mesa. Al pasar por el pasillo vi que los hermanos Vidaurre estaban en el patio frente a mí. Si no giraba y daba una pequeña vuelta iba a pasar junto a ellos. Tenía que evitar esa situación. A cualquier provocación, supuse, harían algo. Creo que al verme lanzaron una carcajada. Creí ver que me señalaban. Decidí ser prudente y dar la vuelta. Tenía razón Rafaeli, no valía la pena nada más durante esta noche, durante este viaje.

Cuando llegué a la mesa lo vi terminándose la botella de vino. Discúlpeme, Rafaeli, pero me quedé con una duda. Es bastante estúpida pero es una duda que tengo. Decime, me respondió. ¿Ud. siempre andaba con esta foto encima por si se topaba conmigo? No, querido. ¿Cómo se te puede ocurrir eso? Obvio que no. No me vayas a tomar por un charlatán o un estúpido. ¿Y entonces?, le pregunté señalándole la carpeta. Claro: vos querés entender todo. Buenos: si es así, te lo explico y te quedás tranquilo. Hoy cuando estabas almorzando pasé por la ventana de *La Virgen de la Aldea* y te vi. Tu cara me resultó conocida. Vi algo que me resultaba familiar. Me senté en una mesa cercana a vos para poder verte. Te miré y miré tratando de saber quién eras. Pero lo loco es que el sentido que me ayudó no fue la vista, el que más entrenado tuve toda la vida. Fue el oído. No sé si lo sabés pero tenés la misma voz que tu tío; hablás igual. Y sobre todo la misma manera de reír. Cuando te escuché riendo ya no cabía duda. Me dije: claro, es un Braunm. Es igual a Braunm.

Te vi pagar con tarjeta y entonces le pregunté al dueño que me dijera tu nombre. Todo el mundo me conoce. Ahí lo confirmé. No eras su hijo pero sabía quién eras. Supuse que darías vueltas todo el día por la ciudad. Un museo, dos. ¿Qué más podrías hacer? Los escuché planificar un poco. Me di cuenta que ella es francesa. Llovía, andabas con papeles, mapas, qué se yo. Habían mencionado el Jockey durante el almuerzo y supuse que allí irían a cenar. Fui a casa y busqué la foto y me preparé. Hace unas horas llamé al Jockey y pregunté si andabas por ahí. Con esa pinta, con ese chaleco, bermudas y zapatillas rojas no es fácil confundirte. Les dije que me avisaran si entrabas. Eso hicieron. Me confirmaron que estabas allí comiendo vacío al horno, agregó como para rematar. Me dije que todo iba a ser más fácil de lo que había supuesto, agregó. Yo me quedé helado. ¿No me diga que también estudió la poesía especialmente para recitársela a Camille? ¿Qué te hace pensar eso?, me preguntó. Siempre me gustó mucho Pierre de Ronsard. ¿Acaso mi francés no suena bien? Decidí no responderle aunque me quedara sin saber cuál era la respuesta.

Ya que volviste, dejame que te diga una cosa más. Es sobre la mujer esa que está en el cuadro, movió la mano como pidiéndome que sacara la foto. Apúrese, por favor que mi novia me está esperando sola, le dije. Le mostré la foto y él señaló a la mujer. ¿Sabés quién es? ¿La podés reconocer?, preguntó. Miré con atención. No había mucha luz. Daba lo mismo: la noche anterior al verla, tampoco había sabido quién era. No, no sé quién es, dije. ¡Era bien vivo tu tío: era una amante que tenía! Pero no era cualquiera: era una que usó para protegerse, también. Para protegerse de los milicos y del bolonqui familiar que tenía. Mató así dos pájaros de un tiro. No era nada boludo. Tal vez alguna vez llegues a conocer esa historia también. Ya vas a ver que esa mujer también ya se debe haber vengado. No sé cómo pero de alguna forma. Debe estar enterrada hace años. ¿Algo más, Rafaeli? No vaya a ser que se quede con algo en el tintero. Se lo dije sin poder contener mi bronca y enojo. Deseé que se muriera allí. Bueno querido, acá se acaba mi parte. Espero haberte ayudado. No sabía cómo despedirme. ¿No me vas a decir adiós?, me preguntó. Yo estaba pensando cómo estaría Camille. Si estaría nerviosa en el taxi. Gracias, le dije, muchas gracias por todo. No seas rencoroso: yo no escribí la historia. Las cosas pasaron así: yo solo te lo conté. Soy el mensajero, simplemente eso. Si nada de esto te gusta olvídalo, pensá que no ocurrió. Cubrite los ojos como el San Pablo de Caravaggio. Hizo una pausa por unos segundos. Aproveché ese instante para irme. Me había dado vuelta cuando me volvió a hablar. Dame un abrazo, por favor, me dijo en voz suave pero firma. Tal vez vos seas la última persona en mi vida que me abrace. Tragué saliva. El viejo me estaba engañando con todo pero al mismo tiempo lo hacía muy bien. Lo abracé. Abrazás igual que él, dijo. Fue un abrazo que no supe que sentí. ¿Sabes lo que terminó pasando con Géza Anda?, me preguntó. No, ni idea, le dije. No es visto ni como un genio ni cayó en un total olvido. Es un pianista más. ¿Lo que es la vida, no? Respiré hondo y me fui. Quise correr pero solo aceleré el paso. En el pasillo estaban los Vidaurre. Había luz y varias personas. ¡*Bon nuit!*, me gritaron a coro al pasar junto a ellos. Me asusté pero ni siquiera quise levantar la vista. Sonaron unas carcajadas que pude oír desde la puerta. No me di vuelta.

Camille estaba esperándome en el taxi. Me subí e indiqué la dirección de la casa en que estábamos parando. La abracé y le pregunté si estaba bien. Me dijo que sí. Se la notaba tranquila. El taxi atravesó buena parte de la ciudad. Me pregunté en el trayecto cómo durante la noche, cómo durante el viaje podía haber aparecido una mentira detrás de la otra. Mentiras que aparecían sin ninguna necesidad. Le pedí a Camille que me diera la libreta que tenía en su cartera y empecé a escribir durante los últimos minutos del viaje en taxi. Ya estábamos en la parte final de esa avenida que iba hacia el cerro. No quería olvidarme de ningún detalle y transcribí lo mejor que pude el diálogo con Rafaeli. En parte del texto la escritura es casi ilegible. El movimiento del taxi no me permitió hacerlo mejor pero no me quería olvidar de nada. Estoy seguro, de todas formas, que algunas cosas pueden ser confusas y son incorrectas. Seguí escribiendo cuando llegamos a la casa en que estábamos alojados. No paré hasta cerca de las cuatro de la mañana cuando terminé escribiendo ese extraño abrazo a Rafaeli. Dormí solo dos horas porque nos levantamos a las seis para tomar el vuelo a Buenos Aires que salía a las ocho con escala en San Juan. Allí, justamente donde nuestro viaje había empezado, subió la pareja con la cual habíamos coincidido en nuestro vuelo de ida. Él tenía la misma camisa, la elegante camisa. El círculo se cerraba. El cierre era raro; raro con el acento de Camille pero, al menos, se cerraba. O eso yo quería pensar. Me hice el dormido para evitar hablarles. Sabía que nada sería fácil de explicar. Y que además todavía no me había encomendado a ninguno de los santos, tal cual la mujer me había prudentemente sugerido.

Ezeiza

Sostengo la libreta roja con dos dedos. Tengo cuidado: no quiero tener que pedirle auxilio a Camille. Y menos ahora, después de todo lo que me ha dicho. La libreta está abierta en la página que tiene el último de los títulos escritos: *Ezeiza*. Nunca me gustaron los aeropuertos. O mejor dicho, desde que vivo afuera que no me gustan. De chico sí que me gustaban: era el lugar donde empezaban los viajes para ir a visitar a Mickey Mouse. Pero eso, claro, duró unos pocos años. Al estar afuera, el aeropuerto fue convirtiéndose en el lugar que te une a los lugares a los que uno no quiere unirse. Es el espacio que uno atraviesa para tener que encontrarse con las consecuencias de las noticias que llegan por mail o *WhatsApp*: nacimientos, casamientos, divorcios, enfermedades, muertes. Los aeropuertos, a diferencia de lo que automáticamente se piensa, no son solo lugares que uno usa para irse: son, sobre todo, lugares que uno usa para volver. Y cuando se vuelve, se vuelve a lugares o momentos que no son siempre los que uno quiere. O que no son como uno espera que sean.

Justamente algo así había pensado al recorrer el Hotel de Inmigrantes. Eso es lo que le comencé a explicar a Camille mientras esperábamos para embarcar. Estábamos en la sala de espera de la puerta 14 en Ezeiza. Había mucha gente y bastante movimiento. Los pasajeros hacían sus compras de último momento: alfajores, dulce de leche, vinos Malbec. Algo que los uniera con esa tierra que en pocas horas dejarían atrás. No había tenido tiempo de hablarle a Camille desde que había vuelto de hacer mis cosas esa mañana en Buenos Aires, la última del viaje. Le conté lo poco que había aprendido ese día sobre el famoso Hotel. Cuando estuvo en pleno uso, le expliqué, el complejo había tenido varios edificios: el hospital, el depósito, los baños, los edificios administrativos y el hotel propiamente dicho. Actualmente, el único edificio que se puede visitar como parte del museo es el del hotel. Es un edificio grande de tres plantas. Hice un silencio. Busqué mi libreta roja en mi mochila. Desde los lugares en que estábamos sentados se veía la pista y algunos aviones. Todo parecía chico, en comparación a los aeropuertos de Europa, en particular a Heathrow. Además, el sol fuerte hacía que todo luciese menos real. Los aviones reflejaban la luz. A lo lejos, más allá de la pista, se veía una frondosa arboleda. En poco tiempo embarcaríamos en el avión que ya estaba allí y todo este viaje, finalmente, se terminaría. La encontré y la saqué de la mochila. Lamentablemente yo no lo pude visitar porque era sábado, le dije. Pero, al menos, lo pude recorrer muy rápido. Esa es otra historia, tal vez para cuando tenga todo pensado y bien digerido, le dije mientras abría la libreta donde la tenía marcada.

Como parte de las reformas para inaugurarlo como museo habían construido un ascensor exterior. Yo, sin embargo, había decidido bajar por la escalera cuando, con todos mis papeles doblados y en una bolsa de la tienda del museo, me despedí de Esteban y Emilio. Las escaleras eran anchas y estaban muy iluminadas. Algunas secciones estaban gastadas: miles, millones de pasos se habían dado sobre algunas de esas baldosas. La luz provenía de unos amplios ventanales que estaban en cada uno de los descansos. Cada una de estas debía medir más de tres metros de altura y cerca de dos metros de ancho. Las ventanas miraban al gigantesco Río de la Plata. Era una típica mañana de noviembre con una temperatura agradable pero que, sin duda, subiría. Había un sol fuerte que con el paso de las horas reforzaría el calor. Desde el descanso entre el segundo y tercer piso la vista era amplia, muy amplia. El río dominaba todo el paisaje. El agua color marrón se agitaba suavemente.

Al bajar, me detuve unos segundos. Quise contemplar nuevamente el bloque de agua que estaba moviéndose apaciblemente frente a mí. Sabía que no tenía mucho tiempo. Camille me estaba esperando y seguramente, al no saber nada de mí se estaría poniendo nerviosa. Pero quería darme ese último lujo: no sabía cuándo sería la próxima vez que estaría en Buenos Aires. Y era, sin duda, una linda imagen para guardar. Una imagen, además, consistente con todo ese viaje. Al pararme frente a la ventana, imaginé el movimiento que habría habido allí cuando llegó el *zeide* en abril del 26. Miles de personas llegando allí. Personas viniendo de todos lados. Barcos con nombres extraños atracando sin cesar. Varios idiomas resonando en cada sala. Los recién llegados irían de un lugar a otro del complejo sin saber muy bien para qué lo hacían. Aquellos ya instalados escrutarían a los que desembarcaban en busca de sus paisanos, de caras conocidas, de noticias. De algo, de cualquier cosa que viniera de lo que había sido casa. Los que llevaban más tiempo esperarían que finalmente alguien los recomendara para un trabajo para realmente comenzar una nueva vida. Para comenzar con el sueño argentino, para hacerse la América.

El *zeide* había pasado por estos salones y había estado en cada uno de los edificios. Lo imaginé subiendo esa escalera y deteniéndose allí, en ese mismo lugar en que estaba yo. Estaría perdido, sin saber qué le esperaba. Tal vez el único que los podía guiar sería aquel hombre que habían conocido en el trayecto. En él confiaban. Habrían hablado por primera vez cuando navegaban en algún lugar del Canal de la Mancha o, tal vez, ya del Atlántico abierto, una vez que habían dejado atrás La Coruña. El *zeide* se pasearía de un lado al otro del barco con Jacobo Reszinsky. Tal vez, sin siquiera saber a dónde irían, hacía dónde eran llevados ¿Acaso le importaba? ¿No daba lo mismo que fuera Nueva York, Santos o Buenos Aires? Y después en tierra, los dos o, a veces los tres, yendo y viniendo por el Hotel de inmigrantes sin tener ni idea de lo que el futuro le depararía. El *zeide* sin poder imaginar todavía que el Desna del año 27 sería el barco sobre el cual toda nuestra familia escucharía hablar por décadas. Sin poder sospechar que exactamente noventa años más tarde su nieto, un hombre entrado en años que ya no vivía en esa ciudad, estaría recorriendo los mismos pasillos preguntándose algo muy simple, tal vez sin importancia: ¿por qué fue la primera de las mentiras?, ¿por qué se cambió el barco del 27 por el del 26?, ¿por qué se habló del Alcántara por el Desna? El *zeide* deambulando sin rumbo y a punto, a pocos años me refiero, de destruir lo que le quedaba de su pasado verdadero. Y repitiéndose cada vez que pasaba frente a ese ventanal, ese mismo que yo tenía enfrente, y miraba al inmenso río que lo había escupido en esta remota tierra aquello que, ahora yo sospechaba, en algún momento le habría dicho Daniel Dunkel:

De acá, ya no hay vuelta atrás: a partir de ahora, estamos obligados a que cualquier cosa pueda ser posible, pueda ser verdad.

La frase era la profecía. Marcaba el ritmo de su vida, de sus vidas y de la mía. Saqué la libreta del bolsillo y la escribí. Era como si la hubiera escuchado, como si me la hubieran dictado.

Al salir del museo vi la hora y me di cuenta que era tarde. Caminé hasta la esquina de Libertador y San Martín y busqué un taxi. Llevaba conmigo los papeles que había conseguido en esa rápida pero útil exploración. Tenía el registro de llegada del *zeide*, el de Jacobo Reszinsky y el de Daniel Dunkel. También había obtenido la lista de pasajeros registrados en los barcos. Camille tenía poderes, pensé sonriendo: había, efectivamente, dos barcos. En el taxi tomé algunas notas. Escribí un par de ideas, busqué lo que había escrito esa mañana después de ver a la tía Silvia, revisé las notas de la última semana. Algunas cosas empezaban a tener sentido. Repasé dos, tres, tal vez cuatro veces, las listas de pasajeros. Miré la ficha de Daniel Dunkel. Nacido en Breslau en el año 1905, embarcó en Hamburgo, carpintero de profesión. Católico. Su registro no estaba vinculado a ningún otro. Pensé si era posible que este hombre fuera la respuesta a la pregunta de cómo había empezado todo. ¿Acaso tenía la tía Silvia razón y me había puesto en el camino correcto? O, me pregunté, todo era una delirante especulación con varias coincidencias. Llegué a la casa que había sido de mis padres pocos minutos antes de que nos pasara a buscar el taxi para llevarnos al aeropuerto. Camille estaba con todo listo y bastante preocupada por mi demora. Durante mi estadía usaba el *wi-fi* en el teléfono pero dadas las circunstancias en que había hecho la búsqueda en el museo me había olvidado de pedir la clave y había estado durante horas sin internet.

**

Hay bastante paranoia en Buenos Aires con las barreras que hay que atravesar para llegar a subirse al avión. Entre las fuentes de disrupciones aparecen siempre los cortes de ruta por las protestas, el tráfico, las huelgas sorpresivas y la sobreventa de los asientos. Cualquiera de estos eventos puede trastornar los planes de un viajero y transformar un viaje en una pesadilla. Es por eso que la recomendación es clara: hay que salir con mucho tiempo de anticipación y, preferentemente, llegar tres horas antes del vuelo.

Afortunadamente, no tuvimos ninguno de estos contratiempos ese sábado. Logramos recorrer el camino sin sobresaltos y al llegar al mostrador de Air France nos asignaron inmediatamente nuestros asientos. Incluso pudimos elegir cuáles queríamos. Pedí, como una broma, el que fuera mejor para dormir. Estaba exhausto. El día no solo había sido largo sino que había sido agotador. Estaba dispuesto a hacer lo que nunca hacía al volar: tomar una botella de vino, o lo que hiciera falta, olvidarme de todo y dormir. Quería llegar a casa en Londres e ir a trabajar. Soñaba con encender mi computadora el lunes en el trabajo y dejar atrás todos estos días.

Estaba muy cansado. El día había empezado muy temprano al ir a ver a la tía Silvia. Hola, ¿qué tal? Hace mucho que no nos vemos, le había dicho cuando entré en la sala en que me esperaba. Había llamado al hogar y explicado mi situación. Les aclaré que debía verla esa mañana porque partiría solo unas horas después. Amablemente me confirmaron que podían reservarnos la Sala Matisse por la media hora en que nos encontraríamos. Una enfermera me acompañó hasta la sala y abrió la puerta. La sala era pequeña pero estaba muy bien decorada. En una de las paredes había unos estantes con libros. La mayoría estaba en idish y alemán aunque también había en castellano y en francés. Un par de acuarelas estaban en la pared frente a la biblioteca. Transmitían tranquilidad. Silvia me esperaba sentada en una de las dos sillas en la mesa redonda. Al entrar golpeaba los dedos en la mesa y alguno de los anillos de su mano derecha hacía que el ruido sonara más fuertemente.

¿Estoy muerta?, preguntó poniéndose una mano en la boca al verme. Yo todavía estaba de pie y no supe qué hacer. La enfermera ya se había ido. Pensé que me estaba haciendo una broma pero al ver la preocupación en su rostro me di cuenta que en verdad dudaba. La señora que tenía frente a mí pensaba que estaba muerta. Pensé en buscar a la enfermera para que viniera a asistirla. Pero me decidí a continuar solo. Quise ver cómo manejaba la situación. La tía Silvia lucía un vestido verde claro de mangas cortas que le quedaba muy bien. Estaba recién peinada. ¿Cómo vas a estar muerta, Silvia?, la intenté tranquilizar. Me acerqué para saludarla. No se levantó, pero movió levemente la cara para que le diera el beso. Entonces, ¿qué día es hoy?, preguntó. Estaba agitada. Sábado. Hoy es sábado, le dije. No, no el día. Se la veía ansiosa. La fecha. ¿Qué fecha es hoy? 4 de noviembre, respondí. Año, dijo casi gritando. Vi como cerraba los puños. 2017, dije. ¿Hasta tan lejos llegué?, preguntó. ¡Entonces no es posible que seas él!, dijo. Que yo recuerde, aunque ya no me acuerdo de nada, la última vez que te vi así, tal cual estás ahora, fue hace muchos, muchísimos años. Estaba claramente nerviosa. Se la veía desencajada, preocupada y asustada. Temí en seguir con la charla. ¿No sos vos, verdad? ¿Me viniste a buscar? ¿Cómo lo lograste?, preguntó muy nerviosa. Soy Ariel, tía. Ariel Tauber, le aclaré. El hijo de tu hermano, Salvador. Miró a ambos lados. Estaba tratando de recordar. No sé qué proceso mental tenía en la cabeza pero algo estaba pasando allí adentro. Suspiró profundamente.

¡Claro: ahora veo!, dijo. Esto lo dijo en otro tono, como si de repente todo estuviera ordenado, como si todo tuviera sentido. Disculpa, Ariel. Claro que sí. Me confundí, disculpa. ¡Ay, qué tonta! Vas a pensar que soy una vieja que no entiende nada. Vas a pensar que soy una vieja que ve fantasmas. Los fantasmas no existen, dijo. Tenía un collar de piedras de resina redondas. Eran cinco en la gama del azul. Sin duda, la habían ayudado a prepararse. Imaginé que ella habría elegido todo específicamente para el encuentro. El vestido, el collar, los anillos. Los detalles del peinado. Sabía quién vendría a verla. Debía tener mucha ilusión. Hizo un silencio mientras hacía como que se sacaba polvo del vestido. Extendió las manos y se las miró. Se concentró en uno de los dedos y empezó a verlo con atención. Estás tan parecido a tu tío, agregó para justificar su confusión anterior. Efectivamente era parecido a mi tío, tenía la misma forma de la cara aunque yo era castaño. Era la típica cara que tenían todos del lado de mi *bobe*.

La tía Silvia se había pasado la vida imaginándose cosas que no existían. Había estudiado literatura y se había especializado en *moeurs de province* aunque solo había trabajado unos pocos años enseñando. Durante décadas se dedicó, sin embargo, a organizar talleres de lectura de autores franceses, principalmente del siglo XIX, para distinguidas damas porteñas. Gracias a eso, se había codeado no solo con los jóvenes escritores que emergían (buena parte de ellos habían emigrado, desaparecido o se habían convertido en menores y olvidados escritores) sino también con ancianos que decían ser descendientes de la aristocracia argentina afirmando que sus padres y abuelos habían sido los escritores nacionales hasta que la Argentina se había fatalmente modernizado. Desde que yo era chico en casa se decía que era una soñadora que esperaría toda la vida a su príncipe azul. Rechazó varias propuestas serias que podrían haber terminado en casamiento porque los candidatos le resultaban muy mundanos. Solo le gustaban los hombres elegantes, ricos, simpáticos, clásicos, aventureros. Y buscaba a uno que lo fuera todo a la vez. Intentó por décadas moverse en el mundo donde circulaban esos hombres tipo James Bond pero aunque ella pensaba que formaba parte de ese mismo mundo, nunca había sido tenida en cuenta. Era simple: sus orígenes judíos la dejaban al margen. No importaba cuan bien los disimulara, no se lograría mover más que en las orillas de ese mundo. Recuerdo las proezas de sus amigos contadas en su minúscula cocina. Escalaban los Andes, corrían coches de carrera en Italia, recorrían castillos y viñedos en Burdeos, manejaban globos aerostáticos en Capadocia, tenían colecciones de arte, navegaban por las Baleares, jugaban al tenis en Wimbledon. En mi infancia me fascinaban, en mi adolescencia me llenaban de envidia y en mi juventud me parecían mentira. Entre esas aventuras, a veces, se colaba alguna de León Wraumansky.

Le dije que no quería dejar pasar la oportunidad de verla antes de mi partida. Me dio la sensación de que no entendió lo que le dije, lo que me hacía sospechar que tal vez no sabía que yo vivía en Londres hacía años. No quise detenerme en ese detalle. Le conté que hacía poco había visto a Laura y que me había encantado pasar tiempo con mis sobrinos. No me pareció grave mentirle al decirle que había pasado horas jugando videojuegos con ellos. El interés que mostró en eso era limitado y pensé que no sabía de quienes le hablaba. Tal vez ya no supiera quienes eran su sobrina ni sus sobrinos nietos.

Sobre la mesa habían dejado una jarra de agua con trozos de pepino para darle sabor y un par de vasos. Le ofrecí a Silvia y aceptó. El agua estaba fresca y sabrosa y terminé mi vaso muy rápidamente. No sabía cómo seguir la conversación: todo lo que yo le diría la confundiría y todo lo que me dijera sería, después de esa confusión inicial, puesto en duda. Ahora veo cómo una frase, un par de palabras pueden cambiar todo. En ese momento, mientras veía el reloj para saber cuánto tiempo más necesitaba extender la conversación para cumplir con lo acordado con la gente del hogar y no parecer un mal educado, me resultaba imposible saber que la mención de San Juan colocaría mi viaje en otro tipo de experiencia.

Me tomé unos días, le dije para decir algo. Fui a San Juan y La Rioja. La tía Silvia movió la cabeza como si no hubiera entendido y me pidió que le repitiera. Le dije lo que le había dicho unos segundos antes. En ese momento le cambió la cara. Preguntó, entonces, si estaba seguro que no era él. Temí que se repitiera toda la escena nuevamente y no tenía ganas de pasar más tiempo siendo protagonista de esa comedia. Quería irme de allí, saludarla, decirle que la llamaría pronto y juntarme con Camille para acompañarla a pasear por la ciudad las últimas horas que nos quedaban, comprarle el poncho y almorzar tranquilamente antes de irnos al aeropuerto. Rápidamente cambió su expresión para volver a una que era más normal. Esta vez, Ariel, te lo pregunté para llamar tu atención. No es que me olvidé lo que me dijiste hace un ratito. Porque, claro, tu tío fue un día a buscarme a casa, a ese departamento al que vos también fuiste en Beruti y Larrea, y me dijo lo mismo. Lo mismo que vos me acabás de decir. Seguro te acordás de ese departamento: a vos te encantaba. ¿Te acordás? Ibas y mirabas maravillado las paredes con los posters de las películas de Humphrey Bogart. Cuando te veía, pensaba qué sensible que eras. Pensaba que terminarías siendo artista. Me encantaba verte así. ¿Te acordás?

Le dije que no, no me acordaba. ¿No te acordás, Ariel, que después ibas el espejo del baño con ese sombrero de caballero que tenía y tratabas de imitar las poses que habías visto en los posters?, me preguntó. ¿No te acordás tampoco de ese baño? ¡Con lo que te gustaba! Te encantaba con esas luces que lo hacían parecer el camarín de un teatro. Con todas las lamparitas alrededor del espejo. Yo decía mientras te mirabas frente al espejo *siempre tendremos París, siempre tendremos París*. Como un rayo me vino a la cabeza la foto del autorretrato de mi tío. Indudablemente me cambió la cara. Silvia me miró con sorpresa. ¿Viste un fantasma?, me preguntó. No, no, tía. Quedate tranquila, le dije. Tomé un poco de agua. Déjame hacerte una pregunta: ¿cómo sabes que mi tío fue a San Juan y a La Rioja? Pensé en decirle que yo me acaba de enterar casi al azar. Nunca se había hablado de eso en la familia y además ella siempre había estado bastante distanciada de los Wraumansky. No me contaste cómo están los hijos de Laura, me dijo cambiándome radicalmente el tema. ¿Cómo se llaman? El mayor es David ¿no? Gabriel, respondí. El mayor es Gabriel, tía. Tiene 12 años. Ya se está preparando para el *Bar-mitzva*. El menor es David que tiene 9. Volvamos a lo que estábamos. ¿En qué estábamos, querido? Me estabas contando cómo sabías que mi tío estuvo en San Juan.

Ahhhh, claro. Hizo un breve silencio para atraer mi atención. Lo que te voy a contar es un secreto. ¿Te lo podés guardar? Le dije que sí, que lo guardaría. De todas formas no había nadie a quien contárselo. Esto lo puedo contar ahora, ahora que todos estamos grandes. A mí no me importa y supongo que a él tampoco. Durante años tu tío y yo tuvimos una estrecha relación. Hizo otro silencio. ¿Me entendés? Pensé que esperaba de mí una respuesta pero yo solo moví la cabeza. Serví más agua. Miré el reloj. Si no tenés tiempo, no te preocupes, te lo cuento la próxima vez que vengas. Le dije que tenía tiempo, que me la contara. Es que hoy tengo mi avión a la tarde y quiero estar seguro que hago todo lo que tengo que hacer. Y entonces el diálogo se descarriló nuevamente. ¿Adónde te vas? A Londres, tía. Tengo mi vuelo a la tardecita. Hago escala en París y después sigo para Londres. ¡Ah, qué lindo viajar! Y justo a París como en Casablanca. ¿Viste que tenía razón? *Siempre tendremos París* ¿Te acordás de esa frase de la película? ¿Te acordás cómo te gustaba disfrazarte en casa y jugar imitando los posters de las películas de Humphrey Bogart? Hizo una pausa. Tomé un sorbo de mi vaso de agua. Son tan lindas las vacaciones, siguió ella. ¿Cuándo volvés?, me preguntó. ¿No te acordás que vivo allí?, le pregunté. ¿Cómo no me voy a acordar? Si tu padre y tu hermana van seguido a verte. Incluso, me contaron sus hijos, Ariel y Benjamín, sobre el último viaje que hicieron allí. Me hablaron de tu casa, de tu trabajo, de tu biblioteca y de cómo ahora tomás té todo el tiempo. Si querés le pido a las chicas que te traigan uno, ofreció amablemente.

Volví a mirar el reloj. No sabía si valía la pena seguir ahí. Pero no nos dispersemos, me dijo. Estábamos hablando de algo muy interesante. ¿Qué era?, preguntó. Ahhh, sí, se respondió inmediatamente. Seguro que saber esto te sirve, agregó. Seguro que te sirve: me comentaron que esa película que estás preparando va a quedar muy buena. Yo estoy segura. Te lo dije: supe desde que te veía frente a esos posters del Halcón Maltés y Casablanca. De repente, no sé cómo volvió al tema. Me explicó que había sido una relación con muchas idas y vueltas. Tu tío, me dijo, no era una persona fácil. Pero era tan atractivo. Yo me enamoré ni bien lo conocí. Dudé en hacerle la pregunta que me interesaba, no sabía cómo hacerla sin que fuera obvia, directa. Temía que la sacara nuevamente de la conversación. Pero, arriesgué. ¿Y fue correspondido tu amor?, al escucharla me di cuenta que era una pregunta muy sonsa, que no era eso lo que me interesaba saber. Sí, contestó. Cuando estábamos cerca nos vimos siempre que pudimos. Cuando estuvimos separados, por la razón que fuera, también hicimos todo lo que pudimos para seguir en contacto. Siempre fuimos muy cómplices entre nosotros. Sabíamos todo el uno del otro, agregó. Yo tenía mil preguntas que hacerle. Me venían a la cabeza como si cayeran en una catarata. No sabía cómo empezar. Tampoco sabía hasta dónde podía ir con las preguntas. Pensé por un segundo si lo que me estaba contando no sería una de las historias que ella había imaginado durante toda su vida. O la versión que ahora recordaba que había imaginado.

¿Alguien supo de esta relación?, le pregunté. La respuesta fue un no rotundo. ¿Cómo lo iba saber alguien más? ¿Qué estás preguntando? Me dijo lo que ya sabía: que no lo había contado porque a mi tío muy temprano lo habían separado de la familia. Contarlo entonces habría sido generar un problema. Un problema, incluso, mayor. Después, incluso cuando su esposa quien había sido aparentemente la causa de todos los problemas había enfermado y luego muerto, contarlo hubiera sido echar leña al fuego. En caso de contarlo, ella hubiera sido vista no solo como una mujer ligera sino como la persona que se regocijaba exhibiendo la destrucción de la familia. Le pregunté si pensaba que el hijo sabría algo. No. Dio otra respuesta rotunda. Ni él ni ella nunca supieron nada, dijo. Era la primera vez que alguien de mi familia me hablaba de los hijos de mi tío. No como uno, sino como dos. Tomó agua hasta casi terminar el contenido del vaso.

¿Podés pedir más agua, por favor? Me gusta siempre tener agua cerca. A veces tengo una tos terrible y solo se me pasa si tomo agua. Empieza como una sensación de ahogo que se transforma en tos. Tomo mucha agua. Después me paso medio día en el baño haciendo pis. La edad: tu padre por suerte no vivió esto. Ahora, más que la tos, me están volviendo loca estos dolores de cabeza que tengo últimamente. Los médicos me dicen que no es nada. Todo el tiempo me dicen que es normal, que tengo que tomar más agua, dormir mejor, no hacerme mala-sangre. Pero yo no les creo. ¿Vos qué opinás de esos dolores? Me tomó por sorpresa. ¿Qué opinás de mis dolores de cabeza que me están matando? No sé, tía. Como sabés, soy simplemente un director de cine, son-reí. Y ella también. Le gustaba jugar. Salí con la jarra en busca de una de las chicas que cuidaban. La rellenó. Volví lo antes posible a la sala. Al entrar le serví. Ella se había acomodado mejor en su silla. Estaba muy recta. Se había preparado para continuar.

Podes seguir tía, por favor, le pedí. Entiendo tus dudas, Ariel. Había cambiado el tono. Vos pensarás que esta señora mayor que tenés enfrente que durante toda la vida dijo cosas raras está delirando ahora también. Ha-blaba más lentamente, marcando el ritmo con atención. Era un tono más ceremonioso. Como si ahora fuera más verdadero lo que me decía. La menor velocidad le im-primía más realismo. Hacía más convincente la historia. Dejáme que te diga un par de cosas para que te quedes tranquilo. No sé si vivirá todavía, era diez o incluso veinte años mayor que yo, dijo. Recordé que Silvia era algunos años mayor que mi tío. Era un pintor riojano, continuó. Era muy amigo de tu tío. El sí que me conoció. Y obviamente supo sobre nuestra relación. No me acuerdo bien el nombre. Era algo así como Silvani o Robertini. Un apellido italiano que podía ser un nombre. Y un nombre griego, de esos fuertes. Orión o Ulises. Hice un silencio. Estaba pensando. Sí, eso era: Horacio Robertini. Pero el Horacio sin hache, como escribirían los italianos nuestras haches. Bueno, Horacio, ahora que lo pienso es un nombre latino, no griego. ¡Y qué poeta! ¿La historia de la literatura latina hubiera sido otra si Horacio no se hubiera aliado con Bruto, no? Qué mal lo ha conservado la historia a Bruto. ¡Y todo por ese fantasioso de Shakespeare! La tuve que interrumpir. Las historias de Horacio, Bruto y Shakespeare me interesaban mucho pero veía cómo pasaba el tiempo. Le pedí que volviera a la historia del pintor riojano que había mencionado.

Sin duda la tía Silvia se refería a Rafaeli. No me cabían dudas. Pensé en decirle el nombre correcto pero temí que si se daba cuenta de que yo conocía la historia se inhibiese y ya no contase nada más. Fingiría que se iba por las ramas o que se olvidaba de lo que estábamos hablando y sería imposible hacer que la conversación fluyera por donde me interesaba. Era un muerto de hambre el tipo ese, pero bien divertido, siguió ella. Pasamos una noche los tres juntos. Fue una larga noche. Es una larga historia que ahora no la quiero contar. Cuando uno va envejeciendo y el cuerpo deja de ser algo tuyo, ya no querés contar esas cosas en que el cuerpo fue tan importante. Cenamos afuera, fuimos a un lugar que era, según Robertini un lugar muy exclusivo en La Rioja. Era un club de caballeros o algo así. ¿Te imaginas lo que podía ser ese tugurio? Eran todos unos muertos de hambre que solo estaban allí para poder engañar a sus esposas. Se pasaban la noche jugando al póker para después ir a meterse en las cálidas sábanas en que los esperaban sus amantes. Y ahí una dama como yo. ¿Te imaginás? Bueno: vos que sos un experto en San Juan sabrás mejor que yo las palabras que Borges pone en la boca de Laprida: *yo que estudié las leyes y los cánones*. No soy un experto en San Juan, tía: solo estuve de visita. Disculpá, es lo que pensé que me habías dicho. Tal vez me confundí. Bueno, exactamente así me sentía yo en ese lugar, en ese antro. Este pintor no tenía un peso pero como era el artista del pueblo tenía entrada libre a todos los lugares que frecuentaba la patética élite local. Todos lo saludaban afectuosamente. ¿Qué tal maestro Robertini? ¿Cómo le va maestro Robertini?, le preguntaban a cada lugar que íbamos. Fuimos después de esa cena a su casa. Allí tenía su atelier. Desayunamos juntos al despertarnos y aseguró que pintaría esa escena del desayuno de los tres. Tal vez exista ese cuadro. Dijo que lo llamaría algo así como *Los alemanes desayunando con el lugareño*. Recordé que Rafaeli había mencionado a la mujer de la pintura cuando le mostré la foto en la peña. Habló de esa mujer no solo de una amante de mi tío sino de una mujer que había sido usada. Y que tarde o temprano se vengaría. ¿Se vengaría de qué?, me pregunté cuando estaba frente a Silvia. ¿Qué parte de todo esto era la venganza? Porque claro, siguió contando Silvia, a esta altura él ya era el alemán; lo era desde hacía…

En ese momento tocó la puerta una de las asistentes y dijo que en cinco minutos debíamos dejar la sala. La señora Paenza tenía la visita de su nieto y vendrían también a la Sala Matisse. No quería terminar la conversación así. Necesitaba más información. Había todavía muchos cabos sueltos. Y además, no estaba del todo seguro que ella estuviera diciéndome toda la verdad.

Como te dije antes, siguió contando sin que la interrupción la hubiera distraído, incluso cuando hubo distancia física entre nosotros, seguimos en contacto. Siempre hacía lo mismo. Recorría las ciudades y sacaba fotos. Siempre en blanco y negro. Las ponía en un sobre y las enviaba. Recibí cerca de cien. De San Juan, de La Rioja primero y, después, de México, de Estados Unidos, de Cuba, de Marruecos, del África negra, de Israel. Viviera donde viviese me escribía. No sé cómo hacía para ir a cada uno de estos lugares. Ni quién lo acompañaba. Ni de dónde sacaba la plata. Es una pena que no tenga ninguna de esas fotos conmigo. En la habitación no hay ninguna tampoco. No sé dónde han quedado. Lo recuerdo bien, siguió. Me volvía loca ni bien llegaba cada uno de los sobres. Me agachaba para agarrarlos debajo de la puerta con una alegría que pocas veces volví a experimentar en la vida. Aunque supiera que cada una de las cartas marcaba, cada vez, una mayor distancia entre nosotros. No era tan estúpida para ilusionarme. Sin embargo, abría el sobre y con la ansiedad de una adolescente enamorada me quedaba mirando la foto. Siempre la foto sola. Esa era su firma personal. Su mensaje. Su mensaje era eso: la nada. Él y sus silencios. Él y sus misterios.

La asistente tocó nuevamente la puerta para amablemente pedirnos que termináramos. Nos dijo que si quería la podía acompañar a su habitación. Tomé del brazo a la tía Silvia y caminamos hasta el ascensor. Me pidió que fuéramos lentamente ya que se cansaba mucho. Subimos al ascensor y apreté el botón para ir hasta el segundo piso. Yo ya estoy cansada, dijo ni bien se cerró la puerta automática. No sé por cuánto tiempo más podré seguir con esto. No entendí qué significaba *esto*. Dudé si se refería a su vida o a la historia que me estaba contando. Esto sí, es en serio, dijo. Tengo un presentimiento, agregó. Al decirlo pensé que ahora decía una verdad y que todo lo anterior había sido un juego. Pensé que había estado jugando conmigo todo el tiempo. Vieja de mierda, pensé. Siempre con esa imaginación de loca. Te veo muy bien, tía, le dije para que se tranquilizara.

Me indicó por donde debíamos andar. Fuimos hacia la esquina. En la otra esquina, a unos veinte metros de donde nos encontrábamos, estaba la puerta que daba a la escalera. En el pasillo había varias acuarelas. Su habitación era la 214. La compartía con la señora Casabé. Dejáme que te cuente algo, dijo al llegar a la puerta de su habitación. Estaba cansada. Le costaba respirar. Me agarró fuerte del brazo. Bajé la vista para ver cómo se sostenía en mí. León no era tan malo ni loco como lo pintan. Vos ya deberías saberlo: él vivió toda la vida en una familia que solo se dedicó a mentir. ¿Qué más le quedaba a él? Solo escapar, empezar de nuevo y luchar por lo que él quería. ¿Vos no hubieras hecho lo mismo? ¿Vos no hubieras luchado, acaso? Le dije que yo no era valiente. Me miró con ternura. Tal vez no me había mirado así en décadas. Desde que era un chico. Recordé de repente una de las primeras veces que había salido con ella. Me había llevado a tomar la merienda a Harrods, en el centro de la ciudad. Había un payaso que entretenía a los chicos. Le pregunté por qué tenía la nariz tan roja. La tía Silvia me había contestado que eso era por meterse el dedo en la nariz. Me pregunté en qué país estaría mi tío ese día en que Silvia me habló de la nariz roja del payaso.

Se mintió tanto que incluso, dijo Silvia, allí se mintió sobre el barco en que tu *zeide* llegó a Argentina. Sé que esto es raro pero te estoy diciendo la verdad. Vos pensarás que todo lo que te cuento es una fantasía. Te lo acepto. Pero esto, creélo. Esto me lo dijo León: lo había descubierto como parte de sus propias averiguaciones. Él era muy curioso. ¿Te imaginás, no? Nadie sin preguntas termina como él. En un momento se puso a investigar y encontró cosas que le parecían raras. Eso me lo dijo él mismo. Imaginate todo lo demás que sabría y que calló. O lo que sé yo y callo. Tía, le dije, no es que dude de lo que me decís, pero contéstame una sola cosa: ¿por qué mi *zeide* mentiría en algo tan tonto como el nombre del barco en el que vino a Buenos Aires? Eso, me dijo, te toca averiguarlo a vos. Me apretó más fuertemente el brazo. Giró el picaporte y abrió la puerta. Un poco de luz entraba al pasillo proveniente de la habitación. También escuché un poco de música clásica. Creo que era el segundo movimiento de la *Pathétique* de Beethoven. Me quiero acostar un poco, me dijo. Con música duermo bien. Te la presentaría a Rosita pero creo que te tenés que ir. Me despedí con un beso y abrazo. No sé si tenía que irme pero entendí que quería deshacerse de mí: ya había dicho todo lo que tenía que decirme. Gracias por todo, le dije. En cualquier momento seguimos con la conversación, agregué.

Ella entró a su habitación y yo me dirigí hacia el ascensor. Me detuve unos pocos minutos en el pasillo. Todo estaba muy arreglado. Me alegré que Laura se ocupara tan bien de la tía Silvia. Volví, entonces, a pensar en la conversación. No sabía si tocarle la puerta y hacerle algunas preguntas o dejar todo allí donde había quedado. Lo pensaba mientras miraba las acuarelas. Cuando yo ya estaba a punto de dirigirme a las escaleras, escuché la puerta de la habitación 214 abrirse nuevamente. Ahh, Ariel, dijo Silvia al aparecer asomada desde la puerta. ¡Menos mal que todavía estas acá! Me acerqué a ella. Me había olvidado de algo: con la edad uno tiene la cabeza en cualquier lado, dijo. Disculpá que te moleste pero tengo una última cosa. Si vas a averiguar, te recomiendo que también investigues a fondo a los Wraumansky. Fijate de dónde vienen todas las ramas de ese árbol genealógico. Bueno, esto es todo lo que tengo para decirte. Chau querido, se despidió. Usá bien, por favor, toda esta información. Entonces con una velocidad que no esperaba, me dio un pequeño cuaderno que yo no había visto que tuviera. Me tomó fuertemente el brazo derecho con sus dos manos. Sentí la sequedad de sus palmas sobre mi piel. Sostenía el objeto que me acababa de dar con firmeza. Creo que pensó en darme un beso pero no hizo ningún movimiento y se metió nuevamente en la habitación. Bajé por la escalera y al llegar a la planta baja abrí el cuaderno. *Café con el mensajero-1976* era el título en la portada. Lo hojeé rápidamente: era sin duda un cuaderno de bocetos de Rafaeli.

No sabía qué hacer. Salí de la residencia y entré a un bar para tomar un café. Saqué de mi bolsillo la libreta roja y en ella revisé muy rápidamente algunas de mis notas. Vi al pasar algunos de los esquemas y cuadros hechos, las tachaduras, las palabras subrayadas. Y ahí vi escrito la palabra Desna. Estaba subrayada y de ella salía una flecha que indicaba un recuadro en el que estaba escrito *museo del inmigrante*. Lo único que se me ocurrió fue salir inmediatamente a tomar un taxi y dirigirme allí. Paró uno pocos segundos después y le dije a dónde iba. El hombre dudó hasta que entendió que mi destino era el Hotel de Inmigrantes.

**

El taxi fue por Avenida del Libertador bastante rápido. Tenía puesto Abbey Road de Los Beatles. Cuando pasamos por la Facultad de Derecho empezó a sonar *Here comes the sun*. No había tránsito. Había sol. Pensé que era posible que todo fuera normal. Todavía había forma de que todo fuera normal. Significara lo que significase. Pasamos por la Estación de Retiro y frente a la hermosa Torre de los Ingleses. ¿Te molesta que ponga esta canción de vuelta?, me preguntó el taxista. Es la que más me gusta de todo el disco. No hay problema, le dije. Y la canción empezó nuevamente. Sentí un cálido sol en una de mis mejillas. Bajé el vidrio. Entró un poco de aire. En poco tiempo estaré volando, pensé. La luz, el sol, todo será distinto desde el aire. Pensé que en algún momento debería ir a visitar Liverpool, aprender más sobre Los Beatles. El taxi dobló un par de veces. La zona en donde estaba el Hotel de Inmigrantes estaba en obras y no era muy fácil el acceso. Hace dos años que están haciendo esto y no lo van a terminar nunca, dijo el taxista. Se afanan toda la guita, siempre lo mismo, dijo de muy mal humor. Se lo notaba resignado, cansado, rendido. ¿No te parece?, me preguntó. Me quedé en silencio. No sabía qué decir. Sí, iría a Liverpool ni bien pudiera. También a St.Ives para ver sus museos. El auto se detuvo. Tomé aire. ¿Qué me encontraré, acá, en la última de las postas en la búsqueda del tesoro que estoy jugando? Vi que el taxi al irse tuvo que esquivar un bache de considerables proporciones.

Al llegar al Hotel de Inmigrantes no había nadie. Miré el reloj: eran las 12. Un joven vestido de negro me abrió la puerta y sin dejarme pasar me dijo que no se podía visitar el museo. El taxi ya se había alejado mucho. No se veían otros coches circulando por allí. Le expliqué que lo que me interesaba no era visitar el museo sino que solo quería consultar la base de datos. Me dijo que no estaba disponible para aquellos que no fueran investigadores y que, además, como era sábado solo estaba él en el archivo del tercer piso. Dudé qué hacer. Pensé en explicarle todo, en relatarle lo que mi tía Silvia me había dicho, en decirle cómo la información que allí podría encontrar se complementaría con los testimonios escuchados en los últimos días. Pensé en mostrarle la libreta. No hice nada de eso. Era imposible en un minuto convencerlo de que me ayudara usando esa estrategia. Ni el mejor de los oradores lo hubiera logrado.

Mirá Esteban, le dije con seriedad mirándolo a los ojos después de haber visto su nombre en la placa de metal que llevaba abrochada al bolsillo de su camiseta tipo polo, lo que te voy a ofrecer nunca lo hice en mi vida pero espero que funcione. Si no funciona, te pido disculpas desde ahora mismo. Te voy a dar ahora mismo doscientas libras, ni una más ni una menos, para que me dejes entrar al museo y hacer un par de consultas a la base de datos de los inmigrantes. Sé que la información que busco está acá. Yo estoy desesperado por obtenerla y vos sos la única persona en el mundo que me puede ayudar.

Temí que se ofendiera. Que me acusara de intentar corromperlo. Tuve la pesadilla que llamaría a la policía. Pensé que me detendrían y me pasaría todo el día en la comisaría. Perdería mi vuelo. Camille nunca se lograría enterar de nada. Sería el fin. Pensaría que me habría vuelto a vivir con Sabrina en la casita de atrás de *La de Pavón*. Quería recuperar las palabras que le había dicho. Esteban hizo como que se ofendía. Inmediatamente me di cuenta que estaba actuando. Era un muy mal actor. Deseé que conociera las bases de datos mejor que lo que había actuado. Sin decir una palabra abrió la puerta y me dejo entrar. Saqué del bolsillo, entonces, cuatro billetes de 50 libras. Fue fácil encontrarlos porque los tenía en el bolsillo sin ninguna otra cosa. Los había reservado para comprarle el poncho a Camille. Una pequeña fortuna. Noté que me estaba transpirando la mano. Dijo que entendía mi problema y que haría lo que pudiese para ayudarme. Me advirtió, sin embargo, que solo teníamos media hora porque a las 12.30 vendrían a cerrar y él se tendría que ir. Una pregunta práctica, me dijo. ¿Esto se cambia en cualquier lado, no? Sí, le dije. Me dio las gracias. Éramos dos amateurs.

Pusimos manos a la obra inmediatamente. Empecé por aquello que me parecía lo más lógico: pedí la lista de todos los registros de los pasajeros que habían llegado a Buenos Aires en el Desna. Me pidió que le diera algunas fechas para poder hacer la búsqueda. No lo dudé. Le dije el año 27. No sabía en qué mes o estación del año había llegado el *zeide* a Buenos Aires. Esteban buscó en la computadora. Me dijo que en el año 27 había llegado dos veces el Desna a Buenos Aires. Dijo que me podía dar la lista de todos los pasajeros que estaban registrados en primera clase y solo algunos de los registrados en segunda y tercera. Unos minutos después teníamos impresas las listas. Estaban por clase y orden alfabético. En la lista de primera clase había 97 pasajeros. Allí no estaba mi *zeide*. En segunda clase había cerca de cuatrocientos pasajeros. Tampoco estaba allí. Empecé a buscar en las de tercera. Había más de mil, aunque probablemente faltaba una porción importante. Fui a buscar directamente a la W. Allí vi a la familia Wraumansky. Me tranquilicé. Todo estaba en orden.

> *Wraumansky, Malka*
> *Wraumansky, Sholom*
> *Wraumansky, Irme*
> *Wraumansky, Ertzl*

Vi en detalles los nombres. El *zeide* no era ninguno de ellos. Era sin duda una familia Wraumansky, probablemente vinculada con la del *zeide,* pero él no estaba en la lista. No me sonaba ninguno de los nombres de estos Wraumansky pero eso tampoco era un dato concluyente porque muchos inmigrantes judíos se habían castellanizado el nombre al entrar al país. Pregunté si era posible que el registro de él, por alguna razón, no estuviera. Esteban me dijo que esa era una posibilidad. Las razones podían ser varias: inconsistencias, confusión en la caligrafía, omisión en la carga o simplemente pérdida del registro. Esteban se metió en cada uno de estos cuatro registros. Todos habían llegado a Buenos Aires el 16 de octubre del 27 embarcados en Cherburgo, todos provenientes de Kobryn. Probablemente eran un matrimonio con sus dos hijos. Según los registros, los padres al llegar tenían 56 y 54 años y los hijos 27 y 31. El menor de ellos era por lo menos quince años mayor que el *zeide:* eso explicaría que nunca los hubiera conocido y ni escuchado historias de ellos.

Cada uno de estos, me dijo Esteban está vinculado a otros cuatro registros, no a otros tres. Pregunté qué significaba estar vinculado y me explicó que se vinculaban los registros cuando las personas llegaban a Inmigraciones y se presentaban juntas declarando algún tipo de vínculo. No estaba muy claro cuál podía ser ese vínculo y me dio algunos ejemplos: familia, lugar de embarque, mismo boleto, o incluso, me aclaró, una simple declaración de amistad que era verificada por el oficial de la aduana. Era evidente que había una quinta persona. Y ese debía ser mi *zeide*. Lamentablemente, ese quinto registro estaba vacío, es decir que era imposible asociarlo con una persona.

Esteban me sugirió, entonces, que hiciéramos lo que era lo más lógico a esta altura: buscar al *zeide* y ver en qué barco había venido. Si en el registro del *zeide* aparecía el nombre del Desna, él era el quinto. Por alguna razón que Esteban no podía explicar, ese registro estaba incompleto. Tuvimos que expandir la exploración. Buscamos entonces el apellido entre el año 1920 y 1930. Encontramos nueve Wraumansky. Los cuatro del Desna del 27, dos en el 22, uno en el 26 y dos en el 30. El del 26 había llegado a Buenos Aires el 4 de abril. Se llamaba Saúl Wraumansky. El buque era el RMS Alcántara, un buque que había zarpado de Southampton. El nombre del barco era el que Rodolfo Reszinsky había mencionado durante nuestro recorrido. Le pedí a Esteban si podía ver el registro en más detalle. Saúl Wraumansky había nacido en Kobryn en el año 1913. Aunque decía que era católico y agricultor era sin duda el *zeide*. Este registro me aparece vinculado con otros dos, dijo Esteban. Le pedí que me dijera quiénes eran.

Nos quedaban pocos minutos. Eran las 12.25. En cualquier momento vendrían a cerrar el museo. Nos tenemos que apurar. Espero que nos dé el tiempo para lograr ver a estos dos, al menos, dije en un intento de ponerle presión y decirle que no me iría hasta ver estos dos registros. Esteban tecleó un par de cosas y apretó *enter*. Nueva información apareció en la pantalla. El primero es Jacobo Reszinsky. ¿Te suena?, me preguntó. Sí, sí, contesté. Mi abuelo siempre hablaba de él. Eran del mismo pueblo. Hay un millón de historias de ellos dos. Incluso algunas en el barco. ¿Quién es el otro?, pregunté. Daniel Dunkel, respondió. ¿Quién? ¿Dunkel? ¿Estás seguro?, pregunté. Sí. Con una *k* en el medio y *una l* al final. Mirá, me dijo señalando la pantalla. Nació en 1905. Tenía cerca de 21 años cuando llegó a Buenos Aires. Embarcó también en Southampton. ¿Por qué está asociado a mi abuelo este hombre?, pregunté. ¿Se te ocurre algo? ¿Qué te parece?, le pregunté. Esteban no sabía cuál podía ser la razón. Lo único que se le ocurrió fue que él fue el adulto con el que entraron Wraumansky y Reszinsky. No había ninguna restricción para la entrada de menores pero al estar con un mayor de edad, las cosas se podían simplificar, me explicó Esteban. Era obvio, si esta opción era verdadera, que los tres se habían conocido durante el trayecto. Dos venían de Krobyn y el otro de cualquier otro lado. De alguna u otra forma los tres habían logrado llegar del continente al puerto de Southampton para embarcarse en el Alcántara. Probablemente dejaron el continente en Cherburgo, uno de los principales puertos usados por los inmigrantes. Debieron estar en esa ciudad-puerto unos días antes de cruzar el Canal de la Mancha con destino a Inglaterra. Tal vez se conocieron allí. Sin duda al promediar el cruce del Atlántico en el Alcántara ya eran amigos. Esta historia me hizo pensar en la que Nicolás había contado mientras volvíamos de Pampa del Leoncito, la historia del alemán que sigue a los polaquitos. La historia de las bananas. Éste, pensé, es un ejemplo más de las mil versiones de la historia de las bananas.

¿Quién es Daniel Dunkel?, me pregunté. Dunkel los habría ayudado con la entrada al país y los habría asistido esos primeros días. Tal vez al principio, por unos años fueron amigos y después la vida los había separado. Incluso esto explicaba el aviso de *Sastrerías El Elegante Inglés* en ese diario alemán. En algún momento estuvieron juntos, fueron cercanos, amigos. Socios, incluso. Después cada uno habría hecho su vida. Así era la vida de los inmigrantes: cambios, idas, vueltas. Yo lo sabía. Lo entendía. Por una razón u otra, el *zeide* y Reszinsky habían continuado la amistad toda la vida pero se habían separado de Dunkel. El misterio estaba cerrado y era, afortunadamente, intrascendente: el *zeide*, por alguna razón, y no podía descartar una confusión, toda la vida había dicho que había llegado en el Desna cuando en verdad había llegado en el Alcántara. Después de todo, el *zeide* al llegar tenía 13 años, mentía en cada uno de los documentos que debía rellenar y terminó contando la historia del Desna como verdadera. Si alguien hubiese puesto en duda alguno de los hechos que él contaba, seguramente lo hubiera rectificado y explicado de dónde venía el error que, finalmente, no era más que un detalle. Fue entonces cuando el empleado que estaba encargado de cerrar el museo apareció. Entró en la sala en la que estaba con Esteban. Los dos hombres se saludaron. Esteban me presentó como un amigo que lo había ido a visitar. Le estreché la mano y le dije que justamente ya me estaba yendo. Salí aliviado.

**

Dormí todo el viaje entre Buenos Aires y París. Recién me desperté para el desayuno que se sirvió cuando estábamos empezando a sobrevolar Marruecos. Camille miraba con una atención que me llamó la atención el triangulito que representaba nuestro avión sobre la pantalla. Le conté la historia del Hotel de los Inmigrantes ni bien aterrizamos en París donde hicimos una escala de tres horas. Y afortunadamente juntos llegamos a la misma conclusión a la cual yo había llegado unas horas antes por mi cuenta. Esencialmente, nada importante había pasado. León Wraumansky era Leopoldo Braunm por una pelea de familia. Tal vez había sido una estúpida pelea de familia pero esa era la razón. Punto. Punto y final.

Durante unos días empecé a escribir la historia del viaje y esta mañana terminé de escribir las conclusiones de mi encuentro con la tía Silvia y de mi visita al Hotel de

Inmigrantes. Con esas pocas hojas impresas, lo llamé a Jaime cuando ya estaba anocheciendo. Le quería contar que además de haber descubierto San Juan y La Rioja gracias a sus consejos, el viaje en bicicleta que él soñaba no siempre se podría hacer. También le diría que había descubierto algo de mi familia que hasta ese momento no sabía ni sospechaba. Le quería leer esas páginas. Escuchar lo que pensaba.

Le pregunté si tenía unos minutos para leerle algo. Luisa había salido y Rocío dormía. Iría a asegurarse que las puertas estuvieran cerradas así podría seguir durmiendo sin ser molestada. Jaime me dijo que se serviría un whisky. Le dije que yo haría lo mismo y me serví una generosa medida de *Suntory Hakushu*, uno de mis whiskies preferidos. Solo lo tomaba en los momentos especiales. Le leí las siete páginas que había escrito describiendo aquella mañana en el museo, que en verdad nos llevaban a varios otros momentos en el tiempo. Al terminar, Jaime me dijo que le gustaba mucho esa descripción. Sentía un poco de envidia de no tener en su familia historias de inmigrantes e, incluso, le daba mucha rabia que en su familia nadie tuviera secretos.

No todas las familias son perfectas, le dije. Me pareció gracioso. Por su risa seguramente a él también le pareció divertido. Hizo, sin embargo, un corto silencio que me inquietó. Tengo una duda que no me queda clara, me dijo. Decime, le dije. ¿Por qué tu tía Silvia dijo que averiguaras lo del árbol genealógico? ¿Qué se te ocurre que quiso insinuar cuando dijo que tú tenías algo que averiguar?, preguntó. No me acuerdo, agregó, textualmente lo que leíste. Busqué en las hojas y lo volví a leer: *Fijate de dónde vienen todas las ramas de ese árbol genealógico.* Sí, eso, dijo Jaime. ¿Qué más dijo?, preguntó. Leí nuevamente las tres oraciones que seguían, las últimas que le había escuchado decir a la tía Silvia: *Bueno, esto es todo lo que tengo para decirte. Chau querido, se despidió. Usá bien, por favor, toda esta información.* Eso, dijo él. Justamente eso. ¿Por qué te parece que dijo eso?, preguntó. No, no sé, le dije dudando. Como escribí, y creo que te lo mencioné antes en alguna charla, ella siempre estuvo media loca. Seguro que se confundió con algo. Durante la charla que tuvimos, le aclaré a Jaime, veinte veces se confundió de cosas. Incluso me dijo que pensaba que yo era un director de cine. Terminé de decir eso y hubo un nuevo silencio. Escuché a Jaime tomar un trago de whisky. Yo también tomé un sorbo. Me quedé en silencio. Traté de adivinar en que podía estar pensando. No sabía qué decirle y el silencio se ponía incómodo. ¿Por qué lo decís?, le pregunté.

No, por nada, me respondió. Sabía que estaba mintiendo, que por algo lo había dicho. Le pedí que no fuera tonto y que se animara a decir lo que quería. Mira, continuó. Déjamelo decirlo así. Si esto fuera una historia de ficción aquí le faltaría algo. ¿Algo?, pregunté. Sí: algo, llegó desde el otro lado del teléfono. ¿Qué es *algo?*, pregunté. No sabía a dónde quería ir. Era evidente que quería ir hacia algún lugar pero no sabía a dónde. Tal vez él tampoco sabía y estaba improvisando en la marcha. ¿Cómo decirlo?, preguntó. Alguien está mintiendo, afirmó. ¡Eso ya lo sabemos, Jaime!, le dije. Déjame terminar, dijo. Alguien está mintiendo pero de verdad. Y no estoy hablando sobre en qué barco fue a Argentina, eso es muy poco. Eso es una mentirilla. Te diré algo que tal vez suene ridículo pero te lo digo igual. Decime, dije. Decime, por favor, insistí.

Imaginemos por un segundo, dijo Jaime, que tu abuelo o *zeide* como tú le dices, viajó en el barco con esos otros dos. Y se hizo bien amigo de los dos y no solo de Reszinsky, tal cual después contó por décadas. Qué te parece, me preguntó, qué pudo haber pasado para que tu *zeide* borrara a Dunkel del universo. Del universo de la familia, al menos. Y, pensá además, dijo Jaime, que la causa de ese borrado fuera consistente con las dudas, aunque entiendo que estuviera loca, que sembró tu tía. Imagínate por un segundo varias otras cosas. Por ejemplo, que tu tía no estaba loca. No. Imagínate, imagínate otras cosas. Imagínate que ocurrieron otras cosas de las que ahora te parece que ocurrieron. ¿Qué más pudo haber ocurrido?

Desde mi ventana se veía el patio. Estaba separado del jardín de los vecinos por un cerco de madera. El peral estaba sin hojas. La hiedra avanzaba sin detenerse por el cerco y las paredes. Pronto debería cortarla. ¿Qué estás insinuando?, le pregunté. Si te sigo, estas queriendo decir que mi tío… Jaime, entonces, me interrumpió sin dejarme terminar mi idea. Eso no era común en él que era sumamente respetuoso, además de un gran escuchador. Era obvio que tenía una idea en la cabeza y no quería que se le escapase. Quería decirla antes que se le borrara. Tal vez para siempre. Si esto fuera ficción, me dijo, pero yo no soy el más indicado para especular con esto porque soy un simple narrador de paisajes perdidos en el mundo que la mayoría de la humanidad ni siquiera sabe que existen, algún personaje descubriría algo. Algo más. Hizo un silencio. Fue para tomar aire y fuerza.

Imagínate, entonces, la situación. Ponte en el lugar. ¿En qué año es esto?, preguntó. Se contestó solo: entre 1926 y 1945, digamos. Obviamente cuando tus abuelos ya están casados, digamos en algún momento al principio de la década de los cuarenta. Estamos en Buenos Aires del, digamos, 44. ¿En qué calle vivía tu *zeide?*, me preguntó. En la calle Arévalo, dije. Arévalo y Nicaragua, contesté. En ese momento eran todos conventillos, las casas donde vivían los inmigrantes que llegaban a Buenos Aires. Esas casas tipo chorizo, tan porteñas. Era todo bajo. Se veía bien el cielo. Déjame ver el *Google-Maps*, dijo Jaime. ¡Acá está! Qué bonito es ver mapas, dijo. Empezó a nombrar las calles que en Buenos Aires unían Palermo con Chacarita o Villa Crespo: Dorrego, Arévalo, Ravignani, Carranza, Bonpland, Fitz Roy, Humboldt. Se detuvo un momento. ¿Te acuerdas, Ariel? Los amigos de tu amigo, ese que investigaba a ese paraguayo. Ese que había sido amigo de Bonpland. No me puedo acordar ahora. ¿Cómo era el nombre?, me preguntó. Murillo Inchaústegui, contesté. Ese mismo, dijo él. Jaime, le dije, todo eso era inventado. Fue hace años: no me acuerdo muy bien lo que te conté pero seguramente nada de aquello era verdadero. Me imagino que te habrás dado cuenta de eso ¿no?, le pregunté.

El siguió sin responderme. Estaba muy en lo suyo. Te imaginas, preguntó, lo que era entonces la ciudad. Es muy fácil perder perspectiva. Uno tiende a pensar solo en los términos de aquello que uno conoce. Es difícil, a veces, hacer las preguntas correctas. Y por lo tanto dar las respuestas correctas. ¿Te conté ese chiste que tanto le gustaba a mi padre?, me preguntó. Pensé que se estaba yendo por las ramas y que nunca iríamos a ningún lado. Le dije que no. Se acercan las fiestas, comenzó a relatar. El padre le manda al hijo un telegrama. Quieren estar juntos. Es poco después de la guerra civil. Son de un pueblo. El hijo está haciendo la mili cerca de León. El telegrama tiene una única pregunta. *Hijo vienes o no vienes a casa para estas Navidades*. El hijo responde ni bien puede: *sí*. Entonces, ante la confusión, el padre le vuelve a mandar un telegrama. *¿Sí qué?* Está ansioso por saber la respuesta. Quiere saber si verá al hijo en

Navidades. Y el hijo responde: *Sí, padre*. Tal cual como uno debe contestar. Es muy fácil ver lo que uno ve. Este chaval solo podía decir *sí, padre*. ¿Te das cuenta o no, Ariel? Sí, le dije. ¿Sí, qué?, me preguntó Jaime riendo. Seguí, por favor le pedí. Creo que estas llegando a algo.

Los tres fueron amigos, siguió Jaime. Daniel Dunkel tanto como Jacobo Reszinsky circulaban por la casa de tu *zeide*. Todo es en esa casa en la calle Arévalo. Tal vez todavía no fue ahí. Pero eso no importa, es un detalle, agregó. No tengo ni idea dónde vivieron mis abuelos antes de casarse o si se mudaron una vez que empezaron a tener hijos, dije. Bueno, no importa eso ahora. Tenía dos plantas. Arriba vivían ellos. Abajo, en la planta baja, era el taller en que trabajaba tu abuelo. Era en un barrio. No habría mucha gente caminando por la calle. Casi no pasaban coches. Me imagino que los chavalitos todavía jugaban al balón en la calle. ¿En qué mes nació tu tío, Ariel? Recordé el aviso fúnebre que había visto. Había nacido el 2 de noviembre de 1942. Pero eso era irrelevante. Quería que Jaime siguiera contando la historia como a él le pareciese mejor. No sé, le contesté. Bueno, imaginemos que en un mes como ahora, diciembre. Es decir que fue concebido en marzo.

Allí es, todavía, verano. Hace calor. Dunkel llega a la casa. Toca a la puerta. Es la hora de la siesta. Tu *zeide* no está. Está trabajando, está en el inicio de su carrera. Tiene que ir a visitar a los futuros clientes o está hablando con proveedores. Pensé que en ese momento todavía no existía *Sastrerías El Elegante Inglés*. Faltaban años para que naciera. A lo sumo, supuse, el *zeide* estaba empezando a imaginar algo sobre ese negocio, pero no mucho más que eso. Debía de haber mucha competencia, siguió Jaime. Pero al mismo tiempo, era un gran mercado. Todo el mundo usaba ternos. Además, me imagino, Argentina está en su mejor momento. No soy experto en esto pero trato de imaginarme la imagen. En España estamos en la posguerra, no alcanza nada para nadie. Las familias están destruidas. Peleadas. Ya lo sabés: es lo que contó mi amigo Cercas en el libro que debí haber escrito yo. Pensé si alguna vez volvería a tocar *El encuentro casual*. Pero no me quise distraer y volví a escucharlo con atención. Europa, es decir, del otro lado de los Pirineos, está peor incluso. Argentina no para de mandar alimentos a los países que luchan. Me imagino que se acumulan las libras, los dólares, el oro. No sé qué sería lo que se acumulaba en ese momento, pero se acumula. Todos tienen trabajo. ¿Quién está en el gobierno?, me preguntó. Si estamos en el 44 como vos decís, los militares. Desde junio del 43, están los militares en el poder. Se termina con un golpe la que se llama la *Década Infame* con los conservadores en el poder, digo. Perón ya está en el gobierno. Tiene un cargo menor pero allí está. ¿Está Evita, también?, me preguntó. No sé muy bien. Ella era actriz de radio y lo conoció a Perón después del terremoto de San Juan. Creo que fue en el 43 o 44. Pero no: todavía no es conocida por su actuación, digamos, política. Como sea, siguió Jaime, Argentina es rica. Pensemos el escenario en que trasncurre todo esto. Se juntan los paisanos de las comunidades y hablan de lo que está pasando en sus pueblos, en sus países. Leen los diarios en los bares. Asturianos, gallegos, genoveses, napolitanos, vascos, catalanes, piamonteses, polacos, rusos, sirios, turcos, griegos. Todos. Todas las comunidades juntándose en esos bares, en esos cafés. La desolación es máxima. En todos lados. Sus pueblos fueron arrasados, ejércitos han ido destruyendo todo a su paso. Italia empieza a ocuparse por los americanos pero los *guiris* se quedan atascados en algún lugar en el medio de la península, los rusos ya están avanzando sobre lo que era el Tercer Reich. Shostakovich ya estrenó su séptima sinfonía. Todo luce como si fuera el fin del mundo. Las familias no existen más. No se puede volver, no hay nada. ¡Qué ojo que tenés para ver todo esto, Jaime, por Dios!, le dije. ¿Cómo no escribiste algo, querido?

Y en ese final de verano, no sé, digamos del 44, Dunkel llega a la casa de tus abuelos. Parece que nadie contesta la puerta y está a punto de irse cuando tu abuela, tu hermosa *bobe*, abre la puerta. Abrió la puerta. ¿Entendés?, preguntó. Sí, dije. No es una metáfora. Abrió la puerta. Hablan en una mezcla de alemán e idish. Dunkel le dice que estaba por irse. Buscaba a… ¿cómo le decía a tu abuelo? Saúl, le contesté. Pasaba por acá, dijo Dunkel, y quería ver a Saúl, dijo Jaime. No está, contesta ella. Pero si quiere pase a esperarlo. No tardará. Acepta. Le abre la puerta, lo sienta en un patio. Hay algunas flores. Gardenias, crisantemos. Hay una mesa naranja de fórmica. Baldosas negras y blancas. Un par de sillas. La radio está prendida. Suena un tango. ¿Le molesta la radio, Don Daniel?, le pregunta ella. No, para nada, le dice él. Me gusta mucho el tango. *Caminito*, dice él. El preferido de Saúl, dice ella. ¿Quiere una limonada? Si tiene hecha, le acepto una. Le sirve un vaso grande. Le sonríe. *Que juntos un día nos viste pasar*, tararea él con fuerte acento. ¿Hace calor, no? *He venido a contarte mi mal*, dice en voz baja. ¿Pasa mucho tiempo sola?, le pregunta. No sabe qué contestar. El vestido es de flores chicas. Son naranjas, rojas, amarillas. *Y que el tiempo nos mate a los dos*, termina de sonar la canción.

¡Qué imaginación, querido! La historia me gusta mucho, le dije. Jaime no pareció inmutarse. Siguió con su embale. Si esto fuera ficción, como te decía, siguió Jaime, algún personaje descubriría incluso algo más. ¿Cómo qué?, le pregunté. La historia parecía interesante y quería que él siguiera. Quería que llegáramos hasta el final. Como que el padre de tu tío no es tu *zeide*, sino Daniel Dunkel, dijo. Sé que suena como una novela venezolana. Siempre ocurren estas cosas. Tal vez por eso sean divertidas. Y además, es posible que justamente por eso, sean vistas: cuentan cosas que son posibles, creíbles e, incluso, verdaderas. Dunkel sedujo a tu *bobe* esa tarde. Hicieron el amor allí en el patio. Y ella quedó embarazada. No sé cuándo tu *zeide* se enteraría. Seguramente muchos años más tarde.

En algún momento, siguió Jaime, tu tío empieza a investigar. Ya es un adulto. Descubre quién es su verdadero padre. Se arma un revuelo impresionante entre él y tus abuelos. Hay terribles acusaciones cruzadas. Nadie puede hacer nada. Nadie pudo haber hecho nada de manera muy distinta a como fue, efectivamente, hecho. Él reprocha, entre otras cosas, que nunca pudo hablar con su verdadero padre. Se odian. La situación no puede seguir así. Y es entonces cuando les viene a todos como anillo al dedo que tu tío esté saliendo con esa chica católica y que esté empezando a estar en problemas por la situación política. Todo funciona como un reloj: es la excusa perfecta. Él se puede ir a hacer su vida como si no fuera un Wraumansky; tus abuelos defienden su judaísmo contando que hicieron todo lo posible por mantener en casa al hijo descarriado pero no lo lograron. El costo que se paga es bien bajo en relación con confesar todo.

Nos quedamos callados durante unos segundos. Yo había intentado tomar notas pero terminé dibujando cosas en mi libreta. Tu *zeide* le pide una sola cosa, siguió Jaime. ¿Qué cosa?, le pregunté. Que no se apellide Dunkel. Que no adopte ese apellido. Que lo haga por ellos dos, por tu *bobe* y tu *zeide*. Ahí es cuando surge el nombre Braunm. Es un pacto. Un buen trato. Le da cierta libertad a tu tío y al mismo tiempo, lo sigue uniendo de alguna manera a la que hasta hace poco había sido su familia. Y así hace tu tío. Desaparece de Buenos Aires, se muda, se va. Y cuando vuelve a aparecer ya es Braunm.

Jaime hizo un silencio. Lo oí tomar un poco su trago. Solo falta un detalle para que todo esto cierre del todo, dijo Jaime. ¿Qué detalle?, pregunté. Y no es menor, dijo poniéndole un poco de tensión al interrogante. Hay que pensar cómo se lo cargaron a Dunkel. Yo me quedé en silencio. Porque obviamente, este tal Dunkel se esfumó del mapa. Cuando tu tío y tu *zeide* tienen esa conversación, esa gran discusión, Dunkel lleva muerto bastante tiempo. Algo le pasó, continuó. ¿Tú alguna vez has oído hablar de él? Le dije que nunca. Me pareció, entonces, importante mencionarle el aviso de *Sastrerías El Elegante Inglés*. Le expliqué a Jaime los detalles que conocía de esa historia. Busqué el anuncio en mi teléfono y se lo describí. Me pidió que se lo leyera. Es por eso que no quiere que lleve el apellido de Dunkel, dijo Jaime como si todo fuera de una absoluta obviedad. Si lo lleva, incluso en una nueva vida, es una puerta abierta a que salga a la superficie el gran secreto. Lo que durante años se ocultó. Más claro, imposible Ariel, me dijo. No entiendo, dije. ¿No entiendes?, me preguntó. No, respondí. ¿Estás preparado?, me preguntó. No sé, le dije. ¿Estás sentado?, me preguntó. Sí. Hizo una breve pausa.

Bueno: escucha bien, dijo. Los tres ya eran socios. Wraumansky, Reszinsky y Dunkel. Tal cual se ve en el anuncio que me describiste. Tu *zeide* pensó por años qué hacer, si hacer algo. Todo en silencio. Dudaba de día y de noche. Lo carcomía la duda. Era como estar medio muerto. Durante años pensando cada momento qué hacer. ¿Te imaginas la situación? Interactuaba con él todo el día como si nada. Nunca una pelea, un grito, un reproche, ni siquiera una palabra. Tu *zeide* pensaba qué haría. Cada segundo, cada minuto, cada hora, cada día. Un infierno. Todo estaba en su cabeza. Mil ideas. Una tras otra. Jaime bebió un nuevo sorbo.

Hasta que un día se decidió, continuó. ¿Se decidió a qué?, pregunté. A vengarse, por supuesto. A matarlo, me aclaró. Lo planeó todo muy bien. Hizo durante semanas reuniones en el negocio para que Dunkel que llevaba la parte contable explicara bien cuál era la situación del negocio. Ya empezaba a ser una empresa de verdad. Tenía créditos, deudas, algunas inversiones. Tu *zeide*, antes de hacer nada, quería saber qué vendría después. Quería proteger a tu *bobe*, a tu madre y, aunque parezca mentira, a su hijo, al hijo de Dunkel, a tu tío. Consiguió a la gente correcta para el trabajo. No sé cómo la encontró. Él no era de ese ambiente. Se movió en silencio, cautelosamente. Sin dejar huellas, pistas. Como un fantasma. No despertó ninguna sospecha. No hizo preguntas de más. Se limitó a decir lo que tenía que decir. Pasó solo dos datos de la víctima: el nombre, la dirección. Nada más. Ni se enteró de cómo lo harían. Un día Dunkel fue asesinado a la salida de un burdel relativamente elegante en el centro de la ciudad. Unos minutos después fue arrestado como principal sospechoso un vagabundo que estaba borracho. Se le encontró un cuchillo ensangrentado y la billetera de Dunkel. Tenía algo de dinero y los documentos de la víctima. Tenía una foto de los tres amigos. No tenía ninguna foto de tu tío. Fue una verdadera desgracia. Cuando los conocidos se enteraron estaban aterrados. No lo podían creer. El tipo murió en la cárcel unos meses después, antes, incluso de ser juzgado. No hubo nunca razones para sospechar de nada. *Sastrerías El Elegante Inglés* comunicó la terrible noticia en forma muy discreta a sus más selectos clientes. La sastrería siguió solo con dos socios. Siendo solo dos, se pudo expandir más rápidamente.

La tía Silvia supo, probablemente, no solo quien era el padre si no también lo del asesinato durante décadas, dije. Y solo dio una pista ahora. ¿Era esa la venganza?, me pregunté. ¿Pero cómo se enteró?, le pregunté a Jaime. Es un detalle, dijo él. No importa, no hay que tener respuesta a todas las preguntas. El momento de la epifanía había llegado. Recordé a Rafaeli y su obsesión con la epifanía. Si es así, el *zeide*, seguramente, inventó lo del Desna para despistar a la familia, dije entusiasmado. Me parecía que todo cerraba. Sentí cómo el corazón se me aceleraba. Nadie que buscara rastros en el Desna se encontraría nunca con el nombre de Daniel Dunkel, sencillamente, porque llegó en otro barco. No habría rastro de Dunkel. Nadie sabría nunca nada de Dunkel. No había llegado nunca y se había evaporado de la historia. Solo quedaba un recorte de diario, el anuncio de *Sastrerías El Elegante Inglés* ¿Algo así es lo que habría pasado?, pregunté. Tomé un sorbo de mi trago. Tomé la botella y me serví una nueva medida. Sin hielo, sin agua. Los *Single Malt* se toman así, pensé.

Mencionaste una pintura, me dijo como respuesta. Esa que tu tía dijo que la pintó el decadente pintor de nombre Italiano. Rafaeli, le dije. Se llama Umberto Rafaeli el pintor. El nombre más que italiano es sefaradí, le dije. Pero sí, efectivamente, mencioné una pintura. ¿Cómo es?, me preguntó. Es una escena costumbrista, contesté. Se ve a un hombre rubio y una mujer sentados a la mesa. Están desayunando. El hombre y la mujer están con caras de sorpresa mirando hacia donde les señala un tercer hombre, un morocho de mucho pelo. Sobre la mesa de madera se ven panes, una cafetera tipo italiana y algunas frutas. En el fondo en la derecha se ve una ventana. Se distingue gracias a que ésta está abierta, una línea de montañas en el fondo. Por la ventana llega a entrar luz. En un rincón de la sala, sobre un caballete, hay una pintura a medio hacer. Es obvio que el hombre de pie le acaba de presentar algo a la pareja. Incluso hay una tela doblada sobre el cuadro. Esa tela está pintada seguramente para mostrar que algo se acaba de descubrir: la tela que hasta hace poco ocultaba el cuadro acaba de ser corrida para mostrar el cuadro pequeño. En la pintura pequeñita se distingue el rostro de un hombre. Es rubio también. El nombre de la pintura no era como lo que había dicho la tía Silvia pero no había estado muy lejos. *Café con el mensajero*. Así está escrito, al menos detrás del cuadro.

Ahí está, dijo Jaime. ¿Está qué?, pregunté. Más claro, échale agua. En un momento ocurre todo. La epifanía de la que habla Rafaeli. Pero no es pintada, es contada. ¿Contada?, pregunté. Me sentía un poco tonto preguntando todo el tiempo. Era como un chico que me llevaban de la mano por un camino que desconocía. Más que epifanía lo que ocurre es que aparece la verdad, dijo mi amigo. O algo de la verdad. Me quedé callado. ¿Acaso no entiendes, Ariel? Le dije que no. Rafaeli pintó lo que le contó tu tío que había pasado. Jacobo Reszinsky había sospechado desde el principio que tu *zeide* había asesinado a Dunkel. Los dos hombres, tu *zeide* y Reszinsky se conocían desde chicos. No fue difícil para Reszinsky ir atando cabos a lo largo de los años. Pero no le dijo nada. Permaneció en silencio. Entendió que no solo tu *zeide* estaba detrás del crimen. Entendió que fue un crimen pasional. ¿Debía denunciar a un amigo? ¿Debía arruinar más vidas de las que ya se habían arruinado? ¿Debía pagar su amigo Saúl Wraumansky por una venganza bien humana? ¿Debía pagar por haber sido traicionado? Sabía, además, que si se abría la Caja de Pandora, él podría terminar siendo uno de los acusados. Reszinsky cargó con ese silencio toda la vida. Y con el miedo de lo que pasaría si el *zeide* sospechaba que él sabía. Solo se lo dijo a una persona: a su hijo, a Rodolfo Reszinsky. Un día éste se lo contó a su amigo, León Wraumansky. A su mejor amigo. Tal vez fue venganza, tal vez por celos, tal vez un desengaño amoroso, tal vez para ayudarlo, tal vez fue maldad, tal vez le había jurado al padre que en algún momento diría lo que él no había podido, tal vez fue la necesidad de decir la verdad después de veinte años. Tal vez fue una borrachera. Tal vez un error que creció hasta desembocar en toda la verdad. No importa. Lo que importa es que en el cuadro aparece Reszinsky contándoles a León Wraumansky y a tu tía Silvia la verdad sobre la muerte de Dunkel.

No sabía qué decir. ¿Podía esto que acababa de ocurrírsele ser verdad? ¿Podía este amigo mío en diez minutos entender un silencio de dos, tres generaciones? Jaime, sin duda, tenía imaginación. ¿Cuándo Reszinsky le contó sobre el asesinato a mi tío, Jaime? No sé, respondió Jaime. ¿Qué importa? No es muy relevante. En algún momento en que tu tío ya estaba hasta el cogote con sus problemas con los militares. Reszinsky fue a verlo a La Rioja y, pensando que tal vez sería la última chance de decírselo, se lo contó. Pensé en el viaje a San Juan que Rodolfo Reszinsky nos había contado que había hecho a visitar a un amigo, a mi tío. ¿Y qué te parece que hizo mi tío? Nada, dijo Jaime. ¿Qué va a hacer?, contestó mi amigo. Estaba muy ocupado sobreviviendo. Entonces Jaime hizo un silencio. Lo escuché beber un poco de su trago. Todo había sido, finalmente, un pacto de silencio, dijo. Mejor dicho, una especie de pactos de silencio. Un pacto entre el *zeide* y su amigo, Reszinsky. Un pacto entre tu tío y Rafaeli. Un pacto entre tu tío y la tía Silvia. Un pacto entre tus padres. Y sobre todo, un pacto entre los Reszinsky. El pacto, sin embargo, se rompió una generación después. Rodolfo Reszinsky rompió el pacto de silencio al contárselo a Braunm. Tal vez, justamente por eso: porque era un Braunm. Ya era no era más un Wraumansky. Ya no había más pacto que cumplir. Nunca más se volvieron a ver los dos hombres. Después de varias generaciones, de vaya a saber cuántas generaciones en que las dos familias habían vivido como una única familia en Kobryn, los destinos de estas familias se separaron para siempre.

Hice un silencio. Pensé durante unos segundos. Entendí, entonces, los silencios de Reszinsky. Entendí que cuando lo conocí ya no tenía nada más que contar. Había contado todo ese día que había descrito Jaime, ese día hacía más de cuarenta años. No quería volver a contar todo. Puede ser, dije. Puede ser, repetí. Tal vez lo hice intentando convencerme. Ahí lo tienes a Daniel Dunkel, me contestó Jaime. En el cuadro. Jaime hizo un silencio. Me quería decir algo más y estaba pensando cómo decírmelo. Tú te preguntarás solo una cosa ¿qué hace tu tía Silvia en ese cuadro? Tómalo así como te lo digo: es una licencia poética. Así de simple. Ella no estuvo obviamente en esa confesión que le hizo Reszinsky a León Wraumansky. Pero Rafaeli la pintó allí porque sabía que ella sabía o sabría en algún momento algo. O todo.

En esta charla que estamos teniendo, dijo Jaime con mucha seguridad, emergió todo lo que alguna vez sabrás sobre Dunkel. Y con esto se cierra la historia. Y así, incluso, la puedes cerrar tú. Hizo un silencio. Yo no sabía qué decir. Jaime tomó otro trago. Finalmente rompió el silencio. No sé qué estarás tomando tú pero este puto whisky está muy bueno. Es un *Glengoyne*, dijo. Pero claro, dijo Jaime, esto es en la ficción y no en la realidad. Toda esta historia que estamos elucubrando es pura ficción. Y, la verdad, yo ya no me creo más eso de que la realidad a veces supera a la ficción.

Era sin duda, todo muy ingenioso. Y tentador. Pará un instante, Jaime, le dije. Hay una sola cosa que acá no me cierra. ¿Cómo escapó Braunm de todos en los 70?, le pregunté. ¿Cuántas veces leíste *Estrella Distante*, Ariel?, me respondió con otra pregunta. Veintidós, dije. Creo que me sé más de la mitad de memoria. Bueno, tú eres el experto en este tipo de cosas, me dijo. Le pregunté qué quería decir. ¿No entiendes?, me preguntó casi enojado. Decepcionado, más bien. ¡Hoy estás medio dormido, Ariel! Braunm es el único que escapó sin dejar rastros, el único del que no quedó una huella, me aclaró. El único que salió de allí sin un rasguño. Más de cuarenta años después nos seguimos preguntando qué hizo él, a dónde se fue. Todos los demás perdieron algo en el camino. Él, en cambio, no. Es como Carlos Wieder en *Estrella Distante*. Logró, también, engañar a todos: al pintor, a los de la foto que me mencionaste, a tu tía…a todos.

¿Es todo esto la historia de un traidor?, le pregunté. El hecho de que no sepamos de él, dije, no lo hace un traidor, un entregador, dije. Pensó un segundo qué iría a decir. Es simplemente un tipo muy hábil, dijo. Muy hábil en circunstancias muy difíciles. Es la historia de un tipo muy hábil en circunstancias muy difíciles. ¿Querés decir que mi tío fue un traidor hábil?, le pregunté. Es ficción, Ariel. ¿No te acuerdas? Pensé, agregó, que seguíamos como si se debiera escribir una historia… Ahhh, disculpá pensé que estabas hablando del verdadero Braunm, me corregí. Tú eliges, Ariel. Tú eliges si es el verdadero o el personaje de ficción. Ahí está toda la gracia. Hizo un silencio. Y con esta duda, con esta decisión que tienes que tomar al final del libro, sobre si es el verdadero o el personaje de ficción, se cierra de la mejor forma posible la historia.

¿No te parece un poco increíble, Jaime?, le pregunté. Me di cuenta de que mi entusiasmo de hacía unos instantes se había reducido. Era muy grande la idea, tenía mucho gusto a novela caribeña. ¿Acaso Camille, tu pareja, no piensa que yo soy un personaje inventado?, me respondió. Ella es verdadera, ¿verdad?, preguntó. ¿No es de ficción, no? Y obviamente, Ariel, te conoce y tú eres, entiendo, verdadero también, no de ficción. Se lo demostrarás, espero, en forma más o menos seguida. Y yo, te quiero aclarar una cosa: soy verdadero. ¿Lo sabes eso, no? Todo es creíble. O increíble, dijo. ¿Sabes qué?, le pregunté. Me da la sensación que esto se está pareciendo a cuando Bolaño le dice a Cercas cómo cerrar *Soldados de Salamina*. Bueno, agregué, Cercas dice que esa conversación entre ellos nunca existió pero todos sabemos que sí ocurrió porque vos estuviste ahí. Acá parece que vos me estás cerrando el libro, al igual que lo hiciste esa vez con Cercas, aunque todos piensen que fue Bolaño. Me estás ayudando a contar la historia como hay que contarla.

Espero que esta idea sea tan buena como la que le dije a Cercas, dijo. De todas formas, entiendo que tú no estás escribiendo ningún libro. ¿Es esto verdad, no?, preguntó. No quiero ser nuevamente el que da las ideas a los escritores para finales de película. En ese momento se escucharon llantos. Rocío había empezado a llorar. Jaime tuvo que ir a atender a su hija. Quedamos que hablaríamos ni bien pudiéramos. Nos despedimos con promesas de continuar con esta historia.

Ni bien colgué busqué, como si mi vida dependiese de eso, algo sobre Dunkel. Revisé las páginas de internet de todos los cementerios judíos de Buenos Aires. No había ningún Daniel Dunkel enterrado en ninguno de ellos. Busqué en la guía telefónica de Buenos Aires y tampoco encontré ningún Dunkel. Escribí el nombre en *Google* y aparecieron 17 perfiles de *LinkedIn*. Los revisé uno por uno. Eran todos jóvenes, personas de mi edad. Todos vivían en Alemania o en Estados Unidos. Mi Daniel Dunkel no existía. Había desaparecido de la vida de los Wraumansky. Eso sí era seguro. Nada más lo era. ¡No todo tiene que estar perfectamente claro ni en su lugar!, me dije en voz baja. Lo repetí otra vez. Y otra vez más.

Agarré, entonces, *Estrella Distante.* Tenía la edición de bolsillo de Anagrama. Miré con atención el águila pintada por Andy Warhol en la portada azul. Leí unos pocos párrafos al azar. Necesitaba un poco de inspiración. Aunque fuera un poco para que prendiera una chispita, una pequeña chispita. ¡No todo tiene que estar perfectamente claro ni en su lugar!, repetí tratando de convencerme.

**

Esa noche no dormí. Camille estaba de viaje en Francia porque era el cumpleaños de su sobrino y había querido ir a festejar allí con su familia. Me quedé pensando lo que Jaime había dicho y traté de unir todas las ideas, por locas que fueran, con la información que tenía. Empecé a leer los textos que había escrito. Había pasado mucho y muy rápidamente. Todo había empezado solo unos días atrás, unas pocas semanas atrás. Tenía el primero de todos los capítulos como título *San Juan Capital*. Me serví un nuevo whisky y me puse a leer el siguiente, *Pampa del Leoncito*. Fui leyendo uno por uno los capítulos en que había trabajado. Leí todo lo que tenía escrito tres o cuatro veces. La libreta la revisé seis o siete veces. Las diez fotos las vi hasta prácticamente memorizarme cada uno de sus detalles. Cuando sonó el despertador a la mañana no me podía mover. Llegué a mandar un *WhatsApp* a mi jefe diciendo que estaba enfermo. Sin esperar respuesta seguí durmiendo. Me levanté a eso de las dos de la tarde. No hacía tanto frío pero el día estaba nublado. Vomité. Me di una ducha. Hacía por lo menos veinte años que no tenía una resaca así. La media botella de whisky me había matado Tenía la cabeza que se me partía. Me hice una ensalada de atún ecuatoriano de Lidl y porotos rojos de Tesco. Obvié la cebolla. Le puse perejil, sal y un buen aceite de oliva que tenía del viaje que habíamos hecho con Camille por Italia. A eso de las cuatro de la tarde me senté frente a la libreta roja y me puse a escribir. Tenía en la cabeza cómo empezaría este libro, el libro que me había encontrado por azar. El libro que les había dicho a todos que no estaba escribiendo ni escribiría. Sin duda se desenvolvería durante un viaje, un viaje por San Juan y La Rioja. Sería sobre el descubrimiento de un secreto familiar. En verdad, del descubrimiento de dos secretos familiares. Supe que sería una tarea dura pero no me desanimé. Se llamaría *RMS Alcántara*. Escribí como si me dictaran, sin cometer un solo error.

Un viaje puede traer muchas sorpresas. Naturales, culinarias, culturales, sociales. En este este caso la sorpresa fue sobre mi propia vida. En mi viaje a la espectacular y única Laguna Brava empecé a pensar sobre algunos de los secretos que mi tío León Wraumansky descubrió mientras la Argentina se desangraba. Gra-

cias a errores, a preguntas mal formuladas y azar, mu-
cho azar, logré reconstruir la historia de este hombre.
La historia de Leo Braunm, el alemán, la historia de
Leo Dunkel, la historia del tío que nunca tuve y que
nunca tendré, la historia de unas personas que nunca
existieron.

Escribí ese primer párrafo y en la hoja siguiente hice un
esquema del libro que escribiría. Lo ajusté a medida que
se me iban ocurriendo ideas. Repentinamente me llegó a
la cabeza esa cita de *Estrella Distante.* La escribí porque
no quería que unos segundos después se me olvidara
cómo la había asociado con todo. La podía repetir de
memoria, sin equivocarme ni en la puntuación.

Todo entra en el campo de las conjeturas, dijo dándome
la espalda. Sí, dije sin saber a qué se refería. Hay una
tercera noticia, dijo Bibiano, como no podía ser menos.
¿Buena o mala?, pregunté. Sobrecogedora, dijo Bi-
biano.

Y me di cuenta que esa sección, esas cinco oraciones,
esa última pregunta y esa demoledora respuesta de Bibiano sería con lo que se abriría mi libro, *RMS Alcánta-*
ra, libro que se había empezado a escribir en un barco
cruzando el Atlántico, yo había continuado en mi libreta
roja en la cordillera de los Andes y estaba terminando
en mi computadora en en el barrio londinense de Fulham. Sí, definitivamente ese sería el principio. Esas
oraciones decían todo lo que se podía decir de la historia
de ese hombre que había sido Wraumansky, Braunm y
Dunkel.

Fue entonces cuando escuché que abrían la puerta de
casa. Ya estaba bien oscuro. Imaginé a Camille llegando
con su valijita de París. Me acerqué a la puerta cuando

ya se había sacado el abrigo y dejado sus cosas. Me dio un beso. La vi contenta. Me dijo que tenía algo que contarme. Le dije que yo también tenía algo para decirle y que era muy importante. Le quería contar todo lo que había hablado con Jaime. Quería compartir con ella lo que finalmente había pasado. De una vez por todas tendría sentido todo aquello que no había tenido sentido por décadas y que a ella le había resultado tan incómodo durante nuestro viaje a Argentina. Le iba a contar todo y a mostrar lo que había escrito. Le iba decir que abandonaría El *encuentro casual* y escribiría el *RMS Alcántara*

¿Quién empieza?, preguntó entrando a la habitación. Seguro que vio las sábanas. Y las notas, la libreta roja sobre el escritorio. Hagamos piedra, papel y tijera, le dije. Y el que gana empieza a contar. Juguemos al mejor de tres. Aceptó sin dudarlo. Conté hasta tres y empezamos. Ella ganó el primero: con su papel envolvió a mi piedra. Yo gané el segundo: con mi piedra rompí su tijera. Conté nuevamente: uno, dos, tres. Era el turno definitivo. Pusimos las manos a nuestras espaldas. El que ganaba esta, contaba primero. Extendimos las manos. Su piedra rompió mi tijera. Camille me había ganado. Le dije que empezara, le tocaba a ella empezar.

Estoy embarazada, dijo. Me quedé helado. Su historia eran dos palabras. No había especulaciones, ni personajes de ficción, ni dudas sobre qué era realidad y qué era mentira. No iba ni volvía en el tiempo. No había barcos, ni verdaderos ni falsos. No había libros. Ni escritos ni por escribir. Tenía una persona muy chiquitita, minúscula creciendo dentro de su cuerpo. Yo era el padre. En algún momento esa criatura nacería y empezaría a tener una historia. Le enseñaríamos todo lo que pudiéramos y empezaría a preguntar. Preguntaría sobre todo: los colores, las plantas, la luz, el tiempo, las letras, el padre, los perros, los mapas, las distancias, los aviones, los barcos, los números. Sobre todo. Yo no lo podía creer. La abracé. La besé. Le dije que estaba muy feliz. Me dijo que ella creía que era una nena.

¿Qué me tenés que contar vos, Ariel?, me preguntó. Entonces pensé si valía la pena decirle todo lo que había pensado. Pensé que tal vez sería mejor que ella no supiera nada, que nunca supiese nada. Pensé incluso, que lo mejor podía ser que nuestro hijo, o hija según ella misma sospechaba, que estaba allí con nosotros pero en su panza toda protegida, a salvo de todo, de la ficción y de la realidad, nunca supiera esta historia. Que nunca supiera la historia que iba a escribir en el libro *RMS Alcántara*. El mundo, pensé, ya tenía sorpresas: seguro que las que vengan serán suficientes. Venir con esta de entrada sería mucho, innecesario. Pensé en mi madre. Hacía mucho que ella no me venía a la cabeza pero apareció. No sé por qué, si por tomar partido por el *zeide*, por la *bobe*, por ignorar a su hermano, defender a alguien, protegerse, proteger su matrimonio, su hermano o, incluso, protegerme a mí, ella nunca había contado nada. Tal vez debía respetar ese, el que parecía, su legado más importante. Me acordé de Benny y lo que me había dicho esa última tarde que lo había visitado, cuando yo estaba desesperado tratando de unir todas las piezas. *La verdad es un negocio difícil*, me repetí.

Pensé entonces que sería mejor, más sano, que nunca supiera que todo esto había existido. Que era mejor que personajes como León Wraumansky, Leo Braunm, Jacobo Reszinsky, Daniel Dunkel o que los secretos de la tía Silvia, o que las fotos, o que la libreta roja, nunca llegaran a sus manos. Que nada de esto pasara por su vida. Que el libro *RMS Alcántara* nunca se escribiese. Y que si alguna vez quisiera averiguar algo sobre mí, o su abuela, o tío abuelo, o bisabuelo, se tomara un avión adonde fuera necesario, a Buenos Aires o a San Juan, que fuera a los puertos de Cherburgo o Southampton o que visitara las estaciones de trenes de Kobryn y de Brest-Litovsk y lo averiguara como hice yo: teniendo la suerte más grande del mundo. Y me dije: protejámosla desde ahora.

No, nada, le respondí a Camille. Te quería decir que hoy me levanté con mareos por el oído y no fui a trabajar. Pero que ahora estoy mucho mejor. Me alegro que ya esté bien, sin sospechar nada. Me alegré: después de todo no tenía esos poderes adivinatorios. Quería darse un baño y me sugirió que cuando terminara podíamos hacer una cena liviana e irnos a la cama pronto. Le dije que me parecía muy bien. Al irse dio media vuelta. Pero en caso de que sea varón, dijo, fíjate en la bolsa que está junto a mi valija lo que tengo para él. Está en el living, dijo mientras se metía en la ducha. Fui al living donde estaba su maleta azul y una bolsa. Era blanca de esas de lavandería de los hoteles de categoría. Tenía una forma rara. La abrí y encontré algo envuelto en papel de regalo con rallas rojas y plateadas. Lo saqué de la bolsa. Tenía una forma bastante rara. No era pesado y hacía ruido. Rompí el papel con la ansiedad que no tenía desde que era un chico. No pude creer lo que vi. Sentí que una lágrima me salía del ojo derecho. Me senté en el piso junto a la sorpresa que había traído. Era la máquina excavadora de Fisher-Price. Y no era cualquiera: era la que había sido mía. ¿Cómo habrá conseguido esto?, me pregunté. Sabía que sería otra de esas preguntas que nunca tendrían respuesta. ¡Puta madre!, dije. ¿Tendrá, después de todo, poderes de adivina?, me pregunté. Sonreí. Escuché el ruido del agua en la ducha. Tal vez estaba cantando algo. Totalmente decidido, me levanté y me puse el abrigo. Había bajado mucho la temperatura. Agarré el teléfono y le escribí un *WhatsApp* a Jaime.

Gracias, querido, por darme línea ayer. Siempre supe que estás loco y tenés una imaginación demencial. Creo que esta vez se te fue la mano. Eso sí: no dejes de escribir ficción. Olvidate de los viajes. Abrazote.

Fui a la cocina y agarré la caja de fósforos. Agarré una botella de vino blanco a medio terminar que había en la heladera desde hacía días. Salí al patio sin encender la luz. Cerré la puerta. Eché los restos del Casillero del Diablo *Sauvignon Blanc* sobre la libreta roja. Prendí un fosforo y comencé a encender la libreta. La sostengo unos pocos segundos. Los colores del fuego son atrapantes. Veo como se empieza a consumir y la página en que dice *Ezeiza* se enciende. La tiro al piso para no quemarme los dedos. La libreta se consume casi íntegramente en el suelo, aunque esté húmedo. Voy a mi escritorio y meto todos los papeles que estuve usando estas semanas en el sobre madera. Lo pongo en la basura, cierro la bolsa y la llevo afuera para que mañana la levanten, la mezclen con otra basura y desaparezca de este mundo para siempre.

Ahora sí sé definitivamente lo que voy a hacer con este libro: voy a volver a mi computadora y borrar los siete archivos que escribí sobre esto. Me aseguraré que ya no existan más, que nunca nadie ni siquiera sepa que existieron. Y después, una vez que me haya asegurado que todo esto no existe y que el libro *RMS Alcántara* se ha perdido para siempre, voy a ir al baño y meterme en la ducha con Camille y hacer el amor sabiendo que nuestra hija nunca en la vida sabrá nada de nada sobre ese barco maldito. Mañana volveré a *El encuentro casual* que, por cierto, nunca debí abandonar. Lo que contaré scrá ficción. Pura ficción. Y además, por las dudas, inspirado en la vida de otro.

Enciendo, entonces, la computadora que estaba hibernando y veo que me ha entrado un mail. Me llama la atención por la hora. El tema dice *Viaje reciente por Argentina*. Pienso que es una publicidad. No reconozco el remitente que parece un típico *spam*, RRZSY. Lo abro rápidamente, estoy ansioso por meterme en la ducha con Camille. Seguramente está terminando su baño. Estimado Ariel Tauber, dice en el encabezado. Hay un par de líneas en blanco. Está escrito con el formato carta. Como si hubiera sido escrito por alguien no tan joven.

Soy Rodolfo Reszinsky, el esposo de Elsa. Espero que no te moleste que te escriba. Tardé un poco por todo lo que pasó con ella. Tal vez todos estos años hayas vivido sin saberlo pero hay algo muy importante que necesitás saber. Algo sobre tu abuelo, Saúl Wraumansky y mi padre, Jacobo Reszinsky.

Así termina el primer párrafo de la carta. Trago saliva y decido no seguir leyendo. Me aseguro que la carpeta en la computadora que contiene el borrador de RMS Alcántara ha sido borrada y es imposible recuperarla. Apago la computadora y la pliego. Escucho que se abre la puerta del baño. ¿Me ayudás a secarme, cariñito?, me pregunta Camille. Y siento que lo dice con un acento bien argentino, muy parecido al que escuchaba cuando era chico.

INDICE

27099969R00190

Printed in Poland
by Amazon Fulfillment
Poland Sp. z o.o., Wrocław